내가 사랑한 카프카 그녀

I have fallen in love with a 'Kafka' girl

내가 사랑한 카프카 그녀

I have fallen in Love with a 'Kafka' girl

모리 아키마로 장편소설

이연경 옮김

대원씨아이

프롤로그

그̇리̇ 하̇여̇, 책을 읽는 습관조차 없었던 나는 갑자기 소설가를 목표로 하게 되었다. 느닷없이 '그리하여'라는 말이 튀어나왔으니 대체 무슨 일이 있었는지 짐작하기조차 어렵겠지만.

그럼 순서대로 이야기해볼까? 이야기의 시작은 일주일 전으로 거슬러 올라간다.

5월의 어느 맑은 오후, 나는 가노 후카에게 고백했다. 사이타마와 도쿄의 경계선에 위치한 이곳은 온갖 건물이 빽빽하게 밀집되어 있는 장소다. 이 밀집지 외곽에는 후란바시란 다리가 있다. 그 옆, 후란바시 고등학교가 내가 다니는 학교다. 이 학교에 입학한 지 한 달여. 교실에 팽배했던 긴장감이 조금씩 풀려가는 이 시기가 고백하기에 가장 유효적절하다고 나는 판단하고 있었다.

솔직히 말하면 이번 고백은 당사자인 나조차 예상하지 못한 일이었다. 왜냐, 나는 여자와의 교제에 질려 있었다.

나는 태어나서 지금껏 누군가를 사랑해보지 못한 남자였다.

그런 인간은 여자친구 몇 명을 만들어도 허무함에서 벗어날 수 없다. 그 점을 3년의 중학교 생활이 끝나고 나서야 겨우 깨달았다.

그럼에도 나는 가노 후카에게 고백한 것이다.

이유는 단순했다. 입학식 이후 한 달 동안 고백한 남자 열두 명을 전부 차버린 여자아이가 있다, 이 소문을 들었을 때, 불가능해 보이는 일이 눈에 들어오면 도전하지 않고는 못 배기는, 그리 좋은 버릇은 아닌 도전 의식을 자극받았던 것이다.

그래서 중학생 때에도 써본 적 없는 연애편지를 썼다. 편지 같은 고풍스러운 방법을 택한 이유는 가노 후카가 쉬는 시간에도 늘 책을 읽는 타입이기 때문이었다. 상대에 따라 적절한 방법을 택하는 건 매일같이 전쟁이 터지던 전국 시대부터 전해지는 상식 아닌가?

하지만 이 전략은 역효과를 낳았다.

"뭐지, 이건."

평상시보다 훨씬 낮은 목소리로 그녀가 중얼거렸다.

"부끄러워할 것 없어. 내 마음을 솔직히 적은 것뿐이니까."

고등학교 입학 때부터 줄곧 연기해온 백치 캐릭터 가면을 벗고, 중학교 시절 별명 '킬러'에 어울리는 말투로 대답했다. 그러나 그녀는 변함없이 무표정한 얼굴로 이렇게 대답했다.

"읽어도 내용이 도무지 이해되질 않아서 물어본 거야. 뭐지,

이 오자와 탈자로 가득한 졸문은?"

"졸문?"

"졸문이라는 말의 뜻도 몰라? 네가 쓴 재미도 없고 똑바로 된 문장도 없는 편지를 말한 거야."

"흣… 편지라고 생각은 해줬구나. 이제 안심이 되네."

형세가 불리해질수록 냉정을 유지하라. 이것은 오랜 기간 여성을 유혹하며 쌓은 경험에서 비롯한 노하우다.

"왜 그런 포인트에서 안심하는 건데! 끼이익!"

그녀는 화가 나면 '끼이익'이라고 괴성을 지르는구나. 이걸 알게 된 것만으로도 편지를 쓴 보람이 있다.

나는 최대한 우아한 미소를 지으며 그녀를 대했다.

가노 후카는 늘 헬멧을 쓰고 다닌다. 이유는 물어본 적 없다. 갑자기 하늘에서 화성이 떨어질까 걱정돼서 그러는 거 아닐까? 그런 면까지 다 감싸 안고 사랑을 키우고 싶다는 말도 당연히 편지에 썼다.

그러나 나의 창의적인 배려에는 눈길도 주지 않고 그녀는 이렇게 선언했다.

"네 편지에는 오자 42개, 탈자 14개, 문법적 오류 36군데, 잘못된 단어 선택이 78군데나 있었어."

그녀가 내 편지를 읽은 시간은 기껏해야 5초나 될까. 그 짧은 시간에 이런 분석이 가능하다니.

　　　　　　　　　　　　　　　내가 사랑한 카프카한 그녀

후카는 눈앞에서 편지를 찢어버렸다. 종이 쪼가리는 옥상 난간 너머에서 불어오는 바람을 타고 떠올랐다. 바이바이, 나의 오탈자들아. 부디 땅에 무사히 착륙하렴.

세상에 날 차는 여자가 있을 줄이야, 생각조차 못 한 일이 벌어졌다. 중학교 시절 숱한 여성의 호감을 샀고, 지나치게 호감을 산 나머지 여성이라는 생물과 거리를 두고 싶었던 이 후카미 가에데에게, 이는 실로 인생 최초의 굴욕이라 할 수 있었다.

"기회를 줘. 널 내 여자친구로 만들 기회. 뭐든 할 테니까."

후카는 날카롭게 날 노려본 뒤 한숨을 내쉬고 한마디를 던졌다.

"그렇다면… 카프카가 되어봐."

"카프카?"

읽은 책이라곤 만화밖에 없는 나지만 프란츠 카프카라는 이름 정도는 안다. 『변신(Die Verwandlung)』의 작가… 아니, 등장인물? 그러고 보니 『변신』은 무슨 내용이었더라? 히어로물이었던가? 그래. 카프카는 그래픽 노블 히어로의 이름인가 보다. 그래, 틀림없다. 그녀는 나보고 히어로가 되라는 뜻이다.

"알았어. 그렇게 할게."

만면에 미소를 띠며 대답했다. 그녀는 영 믿음이 가지 않는 듯 내 얼굴을 살피며 "진심이야?"라고 물었다. "오늘도 꽤 고약하게 잤나 본데, 아직 잠이 덜 깬 거 아냐?"

그녀는 성대하게 헝클어진 내 머리카락을 가리켰다. 고등학교에 들어와서 날 알게 된 같은 반 녀석들은 대부분 날 '잠버릇'이라고 부른다. 나름대로 커트라인이 높은 사립 고등학교라 같은 중학교 출신은 손가락에 꼽힐 정도밖에 없다. 덕분에 과거의 모습을 들키지 않을 수 있었다.

　"그거 기대되네. 나는 몸에서 카프카 성분이 부족해지면 숨을 쉬지 못해 죽을 수도 있거든. 카프카 중독이야. 그러니 나를 너한테 반하게 만들고 싶거든, 매일 소설 문체 연습을 해서 카프카가 되어줘. 그럴 수 있지? 후카미 가에데."

　"소, 소설?"

　아무래도 카프카는 헐크, 스파이더맨과 어깨를 나란히 하는 히어로는 아닌 모양이다. 집에 가서 구글로 검색해봐야겠다, 내심 머리를 굴리며 "당연히 할 수 있지"라고 대답했다.

　그리 하여… 책을 읽는 습관조차 없었던 나는 갑자기, 그것도 몰래 소설가를 목표로 하게 되었다. 아직 애정은 티끌만큼도 없다. 여자에게 차인 흑역사를 지우기 위해, 새로운 목표를 향해 노를 젓게 된 것이다.

　부모님께도 비밀이다. 도저히 말할 수 없다. 내 부모님은 아버지 같은 은행원이 되겠다는, 내가 중학교 때 쓴 작문을 진지하게 받아들여 지금까지도 철석같이 믿고 계신다. 그래서 늘 만화만

보는 나를 관대하게 봐주시는 거다. 고3이 되면 만화는 구석에 쑤셔넣고 수험생답게 공부에 집중하겠다고 부모님과 약속했다. 이 모든 것은 유능한 은행원이 되기 위한 과정이다.

이런 과정 중에 목표를 소설가로 바꾼 것이다. 이날은 수난의 시작이기도 했다.

그리고 이때까지 나는 아무것도 모르고 있었다.

가노 후카의 호흡이 곧 멈춘다는 것마저.

차례

어떤 화부의 사랑 기록 그 첫 번째

집 근처에 화장터가 있었기 때문일까. 어느 순간 나, K는 화장로 앞에서 비탄에 젖은 사람들을 지켜보길 이상하리만큼 좋아했다.

휴일이면 곧잘 화장터로 걸음을 옮겨 멀리서 검은 옷 입은 사람들을 바라보곤 했다. 그럴 수만 있다면 화장터에 취직해 화부(주1)가 되고 싶다는 생각까지 했다. 프란츠 카프카의 단편 소설 중『화부(Der Heizer)』라는 작품이 있다. 거기 등장하는 인물처럼, 화장터에서 불을 다루는 사람을 화부라고 한다.『화부』의 주인공 카를은 화부에게 마음이 끌린다. 나는 그 마음을 알 것 같았다.

관이 화로에 들어가는 순간, 돌아가신 분의 유족들은 오열한다. 마치 자신이 불타버리기라도 하는 것마냥.

울부짖는 사람, 화로 안에 따라 들어가려는 사람까지 있다.

불은 절망을 낳는다.

하지만 그 뒤에는 아름다운 것을 남긴다. 잿더미에서 뼛조각을 골라낼 때 확인할 수 있다.

그들은 뼈를 골라내며 죽음을 똑똑히 받아들인다.

후카의 경우도 그랬다.

어느 날 화장터를 바라보고 있을 때, 아름다운 소녀가 눈에 들어왔다. 훗날 조사해서 알게 됐지만 그날은 후카 부모님의 장례식이었다. 후카의 부모님은 외출 중에 공사 중이던 인도 옆 건물에서 떨어진 철골에 깔려 돌아가셨다.

그래서일까, 죽은 사람은 두 명인데 관은 하나였다. 시신이 엉망이 되어 관 하나에 거둔 것이리라 짐작했다.

후카는 굳건했다. 부모님이 그렇게 되셨어도 울지 않을 만큼 강한 정신을 유지하고 있는 듯 보였다. 그렇지만 결국, 화장로에 관을 넣을 때 그녀는 변화를 일으켰다.

후카는 울부짖으며 자신도 화로 안으로 뛰어들려 했고, 오빠로 보이는 사람이 겨우 말렸다.

불은 냉정하고 아름다운 소녀의 마음조차 뒤흔드는 힘을 갖고 있는 것이다.

그때 나는 결심했다.

그녀를 위해 화부가 되겠다고. 화부로서 그녀의 마음을 몇 번이든 흔들 거라고.

그것이 나만의 사명이다.

언젠가 그녀는 나의 것이 될 것이다. 그녀의 냉정함을 빼앗을 수 있는 것은 화부뿐이니까.

제1화

그 녀 가
다 리 에 서
사 라 진
이 유

1.

그날은 샤프나 빙빙 돌리며 끝날 시간만 기다려지는 지루한 수업이 이어졌다. 고마운 일이다. 어설픈 견습 문장가에게 무엇보다도 중요한 수행은 많은 책을 읽는 거니까.

수행을 시작한 지 일주일. 소설이란 실로 기묘한 것이었다. 문자로 구성되어 있지만 읽는 사람의 뇌에서는 이미지로 변환된다. 단어 조각만 나열해두면 그냥 이미지로 구성되느냐, 그렇지 않다. 단어와 단어를 교묘하게 연결해서 문절을 만들고, 문절과 문절을 이어야 문장이 완성된다. 그렇게 만든 문장을 연결만 잘한다고 해서 소설이 완성되는 것도 아니다. 특별한 비결이 필요한 모양이다.

인간은 대체 왜 소설 같은 걸 읽을까? 굳이 뇌 안에서 이미지를 만들어낼 필요 없이 아예 그림이 그려져 있는 걸 보는 게 훨씬 편하지 않나, 만화처럼. 처음에는 그렇게 생각했다.

다소 활자에 익숙해지자 다른 의문도 떠올랐다. 오락 소설이 훨씬 재밌는데 왜 그녀는 하필이면 카프카 따위를 좋아하는 걸까? 이것이 가장 큰 고민이었다.

카프카의 소설은 재미있다고 말하기 어려운 것이 많았다. 그 문체에 익숙해지는 것도 뼈를 깎는 작업이었다. 적어도 내게는.

"후카미, 23페이지를 읽어보도록."

갑자기 선생님이 지적했지만 당황하지 않았다. 이럴 때를 위해 일부러 눈을 감고 있는 것처럼 보이게 실눈을 뜨고서 책을 읽고 있었다. 자리에서 벌떡 일어서며 연기 모드에 들어갔다.

"네, 네! 조, 좋은 아침입니다, 선생님."

왁자지껄한 웃음소리가 터졌다. 선생님한테서 주의를 받긴 했지만 소설을 읽고 있던 건 들키지 않은 것 같다. "됐다, 그만 앉아라." 핀잔을 들으며 자리에 앉아 슬그머니 카프카의 단편집을 책상 속으로 밀어 넣었다.

쉬는 시간이 되자 가노 후카가 내 자리로 다가왔다.

"가짜 백치미 소년." 그녀는 내 삐친 머리카락을 가리켰다. "그 잠버릇도 가짜지?"

대답 없이 입을 다물었다. 나는 학교에서 분위기 파악 못 하는 잠버릇으로 통하고 있다. 쓸데없이 인기를 끌고 싶지 않았다.

"넌 수수께끼 같은 부분이 많구나. 백치인 척하고 있지만 잠버릇 말고 다른 몸가짐은 단정하고, 남들한테 불쾌감을 주지 않도록 시트러스향 향수까지 와이셔츠 옷자락에 가볍게 뿌리고 다녀. 반 애들이 생각하는 그런 사람은 아닌 거지."

"반했어?"

"반했겠냐. 끼이익!"

그녀는 무표정으로 헬멧을 벗더니 머리카락을 가다듬고 다시 썼다. 그녀는 모르고 있다. 헬멧을 벗은 순간, 반 아이들의 시선이 그녀에게 집중되었다는 걸.

모두의 시선이 다시 다른 곳으로 옮겨가길 기다린 다음 그녀의 목에 손을 댔다.

"림프선이 부은 것 같은데."

"어머, 어떻게 알았어."

담담한 대답이 돌아오니 당황스러웠다. 자연스럽게 스킨십이 생기면 대부분의 아이들이 그렇듯 볼을 붉히고 동요하는 기색을 보일 수도 있겠다 했는데, 그녀는 전혀 흔들림이 없었다.

"늘 너를 보고 있으니까. 수업 시간에 고개를 좌우로 흔들고 있었잖아. 계속 헬멧을 쓰고 다니니 목이 뻣뻣해지나 봐."

가볍게 문질러 풀어주자 그녀의 표정이 부드러워졌다. 어디까지나 마사지가 기분 좋아서 그렇지, 내게 호의를 품었기 때문은 아니었다. 목 마사지가 끝나자 곧바로 그녀는 내 손을 거두게 했다.

"그 헬멧은 네 방어가 얼마나 견고한지 표현하는 거야?"

"견고한 방어?"

"다리를 꼬고 있거나 팔짱을 낀 사람한테는 말을 걸기 힘들잖아. 헬멧은 보다 의도적인 방어의 표현인가 싶어서."

그녀가 피식 웃었다.

"유쾌한 사고방식이네. 안타깝게도 나는 너처럼 이것저것 생각하며 살지 않아. 훨씬 심플한 생물이거든. 내가 헬멧을 쓰고 있는 이유는 단 하나, 프란츠 카프카에게 경의를 표하기 때문이야."

그녀는 쫙 손가락을 뻗었다.

"이해를 못 했는데, 그거 개그야?"

"경의를 표하는 게 어째서 개그로 보이지? 프란츠 카프카는 한때 보험 회사원이었어. 그때 공사 현장의 보험금 지불을 조금이라도 줄이기 위해 안전 헬멧을 발명했지. 그게 헬멧의 시초래."

"헤에… 처음 들었네."

"그렇겠지."

설마 헬멧의 역사에도 카프카의 이름이 나올 줄이야. 사실 난 카프카를 그리 잘 알지 못했다. 이제 막 그의 단편 몇 편을 읽었을 뿐이다.

카프카의 문장은 아직 내 몸에 익숙히 스며들지 않았다. 며칠 전에는 대표작 『변신』을 읽었다. 기대하고 있던 『기생수(주2)』 같은 호러가 아니라 뭔가 꾸불꾸불한 이야기였다. 후카가 왜 그렇게 카프카를 경애하는지 공감할 만큼 카프카의 문체와 이야기에 빠져들지는 못했다. 주인공의 행동도 이해하기 어려웠다. 카프카의 주인공은 기본 줄거리에서 점점 벗어나 기존의 의미를 간단하게 잃어버리곤 했다. 마치 꿈속의 광경처럼.

카프카의 작품이 단순한 환상 소설이 아니라 미닫이 문 하나만 넘으면 현실로 이어지는 이야기라는 건 어렴풋이 알 수 있었다. 반대로, 카프카의 소설에 나오는 출구 없는 미궁의 문이 현실 세계에서는 활짝 열려 있을지도 모른다.

이런 예를 들어보자. 학교 선생님들이 모두 거대한 괴물의 부하라면? 그들은 우리가 지식이라는 소스를 잔뜩 빨아들여 맛있어지길 기다린다. 잡아먹기 위해 우리를 교육하고 있는 것이다. 말도 안 되는 소리 같겠지만 우리가 우리의 상황을 객관적으로 거리를 두고 볼 수 없는 이상, 이런 비유조차 진실인지 허구인지 판단할 수 없다.

마침 읽고 있는 것은 『다리(Die Brücke)』라는 단편이었다. 이 작품은 '단편'이라 하기에도 너무나 짧다.

이 이야기의 주인공은 다리다. 그리고 다리 위로 누군가가 지나간다. 그자가 다리 한복판에서 두 발을 떼는 찰나, 다리는 그의 정체를 보기 위해 뒤돌아보고, 산산이 부서진다. 딱 이런 이야기만 담긴 소품이다.

내가 사랑한 카프카한 그녀

대체 뭔 소리인지 알 수 없다. 이게 장편의 결말이었다면 다시는 책을 펼치지 않았겠지만, 워낙 짧은 이야기라 문체 습득에는 안성맞춤이다 싶어 몇 번이나 되풀이해 읽었다.

"유명한 작품부터 읽을 것이지."

"내가 무슨 작품을 읽는지 알아? 자리도 많이 떨어져 있는데."

그녀는 복도 맨 앞자리고 나는 창가 맨 뒷자리다. 내가 뭘 읽는지 알아볼 기회는 없었을 텐데.

"딱 한 번 뒤돌아 볼 때 표지 색이 보였거든. 이와나미문고(주3)였어. 그리고 책갈피가 꽂혀 있는 위치, 이와나미문고 『카프카 단편집』의 그 위치라면 『다리』를 읽고 있다는 뜻이지."

"그렇구나. 널 더 좋아하게 됐어."

나는 주위에 들리지 않게 작은 목소리로 속삭였다. 귓가에 메시지를 속삭이는 건 유혹의 테크닉 중 하나다. 그냥 평범하게 데이트하자고 말하는 것보다 귓가에 속삭일 때의 성공률이 높다, 경험을 통해 잘 알고 있는 바다. 하지만 후카에겐 이것도 통하지 않았다.

"그런 말을 백주대낮에 당당히 하지 말아줘."

그녀는 단호히 눈을 감았다. 그러곤 희미하게 비틀거렸다.

관찰해온 바에 따르면 가녀린 후카에게 이 헬멧은 지나치게 무겁다. 가끔씩 무게를 견디지 못해 몸이 흔들린다.

"다리가 제 역할을 포기한 순간, 참극이 일어나는 거야."

그녀는 주문이라도 읊듯 말했다. 순간 무슨 소린가 싶었지만 『다리』의 내용 이야기였나 보다.

"일상에서는 일어나지 않을 이야기지"라고 바로 대화에 들어갔다.

"그럴까? 나는 그렇지 않은 것 같은데."

"다리가 역할을 포기하는 일이 일상에서 벌어질 거라 생각해? 지진이나 화재, 그런 걸 말하는 건가?"

이 나라에는 무수한 활단층이 깔려 있다. 어디서도 안심할 순 없다. 최근 수년간은 특히 그런 경향이 두드러진다. 후란바시에도 활단층의 영향으로 다리 전반에 가느다란 실금이 가 있다.

그리고 화재. 여전히 목조 건물이 많은 이 나라에서 화재 사고는 끊이질 않는다. 후란바시 고교 근처에서는 요즘 방화 사건이 이어지고 있다. 여성이 사는 빈 주택을 노린 동일범의 범행으로 보이는데, 이대로 가다간 사망자가 나오는 건 시간문제다.

그녀는 잠자코 고개를 저었다.

"답은 스스로 발견해야 의미가 있잖아. 네가 카프카가 될 생각이라면 더더욱."

그녀는 나쁜 마음에서가 아니라 진지하게 날 카프카로 만들기 위해 시련을 주고 있는 건지도 모르겠다. 단, 그건 날 향한 호의가 아니라 페어플레이 정신에서 비롯한 것처럼 받아들여졌다. 내가 카프카가 된다면 그녀는 정말 내 여자친구가 되어줄까? 그러려고 매일 노력을 쌓고 있는 거지만, 지나칠 정도로 숨김없는 그녀의 성격을 보고 있으면 가끔 불안해진다.

"행운을 빌어, 견습 문장가 소년."

그녀가 자리를 뜨자 다 보고 있었다는 듯 내 엉덩이에 펀치가 날아왔다. 범인이 누군지는 바로 알 수 있었다. 히로세 고지다. 출석 번호가 옆이라 대화할 기회가 많았다. 적당한 체구에 적당한 키, 성적은 학년 톱. 끈적끈적한 성격 탓에 반에서는 늘 붕 떠 있는 녀석이다. 본인은 아직 깨닫지 못한 듯하지만.

"아파…. 왜 그러는데?"

"그냥 인사지. 그보다 쟤랑 사귀는 거야?"

"저 애?"

"저기, 저 헬멧…."

"아아, 후카. 아니, 전혀."

정확하게 말하자면 아직 전혀.

"진짜?" 고지의 얼굴이 휙 다가온다. "생각보다 훨씬 사이가 좋아 보이던데."

"그런가?"

"아까 목에 손을 댔지?"

아차. 앞으로는 가능한 한 접촉을 피하는 게 좋겠다. 교실에서 그녀와 대화를 나누는 것조차 위험할지도. 어쨌든 이 반에는 후카한테 차인 남자가 열둘이나 있지 않은가.

"아, 그건 목에 먼지가 붙어 있어서 떼어준 거야."

일부러 과잉 반응을 보이며 말했다.

"뭐, 나는 그 애한테 흥미가 없으니 아무래도 좋지만."

"흐음. 이 반에서는 마이너리티네. 하긴 넌 공부 말곤 흥미가 없나."

"만만해 보인 모양이네. 이래 보여도 여자 마음에 불을 붙이는 덴 자신 있는데."

사람은 겉보기로 판단할 게 아닌 모양이다. 마법사가 될 길을 달리고 있을 줄 알았는데.

"여러 아이들의 하트에 불을 붙이고 있어?"

"늘 그런 건 아니지만, 어느 정도 비율로는. 하지만 그건 중요하지 않아. 괜한 인기를 끌어봤자 아무짝에도 쓸모가 없으니까. 중요한 건 정말 좋아하는 아이의 호감을 사는 거지."

"그럼, 정말 좋아하는 아이의 애정을 얻기 위해 매일 단련하고 있다는 뜻?"

그래, 고지가 대답했다. 그의 방법론은 나와 정반대다. 나는 단련할 필요가 전혀 없었다. 아니, 지금 목표인 아이를 정말로 좋아하는 것도 아니다. 그저 오점을 지우고 싶을 뿐이다.

"너도 인기를 얻고 싶다면, 비장의 기술을 전수해주지."

"…나, 나는 괜찮아. 사양할게."

필사적으로 고개를 저었다. 교실에서 후카미 가에데는 이런

캐릭터여야 한다. 내 반응에 만족한 고지가 멀어지는 것을 지켜
본 뒤 새로운 기분으로 책을 읽기 위해 자리에 돌아가려 할 때,
이번에는 엉덩이 펀치보다 몇 배는 강렬한 드롭킥이 등에 직격
했다.

낙법을 취하며 쓰러졌다가 재빨리 킥을 날려 상대를 넘어뜨릴
생각이었지만 탄탄한 상대의 다리는 내 공격에 꿈쩍도 하지 않
았다.

"가쿠토, 너 그러다 살인죄로 체포된다."

"입 다물어, 가짜 백치."

가쿠토는 많지 않은 같은 중학교 출신이다. 성격이 좋아서 다
른 아이들에게 내 과거를 비밀로 해주고 있다. 확성기가 내장된
것 아닌가 싶을 만큼 커다란 목소리로 그다지 재미없는 농담을
날리는 게 문제지만, 미워할 수 없는 면이 있는 녀석이다.

"잠깐 화장실로 따라와."

"지금은 가고 싶지 않은데."

"잠자코 따라오라고!"

이런, 억지로 화장실로 끌려가며 문득 드롭킥을 맞은 등이 평
소보다 아프다는 걸 깨달았다. 좋지 않은 징후다. 드롭킥이 강력
한 건 가쿠토의 기분이 좋지 않다는 뜻이다.

2.

교실에서 나와 내가 더 이상 다른 캐릭터로 연기를 할 이유가 없어지길 기다린 가쿠토가 입을 열었다.

"사쿠라이 나나미한테 차였어."

나는 거울을 보며 왁스로 고정했던 헝클어진 머리를 정리하며 '아, 그랬어' 정도의 리액션을 보였다. 이런 쿨한 태도는 교실이라면 위험하지만 화장실에서는 괜찮다.

"테니스 실력은 없지만 테니스부에, 외모만 에이스급이라는 사쿠라이 나나미?"

"그런 식으로 말하지 마라."

"언제 차였는데?"

"방금 수업 직전에. 자, 여기."

가쿠토는 스마트폰으로 SNS 메시지를 열어 보여줬다. 이렇게 적혀 있었다.

─친구로 돌아가자. 지금까지 즐거웠어.

"웃기고 있어."

"그 소린 본인한테 하지그래?"

"사귀기 시작한 건 지난주였어."

"어떻게 접근했는데? 다른 반인데다 클럽 활동도 다르니 접점이 없었을 텐데."

"히토시한테 부탁했어."

"그랬군."

역시 같은 중학 출신인 히토시는 테니스 부원이다. 소개해줄 법도 하다. 하지만 보람도 없이 두 사람의 관계는 덧없이 끝나버렸다.

"일주일 만에 백지로 돌아가다니. 실수 아닐까?"

"실수?"

"그 메시지, 네가 아닌 다른 누군가한테 보내려는 거였다든지."

"그럴 리 없어."

"아니면, 사귀기 시작한 게 실수였던 건가."

"…그런 생각이니까 이런 메시지를 보냈겠지?"

해선 안 될 말을 내뱉은 모양이다. 또 드롭킥이 날아오는 것 아닌가 싶어 방어 자세를 취했지만 가쿠토는 그럴 기운도 없어 보였다.

"사귀기 시작한 게 지난주 월요일. 갓 시작한 두 사람에게 처음 닥쳐오는 관문이 뭔지 알아?"

"섹스?"

당연한 얘기인 줄 알았는데, 이 발언은 뜻밖에 가쿠토를 꽤나 당혹스럽게 만든 것 같았다.

"머… 멍청아…! 목소리는 왜 이렇게 커!"

"네 10분의 1 수준이잖아."

"…네가 얼마나 막나가는 놈이었는지 잊고 있었다."

고작 몇 개월 전까지 나는 전교에서 가장 조숙한 중학생이었다. 바라던 바는 아니었지만 그렇게 상황이 흘러갔다. 그런 흐름을 끊기 위해 만들어낸 게 백치 캐릭터였다. 가노 후카라는 도전 의식을 자극하는 존재가 나타나지만 않았더라면 고등학교 내내 백치로 일관할 생각이었다. 계획으로는 단숨에 함락시킨 다음 금세 흥미를 잃고 굿바이 하려 했다.

그러나 고백한 지 일주일이 지났건만 후카는 내 간계에 걸려들 기색이 없다. 과거의 성공 사례를 모조리 동원하고 있는데도.

"그게 아니라." 가쿠토는 덧없는 한숨을 내쉬곤 말을 이어갔다. "최초의 커다란 관문이란 데이트 아니겠어. 우리들은 토요일에 '절규의 섬'이라는 유원지에 가기로 약속했었어."

"네가 좋아하는 패턴이구나. 네가 노린 건 어차피 그거지? '절규 브리지'."

"그렇지. 히토시한테서 티켓을 받았으니 돈도 안 드니까."

'절규의 섬'을 데이트 장소로 고른 다른 이유가 떠오르지 않았다. 다른 어트랙션은 죄다 시시해서 다른 놀이동산에 비할 바가 못 된다. 유일하게 '절규 브리지'만은 큰 인기를 끌고 있다.

그 이유는 무시무시한 공포감이다. 쩍쩍 갈라지는 효과음과 함께 다리가 두 동강이 나고, 그 위를 지나가던 열차가 거꾸로 뒤집혀 전진한다. 그런데 그 속도가 매우 느리다. 느리기 때문에 더욱 공포가 증폭되는, 평범한 제트코스터와 정반대 발상으로 만들어진 어트랙션이다.

관람차처럼 느긋하게 즐길 수 있는 장점까지 고려하면 첫 데이트에는 아주 그만이다. 실질적인 공포는 크지 않지만 효과적이라 겁이 많은 남자라도 타러 가자고 할 수 있다.

"낮에 두세 어트랙션을 탈 때까진 괜찮은 느낌이었어. 그녀도 꽤 행복해 보였고."

"진짜 행복은 겉으로는 잴 수 없는 거야."

"거참 잔소리 많네."

"데이트 철학이라면 나도 확실하니까. 그런데? '절규 브리지'에서 태도가 확 변한 건가?"

세상에는 꺄악 소리를 지르며 무서워하는 모습을 드러내길 즐기는 여자와 진심으로 무서운 걸 싫어하는 여자가 있다. 만약 나나미가 정말 무서운 걸 싫어하는 여자라면 '절규 브리지'는 트라우마로 남을 테고 갑자기 태도가 변할 수도 있을 거다.

하지만 가쿠토는 조용히 고개를 저었다.

"그런 게 아니었어."

"그럼?"

가쿠토는 거울 앞에서 열심히 세팅한 내 삐친 머리카락 하나를 갑자기 쑥 뽑았다.

"아얏! 무슨 짓이야."

내 성질내는 소리는 하나도 들리지 않는다는 듯 가쿠토는 머리카락을 후욱 불어 창 밖으로 날렸다. 그리고 이렇게 말했다.

"다리가 걜 지워버렸어."

3.

"다리가 지워버렸다고?"

가쿠토가 고개를 끄덕였다. 사건은 '절규 브리지' 티켓을 끊고 입장한 직후에 벌어졌다. 어트랙션 시설은 내부 조명이 어두워서 빛이라곤 스태프 헬멧에 달린 라이트와 발밑의 청백색 계단 조명뿐, 너무 어두웠다. 나나미와 가쿠토는 열차 앞까지 스마트폰을 불빛 삼아 걸어갔다.

앞에 나타난 스태프의 지시에 따라 신중하게 계단 끝까지 가자 다른 스태프가 한 명씩 열차 안으로 안내했고, 이제부터 타게 될 어트랙션에 대한 설명이 시작됐다. 당연히 가쿠토의 옆자리에는 나나미가 앉아 있었을 것이다. 가쿠토는 은근슬쩍 손을 잡기 위해 팔을 뻗었다.

"그런데 내 손에 잡힌 건 공기뿐이었어."

"그래서 다리가 그녀를 지워버렸다는 거야?"

"물론 그럴 리 없다는 건 나도 알아. 하지만 그것 말고는 생각할 길이 없었어."

입장하는 계단까지 분명히 그녀가 있었다. 열차에 탈 때에도 있었을 것이다. 아니라면 스태프가 뒷사람을 가쿠토 옆에 앉혔을 테니까. 모순 같겠지만 자리가 비어 있었던 건 그녀가 존재했다는 증거였다.

"그녀는 닌자였나 봐."

"그런가… 멍청아."

"어두워서 못 봤을 뿐 뒷자리에 있었던 것 아냐?"

"어둡긴 했어도 점점 눈이 어둠에 익숙해지더라. 그렇지만 그때 이미 내 옆에는 아무도 없었어. 당연히 앞뒤도 둘러봤고 어디에도 그녀는 없었어. 마치 '절규 브리지'가 그녀를 지워버린 것처럼."

"고작 몇 분 만에 사라진 건가."

"그래. 학교에 와보니 이 메시지가 날아온 거야. 너무 심하지 않아? 다른 사람한테 온 메시지 같을 정도였어. 그제야 생각나더라."

"…뭐가?"

"절규 브리지에서 데이트한 커플은 반드시 헤어진다는 도시전설."

"바보 같은 소리."

바보 같다, 생각은 그랬지만 머릿속에서는 기묘한 상상이 날개를 펴기 시작했다.

열차가 달리기 시작하면 마음에 드는 여자애를 발견한 다리가 혀를 쑤욱 내밀어 그 아이를 채어가 어딘가에 숨긴다. 그리고 다음 주가 되면 그녀와 꼭 닮은 가짜를 내놓는 것이다.

도시 전설이 퍼질 정도면 다리는 상습범이다. 여러 번 같은 수법으로 마음에 드는 여자를 손에 넣고 가짜를 세상에 풀어놓았다.

우리가 모르는 사이에 다리는 이 세상의 여자들을 조금씩 가짜로 바꿔치기해왔다….

물론 말도 안 되는 소리다. 하지만 이런 소리라도 하지 않으면 납득할 수 없는 일이 세상에는 넘쳐난다. 여기까지 오니 내 사고방식이 어느새 카프카의 영향을 받고 있다는 걸 깨달았다.

"그렇군…."

현실에서 벌어지는 부조리를 우화로 승화시켰기에 카프카의 소설과 '부조리'는 세트로 취급받는 것인가.

"그 '그렇군'은 뭔 뜻이야?"

"아니, 잠깐 다른 생각이 나서."

실제로는 어떤 일이었든, '카프카'스러운 사건임에 틀림없지 않은가.

"하긴 여자의 마음이란 이해하기 힘든 거지." 의식이 카프카에

　　　　　　　　내가 사랑한 카프카한 그녀

게 사로잡혔다는 걸 숨기기 위해 감상을 입에 담았다.

"여자의 마음이라는 말로 대충 넘길 생각 하지 마!"

진심이 1그램도 없는 태도였던 걸 들킨 건가.

"…아니, 사실이 그렇잖아. 목소리 크고 체격 좋은 남자의 고백을 받았다, No라고는 말 못 하겠어서 사귀기 시작했다, 하지만 무서워서 견딜 수가 없었다, 게다가 공포의 제2관문 '절규 브리지'에 끌려가게 됐다, 공포가 한계점을 넘어선 끝에 실종, 가쿠토는 평소에는 무서워 보여도 속은 의외로 착한 사람이길 기대하고 있었는데 나나미를 '절규 브리지'에 태우려 하다니, 끔찍한 사람! 이런 사고 경로를 거친 게 아닐까."

"…아냐, 절대로 아냐! 절규의 섬에 가자고 하니까 바로 '절규 브리지'를 타보고 싶었다고 했단 말이야."

타보고 싶던 어트랙션이었지만 실제는 상상과 너무 달랐기 때문에 실종될 수도 있다. 하지만 타보고 싶던 어트랙션을 타기 직전에 사라지는 일이 있을까?

"화장실에 가고 싶었던 게 아닐까. 여자애들은 마법의 날이라든지, 남자에게 말하지 못할 사정이 얼마든지 있잖아. 예를 들어 아무 준비도 안 했는데 그날이 됐다면 '절규 브리지'를 타고 있을 때가 아니잖아. 옷이 더러워진 걸 보이고 싶지 않았을 거야. 그래, 이거다. 한 건 해결."

"미리 화장실도 다녀왔어. 많이 양보해서 그런 상황이었다 치더라도 그게 헤어질 이유가 되진 않잖아?"

"하긴… 그 밖에 의심 가는 행동은 없어? '절규 브리지' 게이트
를 지난 후에?"

가쿠토는 눈살을 찌푸리고 기억을 떠올리기 위해 양손으로 머
리를 감쌌다.

"으음, 잠깐 스마트폰을 만지작거리긴 했지만, 그건 나도 마찬
가지였어…. 전화가 잘 터지지 않았으니 연락을 받은 것도 아닐
거야."

"네가 자기를 더 걱정해주길 바란 건 아니었을까."

"이제 와선 아무래도 좋다만, 어쨌든 그녀는 다리에서 사라졌
고 나는 이렇게 차였으니."

이렇게 말하며 "젠장!"이라는 소리와 함께 벽을 친 가쿠토는
아픈 주먹을 감싸 쥐었다.

다음 수업이 시작되는 벨이 울렸다.

나는 어깨를 두드리며 말했다. "너무 신경 쓰지 말고 기운 내.
회전 초밥 집에서는 반드시 다음 접시가 돌아오는 법이잖아?"

"회전 초밥이야 그렇다만."

어두침침한 목소리가 쌀쌀한 봄의 복도에 희미하게 퍼졌다.

"난 더 이상 사랑은 안 해. 다리 말고 다른 곳에서 또 가짜와
바꿔치기 당했다간 견딜 수가 없을 테니까. 나 먼저 들어간다."

녀석도 진심으로 다리를 탓하고 있는 건 아니다. 하지만 다리

034
내가 사랑한 카프카한 그녀

를 찾기 전의 두 사람으로 다시는 돌아갈 수 없다. 그런 의미에서 결과는 같다.

이 세상은 암흑이다. 다리가 사람을 사라지게 할 수도 있지 않을까. 녀석을 동정한다.

녀석이 터벅터벅 걸어가는 모습을 지켜본 후 나도 걷기 시작했다. 옥상으로 가야겠다. 수업 전에 축축한 공기를 털어내고 싶다. 미안하지만 지금 나는 친구의 사랑 고민을 들어줄 때가 아니다. 문자를 들여다보고 하나라도 더 많은 의미를 찾아내서 카프카가 될 깨달음을 얻어내야 하는 위대한 사명이 있지 않은가.

그러나 우연히도 사쿠라이 나나미가 이 학교 테니스 부원 특유의 손목 휘두르기 훈련을 하며 계단을 내려오는 모습이 눈에 들어왔다. 조용한 발걸음이다.

그녀는 날 바라보았다. 그러곤 무시했다.

그것이 우리의 약속이었으니까.

4.

옥상에 도착하자 이쪽을 등지고 난간에 턱을 괴고 있는 남학생의 등이 보였다.

"오늘밖에 없어. 오늘밖에 없어… 그래, 오늘 방과 후밖에…."

이 학교에서 자주 보는 풍경. 위가 안 좋은 까마귀 같은 그 실루엣. 가능한 한 보지 않으려고 피해온 모습이다. 그다지 기분 좋은 광경은 아니니까. 정말로 자살할 용기가 없는 자살 희망자. 손을 늘어뜨리고 있는 건 죽음에 대한 긴장을 풀기 위해서일까. 축축한 공기를 털어내기 위해 옥상으로 걸음을 옮긴 건데, 여기서 그런 걸 보고 싶지는 않았다.

그래서 반대편 난간 쪽으로 가서 하늘을 바라보았다. 오늘도 하늘에는 뭉게구름이 그려져 있다.

"구름을 보는 게 취미인 사람은 자살한다던데."

가노 후카의 목소리라는 건 바로 알았다.

"난폭한 논리네. 나는 자살하지 않아. 게다가 고백하기에 최적의 하늘 같지 않아?"

나는 손수건을 꺼내 벤치에 깔고 그녀의 손을 에스코트해서 자리에 앉혔다.

그녀는 아무렇지 않다는 듯 얌전히 자리에 앉았다. 나는 곧바로 잡은 그녀의 손을 양손으로 문질러 풀기 시작했다. 마사지 작전 파트 2.

"엄지와 검지 사이가 딱딱하네. 자율 신경이 안 좋은지도."

"응, 거기야, 거기. 아아, 시원하다. 이 방법으로 꼬신 건 몇 명이나 돼?"

"까먹었어. 하지만 지금은 너뿐이야."

"사양하고 싶네."

그녀는 한동안 마사지를 받은 뒤, 내 손을 뿌리치더니 손가락을 움직였다. 이상하다. 효과 제로? 그럴 리 없다. 아니면 지금까지 꼬셔온 여자들의 방어가 어설폈던 걸까?

"꽤 오래 화장실에 다녀온 것 같더라."

신비한 아이다. 내게 전혀 관심이 없는 것 같다가도 의외로 행동을 정확히 파악하고 있다.

"너, 실은 내 스토커야?"

후카는 뾰족하게 날 노려본다.

"뻔뻔하긴. 스토커란 싫어하는데도 뒤를 쫓는 존재인 줄 알았는데, 스토커에 대한 내 정의가 틀린 건가?"

"아니, 틀리지 않았어. 넌 스토커가 아니야. 가쿠토가 날 화장실로 끌고 갔거든. 실연당했다면서."

나는 시야 끝에 들어온 자살 희망자가 계단을 내려가는 걸 지켜보며 가쿠토에게서 들은 이야기의 전말을 털어놓았다.

다음 수업은 이미 시작했다. 돌아가야 한다. 하지만 그녀와 둘만 있을 수 있는 시간을 놓칠 순 없다. 여자의 마음을 움직이기 위해서라면 시간을 아까워하지 말고 써야 한다.

이야기를 다 듣더니 그녀는 잠깐 입을 다물었다가 이렇게 말을 꺼냈다.

"그렇다면 가보는 방법밖에 없지 않을까?"

"어딜?"

"당연히 '절규의 섬'이지. 다리에서 사라진 여자에게 무슨 일이 벌어진 건 분명해. 하지만 가쿠토 군 본인은 짐작조차 못 한다, 그렇다면 그 장소가 무언가를 알려줄지 몰라."

"장소가 알려준다?"

"장소도 말을 해. 나는 자주 거리의 소리를 들어. 황혼이 질 무렵의 거리는 수다쟁이야. 마물(魔物)의 기운, 우울과 퇴폐의 냄새, 그리고 잃어가는 슬픔과 오늘이라는 날의 반짝임을 동시에 이야기하거든. 그리고 천천히 어둠에 삼켜지지."

나의 머리는 그녀의 말을 따라가고 있었다. 마물의 기운도, 우울과 퇴폐의 냄새도 잘 모르지만 그런 것이 기억 속에 남아 있는 것처럼 느껴졌다.

"장소에도, 물건에도 의지와 생각의 힘이 작용해. 신비로운 일이 아니라 사람이 거기 있는 한 당연히 생기는 현상이야."

"그래서, 넌 지금부터 그 장소의 목소리를 들으러 가겠다는 거야?"

후카는 생각에 잠긴 듯 잠시 입을 다물었다. 얼굴을 찡그리더니 자리에 웅크린다. 가끔 보이는 모습이다. 커다란 눈을 부릅뜬 채 한곳을 바라보며 움직이지 않는다. 길게는 5분 정도 그럴 때도 있다. 그동안에는 어떤 질문에도 대답하지 않는다.

나는 그녀가 몸을 일으킬 때까지 잠자코 기다렸다. 그동안 마음에 드는 구름이 흘러갔고, 제트기의 폭음이 고막을 흔들었다. 겨우 정적이 되돌아왔을 때 그녀는 몸을 일으켰다.

"배 아파?"

"여자의 날이거든. 끼이익!"

거짓말일 거다. 며칠 전에도 그녀는 여자의 날이라고 했다. 오늘이 그날이라면 지난주에 한 말은 거짓말이었겠지. 혹은 양쪽 모두 거짓말이거나.

"그럼 절규의 섬은 무리겠네."

"괜찮아, 네가 따라온다면. 물론 따라올 거지?"

그녀는 내가 따라가지 않을 가능성은 조금도 생각하지 않는 듯했다. 이 흔들림 없는 자신감은 어디에서 오는 걸까. 내 말을 들을 것 같지도 않다.

"알았어, 갈게. 방과 후에 바로? 아니면 집에 들렀다가?"

머릿속으로 이미지를 그렸다. 절규 브리지 괴물이 무언가를 털어놓기 시작하는 모습을. 아주 낮고 흐릿한 목소리로 '절규 브리지'가 말했다.

'두 사람이 헤어진 이유? 난들 알겠어? 후하하하!'

두뇌 건강이 영 안 좋은 것 같다. 후카의 사고에 중독되기 시작했나.

그녀는 아직도 기분이 안 좋은지 내 질문에 대답하지도, 눈을 깜빡이지도 않고 한곳만 바라보고 있었다. 그러다 당돌하게 말했다.

"지금 당장 학교를 빠져나갈 거야."

"지금 당장? 방과 후에는 안 돼?"

"안 돼."

그녀는 내 손을 잡아끌더니 달리기 시작했다.

훗날 나는 알게 된다. 방과 후까지 그녀가 기다릴 수 없었던 진짜 이유를.

하지만 이때 나는 그녀가 내 손을 잡은 것에 소소한 당혹감을 느끼고 있었다.

이렇게 담백하게 내 손을 잡은 여자는 만난 적 없었으니까.

그 손은 무척 차가웠다. 5월인데도 희미하게 남은 냉기가 강하게 느껴졌다.

5.

'절규의 섬'이 개장한 건 내가 네 살 때였다. 당시에는 이런 오락 시설이 워낙 많았을 때라 후발 주자란 느낌을 지울 수 없었다. 실제로 개장하고 몇 년 동안은 악전고투한 모양이었다.

그러다 '절규 브리지'가 만들어지면서 인기에 불이 붙어 손님이 훌쩍 늘었다.

절규 브리지는 고액의 예산을 들여 만든 어트랙션이 아니다. 새로운 면은 그 '느린 속도'였다. 아주 느리다. 고작 25미터를 지나가는 동안 코스터는 굉장히 느린 속도로 움직인다. 지나가는 도중에 세 바퀴 정도 회전한다. 아무런 전조도 없이. 사람들은 갑작스럽게 거꾸로 매달리게 된다.

체감 속도 분속 1미터 정도로 완만하게 나아가는 열차지만 다리가 사람들을 절규하게 만든다. 클라이맥스는 그다음이다. 다리에서 삐걱거리는 효과음이 들리는 순간, 말 그대로 다리가 사라진다. 발밑이 휙 꺼지는 느낌과 더불어 열차는 하강하고, 약 5초 후 지면에 도착한다. 거기서 어트랙션은 막을 내린다. 사람들은 시종일관 다리에 휘둘리는 것이다.

내가 아는 바로는 이 롤러코스터의 발명은 어트랙션 업계에서 획기적인 일이었다. 긴 오락물의 역사에 한 획을 그었다. '절규의 섬' 오너의 의도는 명확했고, 대중은 그 의도에 맞게 반응했다.

하루 입장객은 상위권에 든다. 데이트 중 낙낙한 공포를 맛볼 수 있는 기구의 수요는 많았다. 도시 전설이 생긴 것도 그만큼 인기가 있었기 때문이다. 가쿠토가 나나미와 함께 타러 온 이유도, 공포를 즐기다 보면 로맨스가 생기기 좋을 거란 마음에서 비롯한 것이리라.

"평일에 오길 잘했네."

인기 시설이라도 평일 오후 3시대에는 크게 혼잡하지 않았다. 우리는 입장료를 각자 지불하고 시설에 들어섰다.

"어느 것부터 탈까? 관람차를 차분히 탄 다음에 귀신의 집으로 갔다가…."

"무슨 소리를 하는 거야?"

"응?"

눈앞에 그녀의 얼굴이 다가와 있었다. 입술 모양이 키스하기에는 최고라는 걸 다시 확인했다.

"놀러 온 게 아니잖아. 네 친구가 차인 이유를 알아내기 위해서 아니었어?"

"…농담이야. 자, 여기 티켓. 미리 사뒀어."

"준비성이 좋네. 뻔뻔하긴."

어째서 준비성 좋은 게 뻔뻔함으로 이어지는지 알 수 없었지만, 그녀는 내 손에 들린 티켓을 뺏더니 성큼성큼 걷기 시작했다. 다른 이야기를 꺼낼 틈도 없었다. 나는 괜한 기대를 품고 있는 건 아닐까. 그녀가 내게 빠져드는 날이 정말 올까? 답은 현재로선 카프카뿐이다.

어쩔 수 없이 후카를 따라 '절규 브리지'로 향했다.

"유원지는 생각보다 즐거워 보이는 공간이구나."

후카는 주위를 돌아보며 감상을 늘어놓았다.

"그야 유원지니까."

"흐음… 난 유원지에 처음 와봐."

"엥… 와본 적 없어?"

놀라긴 했지만 예상대로다. 후카에게는 이런 장소에서 오락을 즐길 것 같은 이미지가 전혀 없다. 어릴 때부터 도서관이나 박물관에서 더 흥분했을 타입이다. 그녀는 거기에 한마디 덧붙였다.

"오래전부터 병원과 집만 오가며 살아왔으니까."

병원이라는 말에 나는 발밑이 무너지는 듯한 기분이었다.

"병약했어?"

"병약한 게 아니라 그저 병이 생겼을 뿐이야. 약해진 적은 단 한 번도 없었어."

후카는 똑바로 앞을 바라보고 있었다. 그 말에 거짓은 없어 보였다. 허세가 아니라 그녀는 정말 그렇게 믿고 있다. 쉬지 않고 등교하는 걸 봐선 병을 이겨냈을 테고.

하지만 병은 그녀가 유원지를 맛볼 귀중한 기회를 지금까지 빼앗아왔다. 그렇게 생각하니 살짝 가슴이 뛰었다. 뭘까? 이 느낌은. 잘 모르겠다.

"유원지는 어떤 곳이라 생각했어?"

"사람이 많은 장소. 바이러스가 가득하고 지쳐서 병에 걸리게 하는 장소. 츠키야 오빠가 늘 그렇게 말했거든."

"츠키야 오빠?"

"내 친오빠. 츠키야 오빠는 날 과보호해. 1년 전 부모님이 돌아가신 후로는 부모님 대신이기도 하니까. 피가 섞이지도 않았 는데."

"뭐…."

혈연이 아닌 남매가 부모님이 돌아가신 후에 둘이 살고 있다 고? 이 설정에 나의 망상은 재빠르게 엔진을 풀가동시켰다.

"두 살 때 아버지가 돌아가셨어. 2년 후 엄마가 재혼했고, 재혼 상대가 데려온 아이가 츠키야 오빠였어. 나랑은 열 살 넘게 차이 가 나지만, 늘 나와 놀아주는 걸 최우선으로 생각해줬어. 엄마와 새아빠가 돌아가신 후로는 츠키야 오빠가 매일 요리를 해주고 있어."

그녀의 눈은 살짝 덧없이, 먼 곳을 보고 있는 것처럼 보였다. 그녀의 입으로 가족 이야기를 해준 건 처음이었지만 생각지 못 한 곳에 라이벌이 있었다.

아니, 혈연이 아니라 해도 남매는 남매, 걱정할 일이 아니라고 또 다른 내가 마음을 고쳐먹어도, 방금 그녀의 시선이 순간 사랑 에 빠진 소녀처럼 보였다는 생각에서 벗어날 수 없었다. 게다가 피가 섞이지 않은 남매가 법률적 문제가 없이 결혼할 수 있다는 건 아다치 미츠루의 『미유키』(주4)를 읽어서 잘 알고 있었다.

"부모님은 어쩌다 돌아가신 거야?"

"사고로. 공사 현장 근처를 지나실 때 철골이 떨어졌어. 그걸 로 끝."

호들갑 떨 일도 아니라는 듯 그녀가 말했다.

"그 때문인가, 츠키야 오빠는 내가 넘어지기만 해도 걱정이 과해."

후카는 흥겹다는 듯 웃었다. 그녀가 지금까지 살아온 인생은 나와 많이 달랐나 보다. 넘어지기만 해도 걱정해주는 인생. 그리고 츠키야 오빠라는 인물의 존재가 얼마나 클지 상상하기란 어렵지 않았다. 연애 감정의 유무는 접어두더라도 막대한 영향력을 가진 인물임에는 분명하다. 그리고 그 인물이 지금도 그녀를 슬하에 두고 있다. 마치 납으로 된 사슬에 묶여 있는 듯한 기분에 사로잡혔다.

"저거지? '절규 브리지.' 드디어 타네."

그녀가 앞을 가리켰다. 열차를 등에 실은 다리가 히죽 웃고 있는 일러스트 간판이 공포심을 부채질한다.

"그런데 너는 타본 적 있어?"

"응… 그야."

이럴 때 거짓말을 해봐야 무엇 하겠나. 정확하게 세 번째였다. 두 번째는 사쿠라이 나나미와 함께였다.

6.

중학교 시절, 나는 집게가 단단한 인형 뽑기 기계처럼 어떤 여자애건 골라 사귈 수 있었다. 물 마시는 시간보다 키스하는 시간이 더 길었을 수도 있다.

그러다 보니 두 번 정도 '절규의 섬'에도 왔다. 모두 상대와 사귀기 시작한 지 얼마 안 됐을 때였고, 결과적으로 잘 사귈 수 있게 운을 가져다준 인연 깊은 어트랙션이다.

소위 '흔들다리 효과'. 불안감을 연애 감정으로 착각하는 여자가 많다는 걸 중2 때 깨달았다. 그런 이론의 힘을 빌어 여자애를 반하게 한들 큰 의미는 없다. 중요한 건 연애 놀이를 시작하는 게 아니라 어떻게 사랑할 것인가다. 하지만 나는 그런 면으로는 심각할 만큼 풋내기였다. 나는 사람을 사랑하지 못한다. 그 사실을 깨닫고 고등학교에 입학한 뒤로는 여자들과의 관계를 없앴다.

불가능에 도전하고 싶은 성미를 자극하는 존재. 가노 후카가 없었다면 나는 이런 곳에 끌려올 일 없이 평범한 고교 생활을 했을 것이 분명하다.

티켓을 보여주고 입장하니 이미 몇 쌍의 남녀가 줄을 서 있었다. 곧바로 주변이 어두워졌다. 발밑의 형광 램프와 스태프의 헬멧에 달린 라이트에만 의지해야 했다.

"이렇게 이동하는 사이에 사라져버린 거구나, 그녀는."

"아니, 열차에 탄 건 분명하다고 생각해. 아니었다면 자리가 비어 있지 않았을 테니까."

"글쎄? 앞뒤 손님이 커플이었다면 스태프는 가쿠토 군이 혼자 온 줄 알고 한 자리를 비우지 않았을까?"

"아, 그런가…."

일반적으로 빈자리는 채워 넣을 줄 알았는데, 생각해보니 둘이 타러 오는 게 전제인 어트랙션인 만큼, 자리가 비어 있었다 해도 놀이기구에 타긴 했을 거라 단정할 수도 없었다.

"기껏 돈을 지불하고 탄 놀이기구에서 뛰쳐나갈 정도라면 어지간히 급했던 거겠지?"

"그렇겠지. 어쩌다 그런 급한 일이 생겼을까? 막 어트랙션을 즐기려던 참에."

"암흑 공포증이었을 가능성은? 이렇게 실내가 어두울 거라 몰랐는데 안에 들어와보고 놀랐다거나."

"있을 수 있는 일이지. 하지만 그런 이유로 월요일에 차인다면 납득하기 힘들 거야."

그 정도면 차라리 다리한테 납치돼 가짜가 나타났다는 쪽이 더 합리적이라는 생각까지 들었다.

"그것도 그래."

후카는 생각에 잠기더니 곧 침묵을 깨고 질문을 던졌다.

"브리지 하니 생각났는데, 오늘 넌 카프카의 『다리』를 읽었지?"

"아, 응."

그게 어쨌다는 걸까?

"내가 한 말 기억해?"

"분명 '다리가 제 역할을 포기한 순간 참극이 일어나는 거야'라고 했지?"

"그래. 만약 이 '절규 브리지'가 다리의 역할을 포기했다면?"

부조리한 상황에 투덜거리듯 가쿠토가 말한 '다리가 지워버렸다'는 의인화와 일맥상통하는 대사였다. 나는 현실적인 선에서 해석하고 싶었다.

"어트랙션이 고장 나진 않은 것 같은데."

그러자 예상 밖의 대답이 돌아왔다.

"아니, 이 '절규 브리지'라는 코너 전체를 말하는 거야."

코너 전체?

무슨 뜻일까.

나는 그녀의 말의 의미를 이해할 수 없었다.

발밑의 형광 라이트가 끝나는 지점에서 열차가 기다리고 있었다. 거기 있던 다른 스태프가 곧바로 우리를 열차에 태웠다.

안전 바가 내려온다.

"역시 탔다가 내리는 건 무리야. 안전 바가 있으니까."

"그렇구나. 내리려면 스태프의 손을 거쳐야 해."

가쿠토는 그런 일이 있었다는 말이 없었다. 즉, 나나미는 열차에 타기 전에 사라진 것이다.

스태프의 대화가 들려온 것은 그 즈음이었다.

"이번에도 주말은 고등학생 알바에게 맡길까."

"그럴까, 평일은 여유롭지만 주말은 힘들잖아."

"워낙 성실한 녀석이니 괜찮겠지."

두 사람은 그렇게 말하며 웃어댔다. 힘든 일은 후배 알바에게 떠맡기겠다는 속셈이다. 기분 좋은 대화는 아니었다.

하지만 이 대화를 들은 순간, 후카가 내 손을 슬쩍 잡았다. 내가 어둠 속에서 녹아버리지는 않았는지 확인이라도 하는 것처럼. 무척이나 자연스러운 행위였다.

"다리가 눈에 보인다고 단정할 순 없겠어."

"다리가… 보일 거라 단정할 수 없다고?"

수수께끼 같은 말이었다. 하지만 그보다 그녀가 갑작스레 잡은, 지금도 이어져 있는 손이 더 신경 쓰였다. 순진무구하고 심플한 접촉이 다시 내 가슴을 뛰게 했다. 뭘까? 내 안에서 무슨 일이 일어나고 있는 건지 모르겠다. 가슴이 답답했다.

천천히 열차가 움직이기 시작했다. 역시나 완만한 속도다.

그 찰나, 내 손을 잡은 후카의 손이 미세하게 떨리고 있다는 걸 깨달았다.

"무서워?"

"무섭지 않아. 뻔뻔하긴."

"농담이야."

"그리고 무서워한다면 네가 뭘 어쩔 건데?"

"난 네 곁에 있잖아. 안아줄까?"

"사양하겠어."

떨떠름한 반응. 하지만 그녀는 절규하며 내 손을 꽉 쥐고 있었다. 그 악력이 상상을 뛰어넘을 만큼 강해서 손이 부러지는 건 아닌지 걱정이었다.

'절규 브리지'를 빠져나올 즈음, 내 손등에는 무수한 손톱자국이 나 있었다.

7.

"재밌었지."

나는 아직 저린 손을 후카에게 보이지 않게 흔들며 마비가 풀리길 기다리고 있었다.

무서워하는 그녀를 바라보고 있으려니 자연스레 웃음이 나왔다.

웃고 있다….

스스로도 놀라웠다. 이렇게 아무 계산 없이 웃은 게 얼마 만일까?

그녀에게 사랑을? 아니, 설마. 수많은 성공을 거두면서도 아직 그 누구에게도 사랑을 느낀 적 없는 남자 후카미 가에데가 하필 헬멧 쓴 문학소녀를 사랑한다?

기분 탓이다. 이건 그저 불가능에 도전하는 취미. 내게 넘어오면 조금 즐기다 끝낸다.

후카는 아직 흥분이 가라앉지 않은 듯 눈을 동그랗게 뜨고, "끼이익!"이라는 소리를 내더니 헬멧 끈을 꽉 조였다. 다리가 뒤집히면서 헬멧 끈이 느슨해졌나 보다.

"저런 걸 타겠다고 줄을 서다니 제정신들이 아니야. 저건 살인 도구야."

"오버하긴."

"정말 흥미롭네. 사람이 죽을 만큼 치사량의 공포를 적극적으로 원하는 사람들이 있다니."

후카는 아직도 눈을 깜빡이지 않았다. 어지간히 무서웠나 보다.

"공포를 원하는 건 인간이 잠재적으로 꾸준히 본능을 자극받길 원하기 때문일지도 모르겠어."

"흥미로운 설이네. 뻔뻔하긴!"

"뻔뻔하다는 말을 쓰는 법을 잘못 배웠나 봐. 인간은 평화로운 생활을 하고 있으면 금세 위기의식을 잃잖아. 본능은 그런 성질을 잘 알고 있으니까, 정기적으로 공포를 섭취하라고 명령을 내리는 게 아닐까."

"그리고 공포를 맛본 후에는 단 음식이 먹고 싶어지고?"

"소프트 아이스크림 사줄게."

"그 정도는 받아도 되겠지. 나는 네 친구 문제를 해결하려다 죽을 뻔했으니까."

"오버라니까…."

"오버 아냐. 정말 죽을 뻔했어."

그녀는 눈물 맺힌 모습을 보여줬다. 나는 매점에서 소프트 아이스크림을 두 개 사서 하나를 그녀의 손에 건넸다. 후카는 행복하다는 듯 눈을 감고 아이스크림을 핥았다.

"자, 너는 알았어? 무엇이 '다리'인지, 전복된 '다리'는 무엇이었는지?"

전복된 다리….

나는 그녀의 말의 의미를 되짚었다.

"알 것 같아." 잠깐 숨을 들이켜고 다시 말했다. "가쿠토를 뜻하는 거지?"

"흐음, 이어서 말해봐."

"녀석 자신에게 문제가 있었던 거야. 아까 네가 어둠 얘기를 했잖아? 그때 깨달았어. 혹시 그녀가 암흑 공포증이었다면 분명 불안했을 거야. 그런데 막 사귀기 시작한 참이라 부끄러워서 그랬는지, 가쿠토는 손을 잡으려 하지 않았어. 그게 결과적으로 나나미의 마음을 가쿠토에게서 멀어지게 한 거야."

"흐음, 화가 나서 그녀가 돌아갔다?"

"처음에는 고작 그깟 일로 헤어질까 싶었어. 그런데 아까 네가 내 손을 으스러져라 꽉 쥘 때 그런 생각이 들더라. 여자라면 분명 손을 잡아주길 바랐을 거라고."

이때, 후카는 처음으로 내 앞에서 얼굴을 붉혔다.

그녀의 마음에는 분노 이외의 바로미터가 없는 게 아닐까 싶던 터라 더 놀라웠다. 게다가 오른손을 뒤로 싹 감추는 것 아닌가. 그러면 자기가 한 일이 사라진다 믿는 것처럼.

"그 추리는 비겁해. 내 약점을 들추다니."

"엥? 무서워서 손을 잡았다는 말?"

"더는 말 안 해! 끼이익!"

그녀는 바로 평소 같은 무표정한 얼굴로 돌아가 괴성을 내더니 소프트 아이스크림의 콘을 와삭와삭 먹었다.

나는 그녀의 얼굴을 바라보며 웃었다.

"하지만 넌 다른 추리를 하고 있는 거 맞지?"

나는 그걸 알 수 있었다. 나 역시 내 추리가 틀렸다는 것쯤은 알고 있었다.

"글쎄. 하지만 네 추리에는 한 가지 문제가 있어."

그렇다. 그 말이 맞다.

"어둠 속에서 나나미가 무서워하고 있다는 걸 알아내기는 불가능하다 그거지?

"…알고 있었어?"

"타기 전부터 무서워했다면 몰라도, 타고 싶어하던 그녀가 정작 타기 직전에 무서워하는 건 이상하지. 헤어진 원인이 공포심은 아닐 거야."

내 추리에 동조하듯 후카는 살짝 고개를 끄덕였다.

"바꿔 말하면 전복된 '다리'는 가쿠토가 아니었다는 거지."

그녀는 콘을 와삭 소리 내며 먹었다.

"다리에 대해 고찰해볼까. 다리는 사람을 받쳐서 건너게 하는 목적을 가지고 만들어졌어. 목적지 A에서 목적지 B까지. 그 앞에 강, 연못, 댐, 혹은 바늘로 된 산 같은 어떤 장애물이 있고, 그걸 넘어갈 수 있도록 세워지는 게 다리야. 참고로 인간의 뇌에도 다리가 있어."

"인간의 뇌 안에도?"

"교(橋)라는 기관인데, 소뇌에서 뇌간으로 이어지는 많은 전도로가 통과한다 해서 이렇게 부른대. 자, 여기서 문제. 나나미와 가쿠토 사이의 '다리'는 무엇이었을까?"

거기까지 듣자 눈이 확 뜨였다. 이번 일에서 '다리'가 무엇이었는지 깨달은 것이다.

내가 사랑한 카프카한 그녀

"만약 다리가 다리의 역할을 그만뒀다면….'

갑자기 아까 옥상에서 본 광경이 떠올랐다. 남학생이 심각한 분위기로 난간 앞에 서 있었다.

그 장면과 카프카 소설의 결말이 겹쳐 보였다.

다리 위에서 점프한 이의 존재를 확인하기 위해 다리는 몸을 뒤집는다. 난간에서 몸을 던진 청년. 두 모습이 머릿속에서 겹쳐진다.

볼 때에는 아무 생각도 들지 않던 광경이 의미를 갖기 시작했다.

"진상에 도달한 얼굴이네. 수수께끼를 낸 나는 아직 아무런 아이디어도 떠오르지 않았어. 그런데 네가 정답에 도달하다니 이거야말로 부조리네."

"네 부조리가 내 시야를 넓혀줬어."

지금은 모든 것이 선명해 보이는 기분이었다.

"고마워… 얘기는 나중에. 학교로 돌아가겠어."

나는 달리기 시작했다. 내 예상이 정확하다면 최악의 사태가 지금부터 일어날 것이다.

그때 뒤에서 후카가 주문 같은 말을 던졌다.

"정신은 의지하려는 태도를 그쳤을 때 비로소 자유로운 것이 된다."

"뭐?"

"카프카가 한 말이야. 어떤 결과로 이어지건, 자유란 무엇과도 바꾸기 힘든 거잖아. 다리가 다리이길 포기했을 때, 그제야 보이는 풍경도 있을 거야."

나는 고개를 끄덕였다. 하지만 자유의 결과라 해서 꼭 좋은 일만 있을 거란 생각은 들지 않았다. 특히 인간의 생사와 관련된 것이라면.

8.

옥상에서 자살한 사람은 지금까지 한 명도 없다. 그래서 경계심이 약해진 우리 학교는 방과 후에도 옥상을 개방하고 있다. 옥상은 고백하기 좋은 장소이자 이별하기 좋은 장소로 쓰였다. 우리 학생들에게는 가장 유효하게 활용할 수 있는 개인적이면서 공적인 장소였다.

나는 어떤 남학생이 거기 있을 거라 예상했다. 3교시 수업 후 봤던 그는 분명 방과 후 다시 돌아올 것이다. 몸을 난간 너머로 던지기 위해.

그는 나나미에게 고백해서 호의를 얻었지만, 죄의식에 사로잡혀 점점 궁지로 몰리고 있을 게 분명하다.

　　　　　　　　　　내가 사랑한 카프카한 그녀

그게 누구인지 나는 알고 있다.

교문을 지나 그대로 옥상으로 향했다. 그곳에서는 역시 내가 예상한 남학생의 모습이 보였다.

내 예상이 맞다면, 그는 히토시다. 비록 얼굴을 확인하지는 않았지만, 가볍게 손목을 흔들며 스윙을 하던 그 자세는 우리 학교 테니스 부 특유의 고문 선생님한테서 배운 에어 스윙이다. 게다가 키나 실루엣 등 정보를 보태면 총괄적으로 그는 히토시였다는 결론에 도달한다.

그때의 비장감 넘치는 분위기. 분명 죽음을 택하기 위해 다시 한 번 옥상을 찾을 거라고, 후카와 대화하며 확신을 품었다.

역시 남자의 그림자는 히토시의 것이었다.

하지만 예상과 달리 다른 두 사람의 모습이 눈에 들어왔다.

가쿠토와 나나미가.

나나미는 히토시의 뒤에 몸을 숨기고 있었고, 가쿠토는 두 사람을 마주 보며 이쪽을 등지고 있었다. 나는 철문 뒤에 몸을 숨기고 그들의 동향을 지켜봤다.

"우리, 사귀기로 했어." 히토시가 말했다.

"…뭐라고? 그게 무슨 소리야…."

가쿠토의 질문에 대답하는 사람은 아무도 없었다.

"그래, 너희들이 뒤에서 날 바보 취급하고 있었구나."

그렇게 받아들이는 것도 어쩔 수 없는 일이다. 설마 이렇게 귀

결될 줄이야. 내 상상은 히토시의 자살로 막을 내렸지만, 현실은 보다 일그러진 방향으로 나아가고 있었다.

"그, 그런 건 아냐…. 그저 내 마음을 깨닫는 게 너무 늦었어."

당혹스러워하며 히토시가 대답했다. 가쿠토가 나나미를 좋아한다고 하니 두 사람을 소개해줬다. 하지만 그러다 자신의 마음도 자각해버렸다.

"나도, 히토시의 마음을 몰랐기 때문에 그만 가쿠토와…."

처음으로 나나미가 입을 열었다. 하지만 차라리 입을 다물고 있는 게 가쿠토에겐 좋았을 터다. 지금 가쿠토는 이런 생각에 빠져 있을 것이다. 현실이 이럴 줄 알았다면 차라리 다리가 그녀를 지워버린 거라 생각하며 사는 게 나았을 텐데.

가쿠토는 우두둑 주먹을 쥐고 목뼈에서도 우두둑 소리를 내더니 한 발짝 앞으로 나아갔다.

"너희 지금 장난해?"

"히익… 미안, 정말 미안…."

기어들어가는 목소리의 히토시가 반발자국 물러섰다. 나나미는 히토시의 뒤에 필사적으로 숨어 있다.

그리고 드디어… 가쿠토가 주먹을 휘둘렀다.

하지만 그가 두들긴 건 히토시가 아니었다. 물론 나나미도 아니었다. 뒤에 있는 벽이었다. 가쿠토는 주먹이 아픈지 팔을 휘둘렀다.

"좋아하면 처음부터 그렇게 말해, 멍청아."

"…미미미미미안." 눈을 꽉 감은 히토시가 사과했다.

"행복해라."

가쿠토는 이 말을 남기더니 시원시원하게 자리를 떴다. 문 뒤에 내가 숨어 있는 건 전혀 알아차리지 못하고. 그 모습은 친구인 내 눈에도 정말 남자다워 보였다.

자리에 남은 히토시와 나나미는 어쩌고 있는지 두 사람의 상황을 확인했다. 새로운 문 앞에 선 두 사람. 하지만 그 자리는 결코 핑크빛이라고 말할 수 없는 색을 띠고 있었다.

히토시는 자리에 주저앉아 아직도 공포와 싸우고 있었고, 나나미는 양손 깍지를 끼고 반짝거리는 눈으로 가쿠토의 등을 바라보고 있었다.

"아직 파란이 남아 있는 것 같네, 저 세 사람."

어느 틈엔가 후카가 등 뒤에 서 있었다.

"용케 여기라는 걸 알았네."

후카는 나처럼 문 뒤에 몸을 숨기고 내 등에 들러붙더니 소곤소곤 귓가에 속삭였다.

"너만큼은 아니지만 나한테도 조금은 분석력이라는 게 있거든. 게다가 여기 말곤 없잖아? 4교시 종이 울리기 조금 전에 옥상 계단에서 내려온 건 나나미였어. 그리고 옥상에는 가쿠토에게 나나미를 소개한 히토시가 보였지. 즉 두 사람은 직전에 만나고 있었던 거야. 서로의 마음을 확인하기 위해. 그때 히토시의 얼굴이 굳어 있었던 건 가쿠토에게 똑바로 사과하기로 마음먹었기 때문이었겠지. 그게 '오늘밖에 없어. 오늘밖에 없어… 그래, 오늘 방과 후밖에…'라는 혼잣말로 이어진 거야. 그렇다면 방과 후에 다시 옥상에 올 게 뻔하잖아."

후카는 그때 옥상에 있던 게 히토시라는 걸 알고 있었구나. 나는 그 혼잣말을 듣고 자살을 기도하는 게 아닐까 했지만 그녀는 보다 정확하게 진실을 읽어내고 있었다.

데이트 날 나나미는 '절규 브리지'에 입장하자마자 모습을 감췄다. 즉, 열차에 타기 직전, 직후에 그럴 계기가 생긴 거다.

문제는 '절규 브리지' 게이트를 통과한 뒤 그녀에게 생긴 일은 무엇이었을까 하는 거다. 그렇게 어두운 곳에서 생길 일은 별로 없다. 하지만 딱 하나의 가능성이 있었다.

내가 이 점을 깨달은 건 후카로부터 '만약 다리가 다리의 역할을 그만둔다면 어떤 일이 벌어질까?'라는 질문을 받았을 때다. 문득 '절규 브리지' 스태프들의 대화가 떠오른 것이다.

—이번에도 주말은 고등학생 알바에게 맡길까.

—그럴까, 평일은 여유롭지만 주말은 힘들잖아.

—워낙 성실한 녀석이니 괜찮겠지.

그들이 말한 '고등학생 알바'가 우리 학교 학생이라면? 사람들은 제복을 입은 사람의 특성을 무시하는 경향이 있다. 스태프가 입고 있던 유니폼은 쉽게 떠올리지만, 얼굴은 좀처럼 생각해내지 못한다.

그날 모자를 깊이 눌러쓴 우리 학교 학생 누군가가 스태프로 일하며 티켓을 끊고 있었다면, 알아볼 수 있었을까?

그 가능성이 떠오른 순간, 나나미를 가쿠토에게 소개한 히토시의 존재가 생각났다.

히토시는 두 사람을 소개해준 '다리'이며, 두 사람이 그날 데이트하러 간다는 것을 알고 있었다. 가쿠토에게 티켓을 준 인물은 다름 아닌 히토시였으니까.

그리고 히토시는 티켓을 끊을 때 나나미에게 편지를 건넸다. 나나미가 스마트폰을 직전까지 만지작거린 이유는 어둠이 무서워서가 아니었다. 스마트폰 라이트로 편지를 읽고 있었던 것이다.

이렇게 '다리'는 '다리'이길 포기했다.

후카가 미소 지었다. 이 표정을 본 것만으로 평생의 행복을 전부 써버린 것 같은 기분이 들 만큼 고혹적인 미소였다.

"하지만 가장 무서운 '다리'는 여자의 마음일지도 모르겠네."

나나미의 눈빛을 말하는 거구나.

중학교 시절, 나나미는 2년간 사귄 남자친구를 차고 같은 학원에 다니던 나를 택했다. 나를 처음 봤을 때와 똑같은 눈빛으로 나나미는 가쿠토의 등을 바라보고 있었다.

중학교 땐 내가 나나미를 차고, 자존심 강한 그녀는 그 일을 자신의 역사에서 송두리째 지워버렸다. 이후 우리는 같은 고등학교에 진학했지만 복도에서 마주쳐도 눈길 한 번 주지 않는 사이가 됐다.

나나미의 마음속에 깃든 반짝임은 새로운 사랑의 새싹이었을까. 나나미는 한발 늦게 가쿠토를 좋아하게 됐다. 찰나의 승자였던 히토시는 내일부터 지옥 같은 괴로움을 맛보게 될지도 모른다.

"발상은 나보다 약간 부족하지만 고찰의 깊이는 굉장하네. 작가가 되기에 적합한 성향인지도. 가자. 앞으로 어떻게 될지는 그녀에게 달린 거야."

나는 고개를 끄덕이며 후카를 공주님처럼 안고 계단을 내려갔다.

"무슨 짓을 하는 거야…?"

"발소리를 적게 내는 게 낫지 않겠어."

"…흠, 편하네."

동요하지 않다니? 공주님 안기 작전도 통하지 않을 줄이야. 두려운 상대다, 이 아이는. 나는 엄청난 상대에게 도전하고 있다는 사실을 재확인했다.

마지막 계단에서 나는 그녀를 살며시 내려놓았다.

"어째서 땀 한 방울 흘리지 않는 거지?"

"내 근력은 널 위해 단련된 거니까."

"늘 그런 결정적 멘트를 준비해두려면 힘들겠어."

결정적인 멘트도 통하지 않는구나. 이런.

허무함을 가슴에 품고 교문을 향해 걷기 시작했을 때, 교문 앞에 검정색 차가 서 있는 게 보였다. 키 큰 남자가 차에 기대서 있다. 아직 20대 후반 정도일까. 깔끔한 얼굴과 날카로운 눈빛이 늑대를 연상시킨다.

그는 우리를 의아하다는 눈빛으로 바라보고 있었다.

후카가 멈춰 섰다. 그녀의 다리는 희미하게 떨리고 있었다.

"어쩌지… 학교에서 집에 연락했나 봐…."

"…누군데?"

"츠키야 오빠."

"저게…."

나는 조심스럽게 고개를 숙였다. 하지만 그는 마치 전신주라도 바라보듯 무표정하게 날 건너다보더니 단숨에 거리를 좁혀 멱살을 잡았다.

"넌 뭐야?"

"…안녕하세요. 후카미 가에, 동생분의 남자친구입니다."

츠키야는 아무 표정 없는 눈으로 날 지그시 바라보았다. 깊은 허무감이 담긴 눈빛이다. 인간에게 이렇게 냉혹한 눈빛을 보낼 수 있는 사람을 난 지금까지 본 적이 없다.

"누가 남자친구야, 거짓말쟁이. 츠키야 오빠, 폭력은 안 돼!"

그래도 그의 적의는 사라지지 않았다. 그는 내게 얼굴을 들이대며 나직하게 말했다.

"자신을 소중히 여긴다면 후카의 반경 5미터 안으로 다가오지 마라, 소년."

"그건 무리입니다."

그러자 츠키야는 주머니에서 수첩을 꺼냈다. 경시청 마크가 그려져 있다.

"국가 권력에 저항하는 건 현명한 방법이 못 돼."

일이 귀찮게 됐다. 이번 도전 상대는 어떤 테크닉에도 반응이 없고, 라이벌은 한 지붕 아래 살고 있는 피가 섞이지 않은 오빠다. 게다가 그 오빠는 냉혈한 형사라니.

츠키야는 후카를 차에 태우더니 방금까지의 냉혹함을 지우려는 듯 싱긋 미소 지으며 내게 손을 흔들었다. 물론 나는 손을 흔들지 않았다.

차가 떠났다.

방과 후 후카와 함께 하교한 적이 없어서 지금까지 몰랐지만, 츠키야는 매일 이렇게 차로 마중을 오는 모양이다.

후카가 '절규의 섬'에 가기 위해 수업을 땡땡이친 이유를 알겠다. 그러지 않으면 그녀는 자유를 얻지 못하는 것이다.

-정신은 의지하려는 태도를 그쳤을 때 비로소 자유로운 것이 된다.

어쩌면 그녀는 부모님을 잃은 후, 츠키야에게 양육당하는 동시에 그의 정신적 버팀목이 되고 있을지도 모르겠다. 그것은 유대이자 족쇄. 카프카의 말은 분명 그녀의 가슴속에도 깊이 새겨져 있으리라.

그녀의 손 감촉을 떠올리자 다시 가슴이 묘하게 술렁였다. 볼을 붉게 물들인 그녀를 떠올리니 감정이 젤처럼 끈끈해지고 부드러워졌다. 당장이라도 녹아내릴 것 같다. 뭘까, 이 감정은. 정신은 의지하려는 태도를 그쳤을 때 비로소 자유로운 것이 된다던데.

역시 이것이… 사랑인가?

"설마… 하하."

바람이 불었다. 나와 그녀 사이에 깊은 강이 흐르고 있다.

건너갈 다리를 찾기 위해 나는 걷기 시작했다. 내가 진심으로 반한 건지는 나중에 생각하기로 하자. 일단 그녀를 넘어오게 해야 한다.

다리, 그것은 우리들에게 하나의 이야기일까. 내가 카프카가 되어 새로운 이야기를 쌓아간다면 분명 다리가 되어줄 것이다.

이런 생각을 하다 보니 마침 후란바시 다리에 도착했다. 우리 학교 학생들은 '불안다리'라 부르곤 한다. 방금이라도 무너질 것 같다는 뜻에서. 이 열도에 깔려 있는 활단층을 축소한 것처럼 세세한 균열이 가 있는 이 다리는 아직 수리할 예정조차 없다고 한다.

정말 다리가 무너져 문제가 수면에 떠오르길 기다리는 것이 이 나라의 방식이다. 나는 그저 믿고 이 다리를 건넌다. 마음에 필요한 '다리'를 찾으면서.

그렇게 '다리'에 대한 고찰에 빠져들며, 나는 가노 후카에게 지금까지 만났던 어떤 여자아이에게서보다도 깊은 친밀감을 느꼈다.

제2화

아 무 리

봐 도

고 문   기 구

1.

　자신이 의존하고 있는 게 무엇인지 빼앗기기 전에는 알 수 없다. 사람에 따라서는 게임일 수도 있고, 스마트폰일 수도 있고, 오이절임일 수도 있다. 종류는 다양하다. 이 현대사회의 일원들은 모두 무언가에 중독되어 있다. 그 점은 CLAMP(주5) 작품의 애독자라 잘 알고 있다.

　늘 나만은 예외라 생각했다. 하지만 그런 생각을 고쳐야 할 사태가 왔나 보다. 아무래도 나는 가노 후카에게 의존하고 있는 것 같다.

　일주일 동안 후카는 학교에 오지 않았다. 그날 이후로.

　그리고 금단 증상은 이틀째에 이미 시작됐다. 같은 반 히로세 고지가 뒤에서 내 무릎을 휘청거리게 했을 때에는 진심으로 멱살 잡고 팰 뻔했다. 다른 아이들이 보고 있었으니 금세 손을 풀었지만.

3일째에는 더 심한 금단 증상이 나타났다. 내 뇌가 후카의 손 감촉과 표정 하나하나를 무한히 반복 재생하기 시작했다. 전화 목소리라도 듣고 싶은 건 처음 경험하는 일이었다.

하지만 나는 그녀의 휴대전화 번호조차 몰랐다. 아니, 그녀는 휴대전화라는 문명의 이기를 갖고 있긴 할까?

어째서, 왜 이리도 후카만을 떠올리고 있는 걸까?

아니, 게임 중독도 비슷한 게 아닐까? 스스로에게 이런 대답을 들려줬다. 게임과 사랑에 빠지는 건 어리석음의 극치잖아. 일시적인 중독 증상이야, 그래.

그렇게 평상심을 유지하려 노력할 때에도 금단 증상은 다시 찾아왔다. 이에 고뇌하며 머리를 싸매고 있던 방과 후, 옆자리인 이노우에 메루가 걱정스러운 표정으로 내 얼굴을 살폈다. 같은 미화부원이지만 일을 하나도 안 하는 내 대신 이런저런 고생을 해주는 일상의 은인이다. 후카를 빼면 나와 제대로 대화를 나눠 본 유일한 여자아이이기도 했다.

"집에 안 가?"

"응?"

그러고 보니 어느새 종례가 끝났는지 모두 돌아간 뒤였다. 교실에는 그녀와 나 둘뿐이다. 얼굴과 얼굴의 거리가 가깝다.

"요즘 이상해. 멍한 얼굴을 할 때도 많고."

"그런가?"

그만, 다가오지 마. 나는 마음속으로 외쳤다. 그녀는 한층 가까이 얼굴을 가져오더니 슬그머니 내 입술을 빼앗았다.

"멍한 얼굴의 후카미는 왠지 귀엽단 말이야."

나타났다, 육식 여자. 이런 타입은 키스만 하면 남자 마음이 간단히 기운다고 생각한다. 귀찮기만 한데.

"…미안. 좋아하지 않는 아이와 이러는 건 중학교 시절에 그만뒀어."

후카의 빈자리를 그녀로 채우겠다는 발상이 내겐 아예 없었다. 이런 일로 후카의 구멍을 채울 순 없다.

그녀는 발끈한 표정으로 내게 등을 돌렸다.

"차, 착각하지 말아줘. 나도 남자친구가 있어… 그만 얼굴이 너무 가까웠던 것뿐이야."

"그래, 얼굴이 너무 가까웠지. 미안."

그녀의 볼은 수치심으로 빨갛게 물들어 있었다. 예전의 나라면 기회를 놓치지 않고 바로 다음 순서를 밟아나갔을 거다. 하지만 이젠 그러지 않기로 했다. 사랑하지 않는 아이를 안는 것은, 좋아하지 않는 음식을 심심풀이로 먹으며 지방을 불려나가는 거나 마찬가지다. 잠깐은 즐거울지 몰라도 결과는 절대 만만치 않다.

메루가 후다닥 달려 나갔다. 남자친구가 있다는 말이 허세가 아니란 건 잘 안다. 그녀에게는 이치다 히로유키라는 애인이 있다. 아직 사귀기 시작한 지 얼마 안 된. 히로유키는 괜찮은 녀석이다. 체육 시간에 같은 팀이 되어 축구를 한 적도 있다. 아버지가 유명한 격투기 선수지만 그다지 근육질은 아니면서도 상쾌하고 좋은 청년이라는 인상을 준다. 히로유키를 배신하면서까지 메루를 안고 싶진 않다. 성욕을 처리하기 위해서라 해도.

"후카, 후카, 후카."

응? 방금 내가 뭐라 그런 거지? 당황스럽다. 의식도 없이 후카의 이름을 연발하고 있었다니. 후카가 내일도 학교에 오지 않는다면 미쳐버리는 게 아닐까? 사랑은 아니다. 그저 불가능에 도전하는 취미를 자극하는 존재를 마주하다 살짝 중독증에 걸린 것뿐. 이 병은 후카 홀릭이라 이름 붙여둘까.

이 빈자리를 채우려면….

"써야 하나."

답은 간단하고 처음부터 준비되어 있었다. 금단 증상의 검은 마그마를 창작의 마그마로 승화시키는 방법밖에 없다. 최근 나는 벽에 가로막혀 있었다. 그럭저럭 괜찮은 이야기를 쓸 수 있게 됐다. 문장도 예전만큼 끔찍하진 않다. 하지만 그것뿐이었다.

카프카의 작품들은 A와 B의 이야기이지만 실은 우리의 현실을 이야기하고 있는 게 아닐까 하는 의문이 든다. 하지만 내 문장은 그렇지 못했다.

카프카는 어떻게 그 문체에 도달한 걸까? 살아 있다면 물어보기라도 할 텐데.

확실히 전보다 카프카의 문장에 익숙해졌다. 하지만 그럴수록 껍데기만 만들어진 내 소설에 구역질이 났다.

한 가지 더 문제가 있었다. 집필 환경이 좋지 않다. 나는 집을 그다지 좋아하지 않았다. 이유는 많지만 그중 가장 큰 건 간섭이 지나친 엄마였다. 그녀는 날 엘리트 은행원으로 키우겠다는 꿈이 벌써 이루어진 것처럼 점잔 빼는 목소리로 과한 용돈과 칭찬을 안겼다. 그 대가는 끝이 없다. 매일 헛된 꿈과 온갖 투정을 들어줘야 했다. 3학년부터 학원에 다닐 것, 취직하면 부모님을 돌볼 것 등 약속도 해야 했다. 그녀의 바람은 끝을 모른다.

하지만 집필할 수 있는 도구라곤 집에 있는 데스크톱 컴퓨터뿐이라 집에 들어가지 않으면 소설을 쓸 수 없다. 이 역시 카프카스러운, 부조리한 고민이었다.

나는 크게 숨을 들이마신 뒤 가방을 쌌다.

2.

집에 들어가니, 아니나 다를까, 학교에서 무슨 일이 있었는지 하나부터 열까지 꼬치꼬치 묻는다. 왜 이러는지는 안다. 여자를 만나고 온 게 아닌지 체크하는 거다. 중학교 시절 담임이 가정방문 때 내 행동에 문제가 있다며 고자질한 후로 계속 이런다.

취조가 끝나자 다음은 투정을 쏟아낸다. 머리에 회사밖에 없는 아버지, 갈수록 말투가 사나워지는 시누이, 이웃 아줌마들 사이에서 벌어진 이런저런 사건 이야기가 쏟아진다.

그녀는 매일 아무한테도 말 못 하고 묵묵히 불만을 눈덩이처럼 키웠다가 내가 집에 도착하는 순간 대포를 쏘아댄다.

적당히 떨쳐내고 방에 들어가려 하자 내 마음을 눈치챈 엄마의 기분이 언짢아졌다.

"요즘 방에서 뭐 하니? 밤늦게까지 키보드 소리가 들리던데?"

"아무것도 아냐. 인터넷 검색하는 거야."

"요즘 유료 사이트는 참 무섭다던데…."

인터넷 지식은 눈곱 만큼밖에 없으면서 귀동냥으로 날 속박하려 든다. 알겠어, 알겠어를 반복하며 어쨌든 자리를 벗어났다. 방문을 잠근 후 심호흡으로 짜증을 내뱉고 정리된 마음을 빨아들인다.

컴퓨터를 켰다. 인터넷을 하겠다고 삼촌에게서 물려받은 물건이다. 그때에는 워드 프로그램을 실행하는 날이 올 줄은 상상도 못 했다.

지금의 내겐 세계와 싸우고 후카에게 매력을 어필할 무기다.

며칠 전까지는 카프카의 『화부』를 테마로 짧은 이야기를 쓰고 있었다. 내게 친숙한 소재와 카프카의 세계를 이어 붙였다. 잘 썼다고 하긴 어려운, 한 마디로 실패작이었다. 하긴 소설을 쓰기 시작한 지 얼마나 됐다고. 한두 번 실패에 좌절할 내가 아니다.

모니터에 연이어 나타나는 까만 글자들이 카프카스러운 색을 띨 때까지 나는 철저하게 스스로를 개혁해야 한다. 후카 홀릭의 금단 증상은 자기 개혁의 큰 기폭제가 됐다.

새 창을 열고 첫 줄을 쓰기 시작했다. 집에 오는 도중에 새 테마를 정했다. 후카를 속박하는 오빠로부터 그녀를 해방해주는 이야기. 물론 이 테마를 고른 목적은 후카에게 보여주고 이번에야말로 그녀를 함락시키기 위해서다.

카프카의 『유형지에서(In der Strafkolonie)』를, 배경은 현대로 하고 내용은 속박과 불안으로부터 한 여성을 해방시키는 이야기로 바꿔볼 생각이다. 쓰는 글이 전부 표층적인 발전 도상 풋내기는 선인의 지혜를 빌리는 게 최고다. 카프카 선배의 밑바탕을 빌려 거기서부터 집을 짓는다면 카프카스러운 곳에 도달하기도 쉽겠지.

주인공은 나다. 현재의 내가 아니라 이미 소설가가 된 나로 이미지를 잡았다. 그런 날이 정말 올 것 같지는 않다만, 지금의 나는 너무 꼴불견이라 글로 옮길 생각도 들지 않았다.

어쨌든 이야기 속의 나는 소설가로 설정하자. 소설가인 나는 어떤 글을 쓸까? 좋은 생각이 떠올랐다. 취재를 위해 '구속교육 지상주의자'인 형사 가노 츠키야의 집을 찾아가는 거다.

'약간 독특한 방법으로 동생을 교육하신다는 이웃 평판을 들었습니다.' 이런 대사와 함께 약속을 잡는다. 츠키야는 취재를 쾌히 승낙한다. 심지어 얼마나 동생을 구속했는지 자랑스럽게 자백한다는 내용이다.

결말은 정해졌다. 카프카의 『유형지에서』를 오마주하기로 했으니, 이후의 전개도 『유형지에서』를 따라가기로.

하지만, 손이 멈춰버렸다.

일단 필력이 따라가지 못했다. 카프카의 뇌리에 들러붙어 떨어지지 않는 차가운 문체를 흉내 내려 했지만 흉내조차 불가능했다. 게다가 이 이야기에는 치명적인 단점이 있었다.

"크아아아아! 아무리 내용이 흘러가도 후카가 등장하질 않잖아!"

후카 홀릭에서 탈피하기 위해서라면 후카가 주인공인 이야기를 써야 했다. 후카의 자유를 빼앗고 있는 츠키야를 향한 증오가 폭주하는 바람에 츠키야 이야기만 잔뜩 쓰고 말았다.

"이러다간 증상이 악화될 뿐이야…."

이럴 리가 없는데. 물구나무를 서봤지만 피가 머리에 쏠릴 뿐 좋은 일은 없었다. 바로 물구나무서기를 멈췄다. 그런 다음 창을 열었다. 뛰어내리기 위해서가 아니다. 바깥 공기를 마시기 위해서다. 진정하자. 발광하기엔 일러.

내 눈이 메루를 발견한 건 바로 그때였다.

그녀는 우리 집 인터폰이 어디 있는지 찾고 있는 것 같았다. 무슨 일이지? 그래도 돌아가달라고 해야 한다. 나는 서둘러 아래층으로 내려갔다. 거실에 엄마가 있다. 인터폰을 눌렀다간 밖에 누가 있다는 걸 들킨다. 그것만큼은 정말 피하고 싶다. 저 간섭꾼한테 아무것도 들키고 싶지 않다.

엄마가 찌릿 날 노려보며 "숙제도 안 하고 외출해?"라고 핀잔을 준다. 내가 저녁 시간 전에 아래층에 내려올 일은 외출할 때뿐이라는 걸 잘 알고 있다.

오래 있어선 안 된다. 대충 고개를 끄덕이며 급히 밖으로 나왔다. 6월 저녁이라 아직 푸른 하늘이 펼쳐져 있었다.

"안녕."

문을 열자마자 바로 메루의 손을 잡고 달리기 시작했다.

"앗, 잠깐만…!"

"여긴 곤란해. 모퉁이를 돌면 공원이 있어. 거기서 얘기하자."

나는 급히 공원으로 그녀를 데려갔다.

숨을 헐떡이면서도 그녀는 필사적으로 따라왔다.

공원에 도착했을 땐 두 사람 다 이마에 땀이 맺혀 있었다.

"이게… 대체 무슨 짓이야?"

"부모님 잔소리가 심하시거든."

에라, 모르겠다. 솔직히 말했다. 메루는 고작 이 말만 듣고도 모든 걸 이해했다는 듯 고개를 끄덕였다.

"너나 나나 고생이다. 하긴 부모님 눈을 어떻게 넘겨야 할지는 세상 고등학생 모두의 공통된 고민일 거야."

그러더니 메루는 벤치에 앉아 보기 좋은 다리를 꼬았다.

"이해해줄게, 아까 일은. 대신 잠깐 의논 상대가 되어줘. 아무한테도 말 못 한 고민이 있거든."

"뭔데? 네가 마조히스트라는 거?"

"이 바보야!"

뺨이 새빨개졌다. 아무렇게나 던진 말인데 제법 잘 먹힌 모양이다.

"…이거야."

그녀는 조금 나를 경계하는 것 같더니 스마트폰 화면을 보여줬다.

"이게 대체…."

"뭔지 알겠어?"

나는 대답을 해도 될지 망설였다.

스마트폰 화면에는 특수한 흉기로 볼 수밖에 없는 물건이 찍혀 있었으니까.

3.

"이게 뭐 하는 데 쓰이는 기구 같아?"

메루가 다시 날 쳐다본다. 나는 그녀의 키스를 경계하며 잠자코 화면을 보고 있었다. 의심을 사기에 충분한 물건이 거기에 찍혀 있었다.

롤러에 예리한 돌기가 수없이 나 있는 흉기처럼 보이는 물체. 사이즈가 어느 정도인지 알아보기 쉽도록 옆에 긴 부엌칼이 있다. 부엌칼이 나란히 있어선지 꽤나 흉흉해 보였다. 소녀의 스마트폰 화면으로 보기에는 부자연스러운 물건이다. 아무리 봐도 흉기, 혹은….

"어디서 찍은 거야?"

"히로의 스마트폰 화면."

히로라면 메루의 남자친구 이치다 히로유키 말이겠지. 그 상큼한 청년이 어째서 이런 물건을? 너무나 어울리지 않는다. 그 상큼함을 이리저리 되짚어봐도 이런 도구를 소지할 타입으로 보이지 않는다.

흉흉한 물건, 그렇지만 이 화면은 흥미를 끄는 면이 있다. 실은 막 서두를 쓰기 시작한 소설에 등장하는 고문 기구와 꽤 비슷하다. 손잡이가 달렸고, 무수한 바늘이 달린 롤러를 돌려 사람 등에 구멍을 내는. 소설 속 츠키야가 희희낙락해하며 설명하던,

피가 섞이지 않은 동생의 등에 매일 실험하는 고문 기구다. 차이가 있다면 단 한 가지, 메루의 스마트폰으로 본 물건은 사이즈가 작다.

그래도 내 상상을 현실 세계에 옮겨놓은 기구가 존재한다는 점은 놀라웠다. 그런데 히로유키는 대체 왜 이런 물건을?

"인터넷 쇼핑몰 구매 페이지였던 것 같아."

그의 스마트폰 화면 정보를 그녀는 어떻게 알고 있는 걸까?

"본인에게 직접 물어보지그래?"

일부러 얄밉게 물어봤다. 물론 물어볼 수 없는 사정을 먼저 털어놓게 하기 위해서다. 역시 메루는 이렇게 대답했다.

"그, 그럴 수는 없어. 실은 히로가 화장실에 간 틈에 정말 우연히 히로의 스마트폰에 손이 닿은 거야. 그때 뜬 화면에 저런 묘한 물건이… 이걸 본인한테 어떻게 직접 물어봐?"

사실일까? 그녀는 히로유키의 성적 취향이 궁금해서 그의 스마트폰을 몰래 훔쳐본 게 아닐까. 사람이 백 명이 있으면 백 가지 성적 취향이 있다. 만나면서 히로유키의 성적 취향이 특이하다는 걸 알게 됐을 가능성도 없지 않았다.

"남의 스마트폰을 태연하게 엿보는 사람이 많은 세상이잖아. 물어보지 못할 게 뭐 있어."

"성격 참 못됐네. 나는 못 하겠어."

"캥키는 게 있어서?"

일부러 도발적인 질문을 던졌다. 그녀는 화난 눈으로 날 노려봤다.

"아까 교실에서 키스한 것도 히로유키한테는 말 못 할 거야냐."

"그… 그런 건 아냐. 물론 말할 생각은 없어. 괜히 평지풍파 일으킬 필요 없잖아."

"히로유키도 같은 마음이지 않겠어? 너한테 이 기구 이야기를 꺼내지 않은 건 괜히 평지풍파를 일으키고 싶지 않아서일지도."

"그야 그렇겠지만…."

메루는 아랫입술을 깨물며 내 얼굴을 노려봤다.

"자기 입장이 나빠질 일은 숨기고 파트너의 비밀은 알고 싶다? 걔가 없는 사이에 스마트폰을 뒤진 것만도 뻔뻔스러운데, 사진으로 찍어서 남한테 물어볼 생각까지 하다니."

"그렇게 얄미운 소리 하지 말아줄래?"

나는 그녀의 턱으로 얼굴을 가져갔다.

"내 견해를 듣고 싶어? 하지만 네 마음속에서는 이미 답이 나왔을 텐데? 그 대답을 부정하고 싶어서 나한테 묻는 거 아냐?"

메루의 표정에 살짝 그늘이 졌다. 시선을 피하더니 공원으로 들어온 고양이를 보는 척한다. 검은 고양이다. 이 일대의 고양이는 먹이를 주는 사람이 많아선지 인간을 봐도 도망치려는 기색이 없다.

"이제 너한테는 부탁 안 해."

답을 듣기 두려운 듯 메루는 내게서 멀어져간다.

"잠깐. 내 대답을 듣지 않아도 되겠어?"

"됐어. 스스로 생각할래."

"생각해본들 대답은 달라지지 않아. 저건 어떻게 봐도 고문 기구야. 너무 작은 게 아쉽지만 휴대하기 좋은 건 장점이기도 하지."

그녀는 내달리려던 다리를 멈췄다.

"그 말, 농담이라고 해주지 않을래?"

이 말이 모든 것을 이야기하고 있었다. 나는 천천히 대답했다.

"나는 너와 달리 거짓말이 서툴러."

4.

공원 뒤편에 있는 아이스크림 가게 '트롤'에는 다른 손님이 아무도 없었다. 나 역시 이런 곳에 가게가 있다는 걸 처음 알았다. 간판 글씨조차 풍화되어 읽기 힘들 정도였다.

가게 안도 조잡하기 그지없다. 손님이 바닥에 흘린 아이스크림 때문인지 벌레가 들끓었고 가게 어디에서든 시큼한 냄새가 난다. 빈말로라도 청결하다 하기 힘든 분위기였다. 마치 모르는 사람의 악몽 속을 헤매는 기분이다.

콘은 눅눅해서 부드럽고 반대로 아이스크림은 군데군데 묘하게 딱딱했다. 이 가게에 손님이 없는 이유를 잘 알겠다. 하지만 수상쩍은 고문 기구로 보이는 물건 이야기를 하기에 이보다 적절한 곳이 있을까?

"너 경험은 있어?"

"뭐?"

아이스크림을 핥던 메루의 놀란 목소리가 들려온다.

콘의 맨 끝에서 녹은 아이스크림이 한 방울 떨어졌다. 황급히 닦았지만 또다시 한 방울. 어쩔 수 없이 메루는 콘의 끝부분에 입을 대고 안쪽 크림을 빨아 먹었다. 은근히 관능적인 몸짓이었다.

"섹스 경험 말이야, 섹스."

"바보… 대낮부터 뭘 물어보는 거야."

"밤에 이런 질문을 하는 건 같이 경험을 쌓자는 소리고."

"너 정말… 용케 학교에서 백치인 척하는구나."

"후후, 그러는 넌 내 백치 연기에 속아서 방과 후에 키스했잖아. 여자 경험 없어 보이는 백치가 첫 경험 상대로는 딱일 것 같았지?"

"……."

"부끄러워하지 마. 네 또래 여자 중에 그런 애들은 흔해. 다들 경험을 해보고 싶어서 안달이잖아. 정말 좋아하는 남자한테 서툰 모습 보이고 싶지 않지?"

"딱히… 처음도 아니고…."

"무리하지 마. 넌 딱 봐도 경험 없게 생겼어."

"너 죽는다."

메루치곤 날카로운 대답이다. 슬슬 속내를 털어놓을 때인가.

"이건 어디까지나 내 추론이지만, 넌 히로유키와 경험을 갖기 전에 연습이 필요하단 생각에서 나한테 접근했어. 너도 네 남자친구가 평범했다면 첫 경험을 이렇게 버릴 생각은 하지 않았겠지. 하지만 그 고문 기구를 보고 말았어. 첫 상대치고는 성적 취향이 지나치게 마니악했던 거야. 그래서 넌 불안에 사로잡혀, 최소한 경험이라도 해두기 위해 나라는 절호의 타깃과 연습을 해보기로 한 거지."

"너한테 자아도취 경향이 있는 줄은 몰랐어."

"너한테 네 자신을 속이는 재능이 있는 줄은 몰랐는데. 물론 스스로를 속이는 데에 여고생 이상 가는 사람들이 있겠냐만."

나는 크게 하품을 했다.

"어쨌든 널 동정한다. 평소에는 온화한 히로유키가 실은 널 고문하며 즐기려는 극도의 사디스트였다니. 첫 경험 상대로 적합한 남자친구는 아니야."

"억측이야."

"그래, 억측에 지나지 않아. 그럼 이렇게 할까. 내일까지 시간을 줘. 내가 알아보겠어."

슬슬 양보할 때다. 놀리는 것도 지겹다. 게다가, 무엇보다도 나도 이 물건의 진상에 흥미가 있었다.

"네가?"

"친절을 베풀겠다는 건 아냐. 목적을 갖고 움직이지 않으면 돌아버릴 것 같거든. 나 자신을 위해서 하겠다는 거야."

메루는 살짝 고개를 끄덕였다. 순종적이라 좋다.

"가능하면 오늘 밤까지 알아봐주면 좋겠어."

"오늘 밤?"

"저녁 7시에 걔네 집에 가기로 했거든. 오늘 밤은 부모님이 안 계시니 요리 실력을 보여주겠대. '널 기쁘게 해주고 싶다'며."

"기쁘게 해주고 싶다… 라. 네가 제물이 될 시간이 다가오고 있는 건가."

"부탁해… 이런 걸 부탁할 사람이 없어."

"그럼 가르쳐줘. 그 변태 남자친구가 이 시간에 출몰할 법한 장소를."

"알았어."

그녀는 엉망인 아이스크림을 다 먹더니 손끝에 묻은 아이스크림을 작은 혀로 낼름 핥았다. 그러곤 히로유키가 있는 곳을 알려주었다.

5.

한 시간 후, 나는 버스에 타고 있었다. 역에서 흔들리는 버스를 타고 20분 정도 가면 목적지인 초대형 마트 '페널티'가 있다. 가구, 기구, 잡화, 파티용품, 완구, 정밀 기기, 그 외의 모든 것을 팔고 있다. 그리고 꼭대기 층에는 사람들의 눈을 피해 성인용품을 취급하는 코너도 있다.

히로유키가 무슨 목적으로 그런 곳을 드나들었는지 모르겠지만, 내 머릿속에서는 빨리도 추론이 서기 시작했다.

메루는 GPS로 있는 장소를 알려주는 앱을 깔았고, 히로유키에게도 같은 앱을 깔고서 친구 등록을 해뒀다. 그래서 히로유키가 어디 있는지 알 수 있었다.

그는 아직 '페널티'에 있는 듯했다. 만일 내가 가는 도중에 히로유키가 이동했다면 메루가 신속히 알려줬을 게 분명했다. 지금까지 메루한테서 연락이 없다는 건 히로유키가 아직 '페널티'에 있다는 뜻이다.

문득 시선이 느껴져 뒤를 돌아보았다. 버스는 만석. 그 가장 안쪽에 모자를 깊숙이 눌러쓰고 용 그림 점퍼를 입은 소년의 그림자가 눈에 띈다. 어디서 본 적 있는 아이인가? 아니, 기분 탓이려나.

나는 다시 앞을 보았다. 그러자 또 시선이 느껴진다. 다시 한 번 돌아보았다. 그리고 소년으로 보였던 그 인물이 긴 머리카락을 모아 모자 속에 감춘 가노 후카라는 것을 알아챘다.

나는 그녀 곁으로 똑바로 걸어갔다.

"옆자리 비었나요? 아가씨."

"…무슨 흉내를 내는 거야. 뻔뻔하게."

나는 그녀 옆에 앉아 가슴팍 주머니에서 캔디를 꺼냈다.

"먹을래?"

"…줘."

그녀가 달콤한 걸 좋아한다는 건 이미 조사해뒀다. 나는 캔디 봉지를 열고 그녀의 눈앞으로 가져가 "아~." 온순하게 벌린 입에 캔디를 넣어주었다.

"꿀 맛이네. 오랜만에 먹어." 그녀가 말했다.

실제로는 '홀핫히헤, 호핸한헤 헉허'라고 들렸지만.

"오늘은 헬멧을 안 썼네."

"헬멧을 쓰면 변장한 보람이 없잖아?"

캔디를 입에 물어 볼이 불어난 그녀가 대답했다.

"하긴."

옳으신 말씀. 역시 그녀는 날 미행하고 있었던 걸까. 신기한 건 분명 스토커 행위임에도 날 향한 호의가 전혀 느껴지지 않는다는 점이었다. 대체 날 어떤 눈으로 보고 있는 걸까?

"언제부터 미행했어?"

"꽤 전부터. 너 제법 인기가 많구나."

설마 방과 후 키스할 때부터? 순간 이런 생각이 떠올랐지만 그건 있을 수 없는 일이다. 학교를 쉬고 있는 그녀가 그 상황을 목격했을 리 없다. 그렇다면 내가 집에서 그녀의 손을 잡아끌고 달릴 때부터 따라온 거라 생각하는 게 타당하려나. 아니면 '트롤'에서부터?

메루와 만난 걸 들킨 충격보다, 오랜만에 그녀와 만나 며칠 동안의 금단 증상이 치유되는 게 무엇보다도 고마웠다. 백신이라도 맞은 것처럼 몸이 편해지고 증상이 나아간다.

"왜 지금까지 학교에 안 온 거야?"

"그게 너랑 무슨 상관이라도 있어?"

"있지. 이래 보여도 꽤 진지하게 널 좋아하거든."

"내가 없으면 더 즐겁게 지내는 게 아니고?"

메루와의 관계를 지적하는 걸까. 질투해준다면 기쁜 일이지만 안타깝게도 너무 시원시원한 태도였다. 질투 같은 끈적끈적함은 전혀 느껴지지 않는다. 굳이 비유하자면 관찰이다. 관찰 결과 보고에 가깝다. 그래도 괜찮다. 미움을 사지 않았다면 아직 기회는 살아 있다.

"오해야. 실은…."

나는 일단 메루와 있었던 일을 이야기한 다음, 메루한테서 전송받은 그 도구 사진을 보여주었다.

모든 이야기를 듣고, 그녀는 한 번 모자를 벗더니 머리카락을 정돈한 뒤 다시 썼다. 깔끔하게 모아 올린 머리. 처음 보는 그녀의 목덜미에서 전날 미술 교과서에서 본 모네의 연못 그림 같은 신성함이 느껴졌다.

분명 나는 그녀를 이전보다 높게 평가하고 있다. 그녀가 자리를 비우는 바람에 그녀의 존재 가치가 더 높아진 것 같다. 그렇다고 이 감정이 사랑이라 단정할 생각은 없지만.

"그러니까 넌 날 만나고 싶다는 욕구와 싸우는 동안 메루의 키스를 받았고, 결과적으로 그녀가 품고 있던 고민을 해결해주게 되었다는 거네?"

"뭐… 요약하자면 그렇지."

"그 말을 내가 믿을 것 같아?"

화내는 게 아니다. 어디까지나 질문하는 태도다.

"넌 믿을 거야. 내가 너한테는 진실만을 말한다는 걸 알고 있으니까."

후카는 내 눈을 빤히 바라보았다. 그리고 후유, 한숨을 쉬더니 "뻔뻔하긴. 하지만 정답이야. 나는 쉽게 사람을 의심하지 않아." 한 손에 든 카프카의 문고본에 힐끔 눈길을 돌렸다. 그러곤 고속으로 눈을 움직여 몇 페이지를 섭취했다.

"넌 어디서나 카프카를 읽는구나."

"네가 내게 중독된 것처럼 나는 카프카 중독이야. 그래서 정기적으로 카프카를 섭취해야만 해."

섭취. 이보다 더 적합한 말이 있을까. 그녀는 문자를 섭취한다. 혹은 카프카를 섭취한다. 나는 후카를 섭취하고, 그녀는 카프카를 섭취한다. 우리 세 사람은 그런 관계다. 이것은 연애가 아니다. 중독의 삼각관계다.

"히로유키가 인터넷으로 산 도구가 뭔지는 일단 제쳐놓고, 우선 고문 기구의 역사에 대해 생각해볼까."

그녀의 말에 주위 승객들이 어리둥절해하며 그녀를 돌아본다. 이런 미소녀가 갑자기 '고문 기구'라는 말을 입에 담으면 누구든 쳐다볼 수밖에 없다. 세상은 그런 것이다.

"고문 기구란 무엇일까. 바로 고문을 하기 위한 도구. 고문이란 상대의 자유를 빼앗고 정신적 및 육체적 고통을 강제로 가해 어떤 목적을 달성하는 행위. 마녀 사냥, 이단 심문, 세계 각지에서 온갖 고문이 행해져왔어. 중세에는 유죄 판결을 내리려면 반드시 자백을 받아내야 했거든. 그렇지만 왜 고문을 할 때 고문 기구가 필요한 걸까?"

"…왜 필요하냐니. 괴롭히기 위해서 아냐?"

"예를 들어, 엄지손가락을 부수는 기구가 있다고 하자. 엄지손가락을 작은 기요틴에 끼우고 나사를 돌리면 조금씩 압박이 되는 거야. '뉘른베르크의 아이언 메이든' 같은 건 훨씬 잔혹하지. 사람이 겨우 들어갈 수 있는 크기의 기구 문에 못을 무수히 박아

놓고, 문을 닫으면 꼬챙이에 꿰이게 만들어져 있으니까."

상상만 해도 빈혈기가 올라오는 것 같다.

"피는 대량으로 흘리게 되지만 좀처럼 죽지는 않으니까 죄인에게는 꽤 큰 고통이었을 거야. 하지만 이런 고문 기구에 합리성이 있을까? 단순히 괴롭히는 게 목적이라면 묶어놓고 나이프로 조금씩 상처를 주기만 해도 돼. 그럼에도 온갖 고통을 주기 위한 기구를 개발한 이유는 쾌락의 영역에 있지 않았을까."

"쾌락이라. 그런가. 나는 그렇게 생각하지 않아. 사람을 상처 주는 건 정신적으로 무척 고통스러운 일이라 생각해. 그 고통을 경감시키기 위해 개발된 게 아닐까. 그리고 정해진 형벌을 줘야 하는 만큼 일정한 벌을 줘야 할 필연성이 있지 않았을까?"

"물론 처음에는 그런 필연성이 있었겠지."

"처음에는?"

"그래. 하지만 고문 기구가 효과를 거두기 시작하자 그다음부터는 고통을 주는 방법을 다양하게 늘리기 시작했어. 그건 대의명분을 가진 쾌락, 아무도 인정하지 않는 형태의 쾌락이야. 전쟁과 같은 논리지."

"전쟁은 쾌락인가?"

"아무도 인정하지 않겠지만 전쟁은 대개 권력자의 사적 쾌락에서 비롯해. 어떤 고통을 주고 어떻게 정복할 것인가. 단순히 정복하는 게 목적이었다면 고통은 최소한으로 억제했겠지. 하지

　　　　　　　　　　　　　　내가 사랑한 카프카한 그녀

만 고문 기구는 최소한의 아픔을 주는 물건이 아니잖아. 대부분은 딱 죽지 않을 정도에서 무한한 고통을 주는 데에 초점을 맞추고 있어. 아무리 정의나 법의 이름으로 행해졌다 해도 가학적인 마음에서 만들어진 건 분명해."

"네 사고방식은 법률적 사형 자체를 부정하는 거지? 지금 이 나라에는 사형 말고 다른 고문은 존재하지 않지만."

"맞아. 상대에게 고통을 안기는 형벌은, 아픔을 통해 죄를 씻고 회한을 몸으로 기억하라는 국가의 의식에서 비롯한 거야. 진실을 밝히기 위해 고문을 하는 이유도 마찬가지고. 이익을 위해 폭력을 제한 없이 반복하는 고문, 그 실체를 정리하는 건 인간의 일면을 직시해야 가능한 일이야."

"그것이 카프카가 『유형지에서』를 쓴 이유다?"

"그래. 카프카는 발명가야. 어디서 인간의 본성을 발견할 수 있는지 너무나 잘 이해하고 있어. 그래서 고문 기구에 대해 상세하게 묘사한 거지. 병적일 정도로 고문 시스템을 상세히 묘사하면서 끈적끈적한 인간의 광기 그 본질에 접근할 수 있었던 거고. 카프카는 인간이 어떤 광기를 품은 생물인지 알고 싶었겠지."

"어떤 광기를 품은 생물."

나는 그녀의 말을 되풀이했다. 후카 홀릭인 나는 분명 광기를 품은 생물이다. 카프카에게 몰두하고 있는 후카 역시 그렇다.

그녀는 메루의 휴대전화에서 전송받은 사진을 보며 말을 덧붙였다.

"히로유키가 왜 이런 흉기를 손에 넣으려 했는지는 알 수 없지만, 만약 이게 고문 기구라면 히로유키는 어떤 대의명분으로 무언가에 상처를 주려 한 걸까."

"그 무언가… 란 메루?"

"그건 나도 모르지. 그저 그가 '페널티'에 간 이유는 광기를 채우는 데 필요한 기구를 사기 위해서 아니었을까. 인터넷으로 사는 것보다 쌌기 때문에. 히로유키가 메루한테 그랬다며, '널 기쁘게 해주고 싶다'고. 그렇다면 히로유키는 그녀를 기쁘게 해주기 위해 '페널티'에 간 거겠지."

후카는 남의 일처럼 ― 실제로 그녀의 입장에서 보면 완벽하게 남의 일이 맞지만 ― 말하더니 다시 카프카를 읽기 시작했다.

한편 나는 그녀의 말을 듣고 카프카스러운 혼란에 빠져 있었다. 혹시라도 히로유키가 고문 기구를 산다면 나는 어떻게 해야 하나? 말릴 이유가 있을까.

메루는 정말 그를 말리고 싶은 걸까?

비인간적인 물건을 탐내는 남자가 있다. 그 물건에 희생될지 모를 여자도 있다. 그리고 그 남자의 속마음을 알아내고 싶은 기록자, 탐정도 여기 있다. 탐정의 목적은… 알 수 없다.

우리는 지금 장대한 카프카적 현상에 빠져들었다. 탐정은 카프카 중독에 걸린 소녀까지 끌어들였다. 그녀는 이 연결 고리에 카프카의 이론을 적용시키며 부조리라 명했다.

그나마 다행이다. 미제 사건의 미궁에 빠질지 모를 탐정 곁에 중독을 치료할 혈청이 함께 있으니까.

버스가 멈췄다. '페널티'까지는 걸어서 2분이다.

"가자."

나는 고개를 끄덕이고 곧바로 그녀를 안아 올렸다. 그녀가 버스 계단에 주저앉는 일이 없도록.

"흠, 편하네."

그녀는 공주님 모시기 작전에 눈곱만큼도 마음이 흔들리지 않아 보였지만, 호의를 순수하게 받아들여서 왠지 가슴이 조여들었다. 꽉 끼는 벨트를 한 것처럼. 세상에서 가장 아름답고 행복한 향기에 둘러싸인 듯한 고문이었다.

대체 내가 어떻게 된 걸까?

6.

"하지만 히로유키와 만나면 뭐라 해야 하지?"

어디 쓰는 물건이냐고 정정당당하게 물어봤자 솔직히 대답해 줄 것 같지 않았다. 정말 물어봐야 하는 건지 갈피를 잡지도 못했다. 말려야 할까? 커플 일에 네가 왜 끼어드는 거냐고 하면 끝

아닌가.

후카가 시원스레 이렇게 대답했다.

"아무 말 안 해도 괜찮지 않을까? 그가 고문 기구 마니아라는 게 확인되면 메루한테 알려만 줘."

"그러면 히로유키와 그녀 사이가 깨질까? 이대로라면 그녀가 상처받게 돼."

"서로 허락한 일이라면 아무리 이상한 행위라도 타인이 간섭해선 안 돼. 네가 그녀에게 마음이 없다면 말할 이유도 없고. 아무런 마음이 없다면."

마지막 부분을 강조하며 그녀가 말했다. 무표정의 가면 속에 약간의 질투는 숨기고 있는 걸까?

"난 정말 그녀에게 아무런 마음도 없다고!"

"그런 것치고는 사이가 좋던걸."

후카는 얼굴을 돌리곤 성큼성큼 빠른 걸음으로 전진했다.

곧 '페널티' 건물이 보였다. 오락실로 착각할 만큼 시끄러운 외관. 벽에 뭘 세일 중인지 매일 달라지는 정보가 잔뜩 붙어 있다.

맨 꼭대기 층만 검게 칠했고 창문도 검은 유리다. 어른의 완구 코너겠지. 혹시나 해서 스마트폰을 확인했지만 메루한테서 온 메시지는 없다. 아직 히로유키는 건물 안에 있다.

후카는 가게에 들어가자마자 걸음을 멈췄다. 그녀는 내 손을 잡아끌더니 프라이팬 코너 그림자에 몸을 숨겼다. 바로 이유를 알 수 있었다. 히로유키가 이쪽으로 걸어오고 있었다. 이미 쇼핑이 끝난 모양이다.

"뒷일은 맡길게. 탐정 의뢰를 받은 건 너니까."

후카는 내 손을 놓았다. '가라'는 뜻으로 받아들이고 그에게 다가가 말을 걸었다. 우연인 척, 최대한 자연스럽게.

"어라? 히로유키."

"엇, 잠버릇."

"이런 데에서 다 만나네."

그의 오른손에 들린 종이 봉투에 시선이 머문다. '페널티' 로고가 그려진 종이 봉투.

방금 무언가를 장만했다는 증거다.

"쇼핑 왔어?"

이렇게 묻자 히로유키는 살짝 얼굴을 붉혔다. 떳떳하지 못하겠지. 하지만 인중을 손가락으로 만지작거리는 걸 보면 살짝 자만심도 섞여 있는 것 같았다.

"데이트할 때 쓸 물건을 좀. 그녀를 기쁘게 해주고 싶어서. 인터넷에서 사는 것보다 훨씬 싸더라."

"흐음, 그게 뭔지 내가 맞혀볼까? 뭔가에 상처를 줄 때 쓰는 도구 아냐?"

히로유키는 놀란 얼굴로 날 쳐다봤다. "어떻게 알았지… 이걸로 구멍을 많이 낼 거거든."

갈게, 히로유키는 자리를 떠났다.

매장 소음이 날 혼돈의 소용돌이로 잡아끄는 느낌이었다. 가슴이 벌렁거렸다. 히로유키의 부끄러워하던 미소가 뇌리에 단단히 자리를 잡았다. 저것이 잠시 후 연인을 고문하며 고통을 줄 남자의 미소라니.

나는 히로유키를 말릴 수 없었다.

7.

"죄를 지은 기분이야. 말렸어야 했어."

'페널티' 옆 패스트푸드 가게 1층 카운터 자리에 나란히 앉아 우리는 셰이크를 마셨다. 밖에서는 빗방울이 떨어지기 시작했다.

"이미 늦었어. 이제 와서 후회한들 무슨 소용이겠어."

태연하게 그녀가 대답했다.

"그건 그렇지만…."

6월의 비는 눈에 보이지 않는 뱀이라도 불러들이는 것처럼 우울한 음색을 연주하고 있었다. 머리를 감싸고 절망적인 자기혐오에 빠져 있는 나에 비해, 후카는 그다지 나쁜 기분은 아닌 듯 셰이크를 빨아들였다.

"카프카의『유형지에서』화자처럼 말하네."

나는 너무나 냉철한 광기를 이어가던 이야기를 떠올렸다.

한 여행가가 유형지에서 처형에 입회해달라는 부탁을 받는다. 장교는 이 유형지에서 사용되는 고문 기구에 대해 설명한다. 오랜 시간에 걸쳐 죄수의 몸에 죄를 기록하는 잔혹한 고문 기구로, 죽음에 이르기까지 열두 시간이나 필요하다.

기계는 전임 사령관이 만들었으며, 장교가 이를 이어받았다. 장교에게는 의미 있는 물건이다. 이 고문 기구는 신임 사령관의 비판을 받아 사용하지 못하게 될 위기에 처했다. 장교는 여행가에게 이 고문 기구가 앞으로도 사용될 수 있도록 도와달라 부탁하지만, 기계에 숨겨진 비인간성을 발견한 여행가는 거절한다.

장교는 그 자리에 있던 죄수를 석방하고 자신의 몸에 고문 기구를 장착해 작동시킨다. 그러나 기계는 고장이 난 상태였다. 오랜 시간에 걸쳐 고통을 주지 않고 장교를 단숨에 찔러 사망에 이르게 한다.

"이 이야기는 도구가 인간을 만든다는 걸 알려주는 거야."

후카는 빗소리와 비슷한 음량으로 말했다.

"도구가 인간을 만들어?"

"도구란 인간이 인간답기 위해 만들어낸 것이지만, 결과적으로 인간이 만든 도구는 인간을 새로운 형태로 유도해왔어. 그중에서도 고문 기구는 인간의 폭력성을 길러내고 인간의 시스템 속에 확고한 폭력을 견고하게 구축했지. 카프카는 그 비인간적인 도구의 역사 그 자체에 냉철한 시선을 던지고 있어. 우리들은 잔혹한 생물이다, 그리고 우리가 만들어낸 기구에 의해 언젠가 스스로를 멸할 것이다… 예를 들어 AI와 인간의 문제도 간단하게 보면 똑같은 거야. 인간의 역할은 전부 AI가 대신하게 될 테고 AI는 언젠가 인간을 멸망시키겠지. 카프카 작품 마지막에 집행인 남자가 맞이한 운명처럼."

"그럼 히로유키도 자업자득의 결과를 맞이할까?"

이번 건을 『유형지에서』의 내용에 끼워 맞추면 그런 결말이 나올 수밖에 없을 거란 생각이 들었다. 하지만 후카는 고개를 가로저었다.

"그건 알 수 없어. 난 그저 『유형지에서』의 내용에서 얻을 수 있는 것을 말하고 있을 뿐이야. 처음부터 그렇게 말했잖아. 도구가 인간을 만든다고. 그다음 이론을 어떻게 전개할 것인지는 너 하기 나름이야. 나는 너처럼 능숙하게 현실에 적용시키지는 못하거든."

그녀의 카프카 해설을 듣고 나는 다시 생각에 잠겼다. 히로유키의 성격이 기구의 성격에 따라 달라진다면.

"즉, 폭력성을 말하는 거잖아? 그래서 말한 거야. 보고만 있지 말고 말렸어야 했어."

하지만 후카는 또 고개를 저었다.

"그게 아니라니까."

"그게 아니라고?"

"네가 카프카가 되어 생각하면 간단히 알 수 있어. 그건 폭력성에 대한 이야기가 아니라, 비인간성이 인간성에 끼치는 작용에 대한 이야기니까."

그녀는 노트를 꺼내더니 망설임 없이 아름다운 선을 그렸다. 그러자 눈 깜짝할 사이에 메루의 스마트폰 화면에서 본 일그러진 도구가 그려졌다.

예리한 돌기가 새겨진 롤러, 크기도 실물 크기다. 그 손잡이를 히로유키가 움켜쥐고 메루의 목덜미에서 등을 향해 단숨에 굴리는 모습을 상상했다. 새하얀 등에 무수히 붉은 점이 생겨나는 모습은 그로테스크한 동시에 아름답기도 했다.

그 그림을 보는 동안, 내 머릿속에서 스파크가 튀었다.

처음 그 기구를 봤을 때 떠오른 게 무엇이었는지 생각난 것이다. 이런 생각이었다. 인간을 고문하기에는 너무 작지 않나.

즉, 인간을 고문하는 기구로 보기에는 부자연스럽지 않나? 인간이 아닌 다른 무언가를 고문하기 위한 물건으로 보는 게 더 와닿는다.

그렇다면 대체 뭘 고문하는 걸까? 거기에 생각이 미치자 답은 또다시 안개 속으로 숨어버렸다.

나는 셰이크를 스푼으로 떠서 후카의 입에 넣어줬다.

"냠."

그녀는 맛있다는 듯 먹었다. 마치 모든 문제가 사라진 것처럼.

인간이 아닌 무언가라, 대체 뭐지?

머릿속에 떠오른 건 무생물을 고문하며 미소 짓는 히로유키의 모습이었다. 인간을 고문하는 것보다 더 섬뜩했다.

8.

"답을 찾아낸 얼굴이네."

내 얼굴을 손가락으로 가리키며 말하는 후카에게 추가로 주문한 프렌치프라이를 내밀었다. 후카는 말을 멈추고 그것을 입으로 가져가며 셰이크를 마셨다.

"네 덕에 답이 보였어. 기구의 효과를 생각하니 뭘 고문하는 기구인지 알겠더라. 이런 롤러를 몸에 굴리면 전신이 구멍투성이가 될 거 아냐. 인간의 상처는 낫긴 하지만 지나치게 아프다는 게 문제야. 그렇게까지 하는 인간은 아무리 쾌락을 위한 행위라도 대가를 치르지 않을 수 없어. 그 정도면 범죄의 영역에 들어가니까."

"분명 과도한 가학적 행위는 쾌락의 범주에 들어간다 해도 범죄 행위로 처벌받을 가능성이 있지. 게다가 고문은 금지되어 있으니까."

지금 이 나라 법률에 고문은 존재하지 않는다. 형식적으로나마 사형만 남아 있을 뿐. 그것도 죽음이라는 이름의 고문을 통해 뭔가 정보를 얻고자 함이 아니다. 죄의 대가로 죽음이 선택되는 것뿐. 사형 집행에는 고문 기구도, 고통도 존재하지 않는다.

"고문의 고(拷)는 손으로 생각을 하게 한다는 의미야."

갑자기 그녀가 말했다. 혼잣말 같은 말투였다. 하지만 그녀는 말을 이어갔다.

"그리고 다음으로 물을 '문(問)'자가 붙지. 손을 써서 생각을 하게 만든 다음, 질문을 던지는 행위, 그것이 고문이야. 영어로 고문을 뜻하는 torture는 '비튼다'는 말에서 왔다고 하니, 한자보다 힘이 물질에 미치는 효과 쪽에 더 방점을 두고 있어. 한자가 정신 쪽에 중점을 두고 있다면 영어는 행위와 효과에 중점을 두고 있는 거지. 결과적으로 '비트는' 행위가 벌어진다는 점에서 똑같다고 볼 수도 있겠지만. 고문이란 국가라는 거대한 조직을 운영하는 측에서 보면 불가피한 행위였을 거야. 하지만 원숭이 집단에서 그런 일이 벌어지면 우린 그 광경을 잠자코 지켜볼까?"

"원숭이가 고문이라, 예삿일이 아니겠네. 인간은 지성을 가진 동물이니 용납된다 해도…."

"네 말대로라면 지성이란, 폭력을 강요하는 도구를 개발해서, 못된 동족에게 제재를 가하는 냉철함에 불과한 걸까?"

헉, 놀라왔다. 이렇게 지성이라는 말의 정의가 변질되어 있었다니.

"그리고 그런 냉철함은 보통 비인간적이라 표현하지 않던가?"

그 말이 맞다. 정말 가치관이 뒤틀려 있었다.

어느샌가 인간은 도착(倒錯)에 빠진다. 『유형지에서』에 등장하는 장교가 떠올랐다. 나 역시 모르는 사이 장교처럼 비인간적인 광기에 빠져 충동적으로 움직인 인간에 포함되어 있던 걸까.

"그런가… 인간용 고문 기구만큼 비인간적이라 말하고 싶은 거지?"

"그래. 게다가 인간 말고 뭘 고문한다는 거지? 아무 의미 없는 짓이잖아."

"하긴."

부조리한 행동을 꿰뚫어 보는 점에서는 한발 앞서가는 그녀가 진상에는 도달해 있지 않다. 이 또한 부조리 아닌가. 나는 그녀가 고문의 정의를 늘어놓는 동안 뇌를 전력으로 굴려 진상에 다가가고 있었으니까.

나는 손가락을 세우고 해설을 하기 시작했다.

"그러기 전에 일단 지금까지 알아낸 점들을 나열해볼게.

• 롤러 모양 도구에는 무수한 가시가 달려 있다.

• 오늘 밤 두 사람은 집에서 데이트를 한다.

• 히로유키는 요리를 해줄 생각으로 보인다.

• 히로유키는 메루를 기쁘게 해주고 싶다.

• 히로유키에게 도구에 대해 물어보니 부끄러워했다.

이래도 모르겠어?"

나는 그녀의 얼굴을 지그시 바라보았다. 그리고 "앗" 하는 소리를 냈다. 그런 다음 천천히 이렇게 대답했다.

"전혀 모르고 있구나. 뻔뻔하긴."

9.

"또 하나의 힌트는 어째서 히로유키가 그 도구를 산 얘기를 입에 담지 않았을까 하는 점."

나는 프렌치프라이를 셰이크에 적신 끔찍한 물건이 입에 들어오는 것을 받아들이며 말했다. 물론 후카의 짓이다.

그녀는 내가 여자를 꼬드길 때 애용하는 스킬을, 주고받아야 하는 행위로 오해한 듯했다. 게다가 셰이크에 적신 프렌치프라이라니. 누가 이런 음식을 주고받을까.

"히로유키네 아버지는 격투가라고 했지?"

"으응."

"분명히 '남자답게 행동하라'면서 키우셨을 거야. 그런 사람이 부끄러워할 일이 뭘 것 같아?"

"…아버지의 낡은 가치관에서 볼 때 '남자답지 않은' 행동일까?"

"명답. 즉, 그 기구 얘기를 입에 담지 않은 건 그게 '남자답지 않은' 용도로 쓰이기 때문인 거야. 그 '남자답지 않은' 용도가 그녀를 기쁘게 하는 거지. 그럼 이번에는 기구의 구조를 떠올려볼까. 롤러는 회전시키기 위해 만들지. 즉, 그 수많은 돌기가 달린 롤러는 어떤 생물 내지 물질 위에서 회전할 거야. 그 결과 생물이라면 피를 흘릴 테고, 물질이라면 무수한 구멍이 생기겠지. 그런데 아무리 어른의 장난감 코너라 해도 백화점에 입점한 큰 가게에서 생물에게 상처 줄 수 있는 도구를 팔 거라 생각하긴 힘들지 않겠어? 그렇다면 그 도구는 어떤 물질에 구멍을 뚫기 위해 사용되는 거란 결론이 나와."

"물질… 그건 어떤 걸까?"

"히로유키는 그녀에게 요리 솜씨를 자랑하겠다고 했어. 자연스럽게 그 기구는 조리 기구였다는 결론이 나오지."

"조리 기구…?"

후카는 청천벽력이라는 표정이었다. 그녀가 준 힌트에 끌려 얻어낸 진상이 그녀를 놀라게 만들고 있다. 묘한 상황이다.

"예를 들어, 피자 반죽에 구멍을 내기 위한 물건이라면?"

"피자…?"

"피자 반죽 부분에는 열이 잘 통하기 위한 구멍을 뚫어줘야 하거든. 낡은 가치관의 아버지를 가진 히로유키라면 취미가 요리라는 걸 부끄러워할 수 있지 않을까?"

"하, 하지만 그런 기구가, 존재할까…?"

그녀는 반신반의하는 표정으로 인터넷 검색을 시작했다.

피자, 파이 반죽, 구멍.

검색해보니 바로 우리들이 본 것과 완전히 똑같은 기구의 이미지가 나타났다.

"작별이구나, 카프카적 현실."

그녀의 풀이를 토대로 내가 현실을 밝혀낸 것이다. 바이바이, 부조리는 사라졌다. 합리적이면서 더할 나위 없을 만큼 선명한 결말이다.

나는 직접 셰이크에 프렌치프라이를 적셔서 먹어보았다. 끔찍한 맛이다.

"아, 하지만 부조리가 하나 남네. 히로유키가 요리를 좋아하는 게 메루를 기쁘게 할 거라고 단정할 순 없다는 점."

"…아아." 메루가 더 비뚤어진 정신을 내심 바라고 있다면, 요리를 좋아하는 지나치게 건전한 현실은 받아들이기 어려울지 모른다. "그럴 수도 있지. 남자친구의 스마트폰을 멋대로 열어보고 묘한 기구 사진을 발견한 시점에서 나는 그녀 안에 숨어 있는 어둠을 느꼈어. 그녀는 남친이 감추고 있는 것을 굳이 열어보고 사진을 찍어뒀으니까."

메루는 일그러진 사디스트 히로유키를 원할 수도 있다. 그렇다면 요리를 좋아하는 상큼한 청년이라는 진상이 플러스 효과를 거두리라 볼 수만은 없다.

"…뭐라고 보고할 거야?"

"그는 예의 완구를 사긴 했지만 문제없을 거라고 할 거야."

가장 거짓 없는 보고 아닌가. 히로유키의 본성은 천천히 알아가면 된다. 그것이 히로유키를 위한 길이자 메루를 위한 길이기도 하다. 메루의 마음에는 희미한 어둠이 있다. 구멍을 뚫는 도구가 없어도 메루의 마음에는 이미 구멍이 뚫려 있다. 히로유키가 그 구멍을 막아줄 수 있을까?

카프카적 현실이 하나 정리되면 다시 다른 카프카적 현실이 입을 벌리고 있다.

부디 메루의 일그러진 마음이 히로유키의 요리로 정화되길.

그리고 메루의 마음에 무수히 만들어진 구멍이 언젠가는 막히길.

"아아, 이런 대화를 나누고 있으려니 피자 먹고 싶네. 날 이런데까지 같이 오게 만들었으니 피자를 사는 게 좋지 않겠어?"

꽤나 분명한 요구다. 셰이크도, 프렌치프라이도 내가 사긴 했지만. 나쁘지 않다.

"역 앞에 새 피자 가게가 생겼더라. 거기 들르자."

"살 거지."

"으으음… 살게."

"야호!"

후카는 기뻐하며 헬멧을 달칵달칵 손톱으로 두들겼다.

그 리드미컬한 소리를 들으며 일상이 돌아왔구나 하고 느꼈다. 백신, 혈청. 그녀가 날 정화해준다.

"왜 그렇게 오래 학교를 쉰 거야?"

"딱히 너랑은 상관없는 일이라."

그녀는 이렇게 말하여 회피했다. 상관없다… 라. 물론 그렇겠지. 그녀에겐 아직 비밀의 영역이 있다. 그곳에는 내가 알 수 없는 미지의 세계가 펼쳐져 있을 것이고, 내가 알지 못하는 거리를, 알지 못하는 웃음으로 걷고 있겠지.

번잡스러운 역 앞 피자 가게를 향해 걷는 동안 저녁 6시가 됐다. 슬슬 히로유키의 집을 메루가 방문할 즈음이다. 나는 메일로 〈히로유키는 고문 기구를 샀어. 하지만 걱정할 일은 일어나지 않을 거야〉라고 보냈다. 그녀에게서 답은 아직 없었다.

후란바시 다리를 건널 때, '오늘 안에 후카를 네 것으로 만들어'라고 또 하나의 내가 주장을 펼쳤다. 최고의 상황을 헛되이 날려버릴 순 없지 않냐고.

하지만 그녀를 품에 안으려 손을 뻗는 순간, 뭔가 단단한 것이 등을 쿡 찔렀다.

"소년, 또 만났군."

이 목소리는 츠키야의 것이었다.

"츠키야 오빠…."

후카가 비명으로도, 당혹으로도 들을 수 있는 목소리로 외쳤다.

"걱정했잖아. 돌아가자."

츠키야는 후카의 팔을 잡고 걷기 시작했다.

"잠깐만요. 우린 나쁜 짓을 한 게 아닙니다. 친구 문제로… 그…."

"이유는 아무래도 상관없어. 소년. 중요한 건 네가 내 충고를 무시했다는 것, 그리고 후카가 무사하다는 거다."

"츠키야 오빠, 내가 멋대로 쟬 끌고 다닌 거야."

하지만 츠키야는 후카의 말이 들리지 않는 것처럼 날 가만히 바라보다 싱긋 웃더니 다시 걸어갔다.

그저 고등학생다운 건전한 데이트를 했을 뿐인데. 중학교 시절에도 이렇게 건전한 데이트를 해본 적이 없는데.

'후카가 무사하다는 것'이라. 츠키야는 어떤 사태를 상상하고 있었던 걸까?

후카가 츠키야의 어깨를 감싸 쥐며 가슴팍을 꽉 누른 것은 바

내가 사랑한 카프카한 그녀

로 그때였다. 크게 뜬 눈이 한곳만을 바라보고 있다. 평소 보던 표정. 전에도 이런 순간이 자주 있었다.

"후카, 얼른 차로 돌아가자."

츠키야는 그녀를 안고 자리를 떠났다. 아무 말도 나오지 않았다. 몇 시간 전보다 지금이 훨씬 괴로웠다. 그리고 내가 후카의 빈자리에 절망하고 있다는 것도 확실히 알 수 있었다.

후카의 빈자리를 다른 무엇으로도 매울 수 없다는 걸 나는 분명히 알고 있었다. 누구나 마음속에 채울 수 없는 구멍을 갖고 있다. 그 구멍을 채워줄 수 있는 것은 단 하나의 진실이다. 나는 그제야 깨닫기 시작했다. 줄곧 인정하지 않으려 한 것, 후카를 사랑하고 있다는 진실을.

피자 가게로 갔다. 후카와 먹으려 한 마르게리타를 주문하기 위해. 걷자. 그리고 먹자. 지금 이 순간을 극복하기 위해.

한없이 늘어나는 치즈가 나와 그녀의 유약한 유대를 증명해줄 거라 믿고.

제3화

전 여친,
애벌레가
되 다

1.

그 '의뢰'가 들어온 것은 무더위가 바룸처럼 들러붙는 7월 초의 하루였다.

6월의 그 일 이후 후카는 또 학교에 오지 않았다. 가끔 보건실에 숙제를 제출하러 오긴 했지만 교실에는 들어오지 않았다. 그녀가 '자율적'으로 그러고 있다는 게 학교의 입장이었다.

정말 자율적일까? 츠키야가 나와 그녀가 접촉하지 못하게 이런 구도를 짠 건 아닐까? 생각할수록 의문이 끝없이 나타났다. 그런 의심을 뿌리치기 위해서라도 나는 그녀의 빈자리를 문자로 채우고 있었다. 중학교 때처럼 손 가는 대로 여자아이를 탐하는 것보다는 환경 문제 해결에 유리한 방법이다. 나 자신에게도 좋은 일이고.

"요즘 가에데가 달라졌어."

히로세 고지는 이것도 커뮤니케이션이라 생각하는지 내 머리를 팍팍 두드렸다. 커뮤니케이션이 엉망인 건 머리 좋은 사람 특유의 결점인 걸까. 그 손을 뿌리치며 "뭐가?"라고 물었다.

7월에 들어서자 교실은 후끈후끈 더워지기 시작했다. 한자리에 사춘기 30명을 구겨 넣으면 지옥이 펼쳐진다. 같은 반 여자애가 "화재 현장에 있는 것 같아"라고 빗대자 교실이 들끓었다. 불편한 소리 하지 마, 누군가 말했다. 전날 밤 학교 옆에서 또 화재가 일어났기 때문이다. 이걸로 올해 들어 4건째다. 방화범도 이 더위에 용케 불을 지를 생각을 한다.

"어떻게 표현해야 하나. 차분해졌어. 상당히 괜찮아, 요즘 넌."

고지가 내 칭찬을 하다니, 뭔가 부탁할 거리가 있나?

"그게 뭔 소린데."

"그 때문인가. 헬녀가 안 나와서?"

헬녀, 그가 지칭하는 건 분명 후카다. 헬멧을 쓰고 다니니 헬녀. 그새 묘한 별명이 유포되고 있다. 하지만 나쁘지 않은 별명이다. 헬, 지옥. 그녀는 지옥에서 나타나 날 매료시킨 걸지도 모른다.

"그러니까, 그녀와 나는 아무런 관계도 없다고 했지."

"흐흠, 글쎄다? 백치인 척하고 있지만 네 진짜 모습은 아마 그렇지 않을 텐데."

그는 내 헝클어진 머리에 손을 뻗었다.

"게다가 이 헝클어진 머리, 잠버릇 때문에 이렇게 된 게 아니

라 젤로 굳힌 거잖아. 네 진짜 성격을 백치 캐릭터로 카무플라주
(주6) 할 생각이지. 대체 노리는 게 뭐야?"

"…카무플라주가 뭔데? 먹는 거야?"

끝까지 백치 연기를 밀고 나가기로 했다. 그러나 고지는 간단
히 물러나지 않는다.

"독하네. 그럼 추리해보지. 내 추측으로 너는 중학교 시절, 손
닿는 온갖 여자애들을 꼬드기고 다녔지만 진정한 사랑에 굶주
려 있었다. 그래서 진정한 사랑을 얻기 위해 백치 캐릭터로 재출
발하기로 한 거야. 아닌가?"

꽤 날카로운 추리다. 딱 한 가지 수정할 점이 있다면 사랑을
얻기 위해 백치 캐릭터 연기를 한 게 아니라, 백치 캐릭터 연기
를 하던 참에 가노 후카를 사랑하게 되어버렸다는 것 정도일까.

"네가 착각하나 본데, 내 잠버릇은 워낙 강렬해서 젤을 발라야
겨우 이 정도로나마 가라앉을 뿐이고, 중학교 시절 인기가 좋았
다는 건 유언비어야. 나같이 덜떨어진 녀석한테 인기가 있었다
면 재밌는 일이잖아. 그래서 다들 그런 말을 하는 거야. 실제로
는 전혀 인기가 없었어. 그리고 나는 사랑 같은 거 하고 있지 않
아. 헬멧을 쓰고 다니는 묘한 아이라면 더더욱 그렇고. 변한 점
이 있다면 아침밥 정도일까. 빵을 그만두고 시리얼로 바꿨어. 시
리얼 맛있더라. 추천할게."

나는 마지막까지 얼빠진 소리를 하며 고지 곁을 떠났지만 내

게 심경의 변화가 있다는 건 스스로도 눈치채고 있었다. 나는 지금 후카를 위해 쉼 없이 문체 연습을 반복하고 있다. 카프카의 창작법을 잡아내기 위해 발버둥치는 중이다. 그래서 『토리코』(주7)도, 『원피스』도 끊고, 전권을 살까 생각 중이던 『아이 엠 어 히어로』(주8)도 제쳐두기로 했다. 오락이라곤 기껏해야 일주일에 한 번 TV 프로그램 〈아이돌 발굴감정단〉을 보는 정도로 충분하다,

카프카가 되는 건 어려운 과제였다. 마냥 흉내만 낸다고 될 일이 아니다. 그래선 카프카의 수준 낮은 복제물이 될 뿐이다. 카프카의 정신을 이어받으면서도 작가성을 확립시켜나가야 한다. 리스펙트, 물론 중요하다. 하지만 나는 카프카를 오마주하는 작가가 되란 말을 들은 게 아니다. 후카는 카프카가 되라고 했다. 카프카에게 손색없는 작가가 되라는 뜻일 거다. 일개 고등학생에게 그녀는 얼마나 엄청난 명령을 내린 것인가.

서당 개 3년이면 풍월을 읊는다 하지 않았던가. 그 무리한 난제를 이뤄내기 위해 절차탁마하는 동안, 나 자신이 조금씩 변하고 있는 건 분명하다. 누구도 사랑하지 않고 논리적이고 냉철하게 세상을 바라보던 시절과 달리, 지금은 다양한 부조리에 눈길을 보내고 세상의 얽혀 있는 실타래에 주목하고 있다. 모든 게 후카를 향한 사랑에서 비롯했다.

내 관심은 심플해지고 있다. 글을 쓰는 것이다. 어떤 의미에서

는 살아생전 가장 조용하고 안정된 나날을 보내고 있다.

하지만 그날 방과 후 날아든 귀찮은 의뢰에 내 고즈넉한 일상
은 갑자기 막을 내렸다. 그 일은 어질어질한 더위 속에 벌어져서
추악한 신기루 같기도 했다.

2.

돌아가는 길이었다. 후란바시를 건널 즈음, 돌연히 뒤에서 누
군가 말을 걸었다.

"후카미 가에데 선배죠?"

고등학교 1학년인 나를 선배라고 부를 사람은 중학교 후배밖
에 없다. 돌아보고 존재를 확인했다. 본 적 없는 소녀였다. 내가
나온 중학교 교복을 입고 있었지만 기억을 더듬어봐도 이 소녀
는 모르는 사람이다. 후배일까?

"그런데?"

"저는 기사라기 야요이라고 해요."

"기사라기…."

성을 듣자 나도 모르게 말을 이을 수 없었다. 중학교 때 반
년 정도 사귄 여자아이의 성이었기 때문이다. 그녀는 이어서 말
했다.

"전 기사라기 시오리의 동생이에요."

"…그래, 그럴 것 같았어."

불안한 예감은 대부분 적중하게 되어 있나 보다.

내가 그녀를 경계한 이유는 시오리와의 이별이 그다지 좋지 않았기 때문이다.

마지막 3개월 정도, 나는 그녀를 피했다. 자주 데이트하던 S공원에서 이별을 고했지만 그녀는 헤어질 수 없다고 억지를 부렸다. 그 뒤로는 어떻게 대해야 할지 모르겠어서 피해 다니다 졸업을 맞이했다.

친구들은 내게 "결국 끝까지 도망쳤네"라고 했지만, 봄방학이 끝나고 각자 다른 고등학교로 진학한 후에도 마음이 놓이지 않았다. 언제 집으로 들이닥칠지 모른다는 생각 때문이었다.

"시오리는 잘 지내?"

"…실은 그것 때문에 할 말이 있어요."

역시. 경계심이 더 강해졌다. 시오리는 헤어질 수 없다고 버텼다. 또 무슨 구실을 대고 동생까지 보내서 날 붙잡으려는 걸까.

"걸으면서 얘기해도 될까요? 여긴 좀 부끄러워서."

우리들이 서 있던 곳은 러브호텔로 착각해도 이상하지 않을 만큼 핑크빛으로 장식된 병원 앞이었다. 고등학생들이 여기 서 있는 모습은 모르는 사람들 눈에 그리 좋지 않게 보일 법하다.

야요이에게 동의를 표하고 걷기 시작하자 그녀도 내게 보조를 맞췄다.

그런데 야요이의 입에서 나온 건 생각지도 못한 말이었다.

"오늘 아침 눈을 떠보니 언니가 벌레가 됐더라고요."

"응… 방금 뭐라고 했어?"

너무 뜬금없는 말이 들려올 때 인간의 뇌는 잘못 들었다고 판단하도록 되어 있다. 그녀의 말을 정확하게 듣긴 했지만 그럴 리 없다고 뇌가 다시 물어보라 지령을 내린 것이다.

그러나 야요이는 한 글자도 다르지 않게 똑같은 말을 반복했다.

"오늘 아침 눈을 떠보니 언니가 벌레가 됐더라고요."

"역시 그렇게 말한 게 맞네."

나는 한숨을 내쉬며 그녀를 길가로 데려가 작은 소리로 물었다.

"솔직하게 말해봐. 언니한테서 무슨 부탁을 받았어?"

"정말이에요. 언니가 벌레가 됐다니까요!"

야요이는 순진 그 자체로 보이는 눈동자를 내게 향하며 "믿어주세요"라는 말만 반복했다. 아직도 이런 말을. 이 정도로 비현실적인 말을 진지하게 반복하는 걸 보니 동생도 꽤 위험한 인간인 것 같다. 예쁜 얼굴이 아까울 따름이다.

"그럼 증거를 보여줘."

자포자기 심정으로 말했다. 오늘 체육이 수영이었던지라 꽤 피곤했고, 빨리 집으로 돌아가 소설의 뒷부분을 쓰고 싶었다.

야요이는 순간 겁먹은 듯 보였지… 만, 곧 이렇게 잘라 말했다.

"우리 집에 보러 오지 않을래요?"

"너희 집에? 싫어. 언니를 만나고 싶지 않아. 앞으로도 일절."

본심이었다. 반드시 같은 집에 살아야 하는 법이 생긴다 해도 평생 절대 얼굴을 마주치지 않고 살겠다고 결심할 만큼 만나고 싶지 않았다.

"그 점은 걱정하지 않아도 돼요."

"엥? 무슨 말을 하는 거야? 너희 집에 가면, 행여 언니가 외출했다 해도 딱 마주칠 확률이 제로는 아니잖아?"

"제로예요. 인간 언니는 만나지 못할 테니까."

"…네가 몰래, 내가 집에 왔다고 얘기할지도 모르잖아."

"전 말 안 해요. 아니, 말을 못 해요."

"말을 못 해?"

"네, 아까 말한 대로 언니는 이미 벌레가 돼서 말도 하지 못하니까요. 그러니 안심해요."

언제부터 카프카스러운 현실이 진짜 현실에 덧씌워진 걸까? 시오리는 벌레가 됐고, 그녀의 미인 동생은 날 만나러 온 이 상황은 뭐지?

"알겠어. 일단 너희 집에 가봐야 진척이 있겠네."

지금 무슨 소리를 하는 거냐? 이런 생각이 들지 않은 건 아니지만 이미 튀어나온 말이라 후회해봐야 늦었다. 변명하자면 그때의 나는 이런 생각이었다. 나사가 몇 개 빠진 것 같지만 야요이 본인에게 악의는 없어 보이니 가서 확인만 하고 바로 돌아오자, 그러면 아무 문제도 없지 않나.

"약속할 수 있어? 언니의 덫이 아니라고."

그녀는 진지하게 내 눈을 바라보며 대답했다.

"약속해요."

"…알았어. 가자."

오랜만에 기사라기 시오리의 집으로 향하게 되었다. 우울했다. 가끔 대화를 시도하는 야요이의 말도 잘 들리지 않았다. 그저 시오리와의 숨 막히던 데이트만 계속 떠올랐다. 그녀는 정말 벌레가 된 걸까?

말도 안 된다.

말도 안 되는 얘기다. 그런데도 현실이 흔들린다. 햇빛이 너무 눈부셔서 그럴까. 아니면 너무 더워서였을까. 아마 양쪽 다겠지.

분명한 게 하나 있었다. 7월 이 시기는 벌레가 쑥쑥 자라기에 최고의 시기라는 것.

3.

시오리의 집으로 가는 도중에 담배 공장이 있다. 삭막한 분위기의 야트막한 건물이다. 건물 둘레에는 딱 거대한 애벌레처럼 보이는 파이프가 여러 개 튀어나와 있고, 지나가기만 해도 냄새가 옷에 밸 만큼 강렬한 담배 냄새가 짙게 풍겼다.

-어릴 적부터 담배 냄새를 맡으며 자랐더니, 이 냄새가 나지 않는 곳은 불안해.

시오리는 이런 말을 하며 늘 필통에 피우지도 않는 담배를 넣어 가지고 다녔다. 그녀가 담배를 피우는 일은 없었지만 S공원에서 데이트를 할 때에도 그걸 꺼내 코끝으로 가져갔고, 냄새가 약하면 가위로 담배 끝을 잘라 냄새를 맡곤 했다.

나는 그녀의 습관에 이질감을 느꼈다. 직접적인 이별의 원인은 아니었지만.

시오리의 집이 보였다. 담배 공장 안쪽의 주택가, 그중에서 가장 커다란 2층 기와집이다. 기와는 회색과 갈색이 오랜 세월 함께 살다 점점 닮아간 것처럼 묘한 색이었다. 이런 색의 독거미를 본 적이 있는 것 같은데 어디서 봤는지 기억나지 않는다.

시오리의 방은 2층이다. 안에 들어가 적은 없다. 집 앞까지 데려다준 적이 두 번 정도 있을 뿐이다. 그때 그녀가 손가락으로 창을 가리키며 저기가 자기 방이라 하던 게 떠올랐다.

-올라갈래?

그날 시오리의 목소리가 귓가에 되살아난다. 속셈, 그리고 그보다 더 강한 의지가 느껴지던 그 목소리에 들떴던 마음이 식어가는 걸 느낀 기억. 사귀어선 안 될 상대와 관계를 맺은 걸 통렬하게 후회했던 기억은 시간과 더불어 괴로움을 더해갔다.

다 똑같은 연애 감정이라 해도 그 무거움과 가벼움에는 개인차가 있다. 처음에는 다들 달콤하고 즐겁게 연애를 시작하지만, 그 사랑이 평생의 골인 지점이라도 되는 것처럼 달려드는 사람도 있다. 그런 연애를 하는 사람에게 상대의 인생관은 중요하지 않다. 무조건 상대의 모든 것을 소유하겠다고 기를 쓰게 된다. 내가 시오리의 말, 그녀의 눈동자에서 읽어낸 것은 그런 집념이었다.

그래서 나는 도망쳤다. 온 힘을 다해 도망쳤다.

그랬건만 나는 여기 돌아오고 말았다.

시각이 기억을 자극한다. 아아, 이건 어느 날 돌아가던 길이었더라, 시오리가 기와 덮인 담에 기어오를 듯 몸을 기댄 적이 있다.

-너도 이렇게 해볼래? 굉장히 좋은 향기가 나.

시오리 말로는 그 기와에는 담배 향기가 흠뻑 배어 있단다. 물론 나는 사양했다. 그녀의 몸짓을 이미 불길하다고 여기던 시기였다. 이별을 고한 건 바로 며칠 뒤였다.

내가 사랑한 카프카한 그녀

"그런데 넌 참 예쁜 얼굴이네. 언니도 아름다웠지만 넌 그보다 더…."

"미인! 이라고요?" 야요이가 말을 반추했다.

"응, 그래."

이런 말을 하려던 게 아니었다. 내가 속으로 삼킨 말은 '무기질'이었다. 아름답지만 그것뿐, 도시의 빌딩들처럼 그 무엇도 느껴지지 않는 아름다움이 거기 있었다.

"그건 제가 그런 존재이기 때문이에요. 딱히 대단한 일이 아니고요. 그보다 가에데 선배는 고등학교 생활, 즐거우세요?"

그녀는 그렇게 말하며 심호흡을 했다. 마치 일대에 떠도는 짙은 담배 냄새를 폐부에 가득 빨아들이는 것처럼.

"갑자기 그런 소리를."

"저는 하나도 즐겁지 않거든요."

"하긴… 수험생이지. 열심히 해."

"네!"

그녀는 눈을 반짝였다. 현역 아이돌 중에 이런 애가 있지 않나 싶을 만큼 눈부시며 한편으로는 인공미가 있는 아름다움. 실제로 그녀가 아이돌이라 해도 나는 놀라지 않을 거다. 요즘은 어느 학교에나 한두 명쯤 아이돌로 데뷔하는 아이가 있다. 우리 학교에도 몇 명 있고. 아이돌이라는 존재에 대한 접근성이 커져서 아이돌이 될 수 있는 가능성이 매우 높아졌다.

수요가 있고 소비자가 있다. 당연한 소리겠지만 경쟁은 물론 치열하다. 여자아이들은 왜 아이돌이 되길 꿈꿀까? 누군가의 환성을 받지 않아도 반짝반짝 빛나며 살 수 있는데.

기사라기 자매의 집 앞에 도착했다. 1년 전보다 기와는 한층 험악하게 회색과 갈색이 맞붙은 색이다. 야요이는 그녀의 언니가 그랬던 것처럼 벽에 몸을 찰싹 붙이고 기와 냄새를 맡았다.

"가에데 선배도 해보세요."

"아니, 사양할게."

"마음이 엄청 진정되는데?"

"내 마음은 바람 한 점 없이 잔잔해."

야요이는 내 대답을 못 들은 것으로 하기로 했는지 바로 내게서 눈길을 돌리는… 것 같더니 다시 웃음을 지었다. 벽에서 몸을 떼고는 "안내할게요"라고 기분 좋게 말했다. 현관으로 이어지는 돌계단을 종종걸음으로 올라가 현관문을 연다. 얌전히 그녀의 뒤를 따랐다.

"저 왔어요." 야요이의 목소리가 정적에 빨려들었다.

조금 뒤에야 "그래"라는 목소리가 돌아온다.

"실례하겠습니다."

나는 신발을 가지런히 놓고 그녀의 집에 들어섰다.

"언니 방은 2층이었지?"

"용케 기억하시네요."

"그야 뭐, 올라가보는 건 처음이지만."

"그렇군요. 제 방 건너편이 언니 방이에요. 안내할게요."

야요이는 계단을 오르기 시작했다. 짧은 치마에서 뻗어 나온 긴 다리 너머는 빛이 거의 들지 않는 무거운 암흑의 세계. 위층으로 올라갈수록 담배 냄새가 진해진다.

저기서 벌레가 기다리는 걸까?

결국 도착했다. 한 번도 발을 들인 적 없는 암흑의 세계, 온몸에 배어들 것 같은 냄새 한가운데로.

머릿속에 벌레의 모습이 떠오른다. 존재할 리 없는 광경. 그럼 어떤 광경은 존재할 법한 걸까? 이게 덫이라면 저기에는 벌레가 아니라 시오리 본인이 있을 거다. 그녀는 칼을 들고 내게 달려들지도 모른다. 해볼 테면 해봐라. 얌전히 당할 얼간이가 아니다. 여유롭게 피한 다음, 이번에야말로 결정적인 말로 이별을 고하고야 말 테다. 그럼 끝이다. 막이 내린다.

문이 열린다. 숨을 들이켰다.

시오리의 모습은 없었다.

커튼이 드리운 잿빛 실내, 구석에 놓인 책상 스탠드만 유일하게 빛나고 있었다. 책상 위에는 건조된 담배가 구석구석 널려 있었다.

그리고 그 위에서 애벌레 몇 마리가 꿈틀대고 있었다. 검정과 초록 줄무늬가 새겨진 녀석, 짙은 녹색도 있다. 각기 몸을 꿈틀

거리며 기지개를 켜고 있다. 카프카 소설에 나오는 수준은 아니지만 전부 5센티는 넘는, 애벌레 중에서 가장 긴 녀석들인 것 같았다. 그중에는 차원이 다르게 성장한 녀석도 있다. 이 애벌레는 다른 녀석들과 압도적으로 크기가 달랐다. 15센티는 넘을 길이로 한층 우아하게 꿈틀거리며 다른 애벌레 위에 올라타기도 하고 마음껏 돌아다닌다.

"이게 시오리…."

크다. 살이 통통한 애벌레다.

"다른 벌레는 언니가 키우던 애들이에요. 언니는 담배 냄새를 너무 좋아해서, 그 냄새를 좋아하는 벌레가 있다는 걸 알게 된 후로 왕담배나방을 기르기 시작했어요. 두 달 전쯤부터요. 아마 고등학교에 올라가서 가에데 선배를 만날 수 없게 된 게 괴로워서 새로운 취미를 찾은 것 같아요."

나에 대한 중독을 이겨내기 위해 하필이면 왕담배나방 애벌레를 키우다니. 등줄기에 오한이 감돈다. 내가 애벌레와 동급이 된 것만 같아 뭐라 말하기 어려운 기분이다.

"그런데 아침에 눈을 떠보니 언니는 사라졌고, 언니 대신인 것처럼, 전에 본 적 없는 이렇게 큰 애벌레가 있었어요. 도감을 찾아봤죠. 박각시나방, 애커론티아 스틱스라는 나방의 애벌레래요."

"박각시…?"

"무지 크고 아주 추한 벌레예요. 스틱스는 그리스어인데, 명계(冥界)에 흐르는 강 이름이랬어요. 가에데 선배를 향한 언니의 마음이 이 세상에 머물 수 없을 만큼 한계에 다다라서 명계의 강 이름을 가진 애벌레로 변신하는 걸로 표현된 게 아닐까, 저는 생각해요."

"진심으로 그렇게 생각해…?"

녀석은 애벌레들 중에서도 도드라질 만큼 불길하고 그로테스크해 보였다. 그 추악한 '변신'이 내 탓이라고 야요이는 은근히 주장하고 있다.

"이런 언니는 싫죠?"

야요이는 신이 나서 물었다. 그녀는 이미 언니가 애벌레로 변한 걸 현실로 받아들인 것 같았다.

"…이게 정말 네 언니라면 말이지."

사라져가던 이성의 끈을 겨우 붙잡았다. 분위기란 무서운 것이다. 이 공간에 있다 보니 야요이의 말을 진실로 받아들일 뻔했다. 하지만 냉정하게 생각하자. 시오리가 애벌레로 변했을 리 없지 않은가.

그런데 야요이는 어처구니없다는 듯 날 바라봤다.

"언니예요, 저건. 아니라면 언니는 밀실에서 증발했다는 말이 돼요. 아침에 눈을 떴을 때, 창문은 모두 잠겨 있었고 현관문에도 체인이 걸려 있었어요. 그렇지, 언니?"

커다란 애벌레는 대답하지 않았다. 그저 몸을 쭈욱 뻗었다가 줄어들며 조금씩 전진할 뿐이었다. 그때 문이 벌컥 열리며 앞치마를 걸친 중년 여성이 나타났다. 자매의 어머님이겠지. 치장하면 아름답겠지만 생활의 고생이 어깨에 드리워 아름다워지기 위한 노력을 전혀 하지 못하는 것 같았다.

어머님은 얼굴을 찡그렸고, 원래도 미간에 드리웠던 주름은 한층 깊어졌다. 시선은 곤충함에서 천천히 기어 다니는 애벌레를 향하고 있었다.

"시오리, 또 공부는 안 하고… 이런 추한…."

"엄마, 그런 말 하지 마요!"

어머님은 가장 큰 애벌레, 즉 시오리를 두려움에 찬 시선으로 바라보고 있었다. 애벌레 '시오리'는 이끼 같은 반점을 신축시키며 촉각으로 먹이를 찾아다니고 있었다. 어머님은 오싹함을 견디기 힘들었는지 휙 발길을 돌려 "어서 버려"라는 말을 남기고, 내 존재는 알아차리지도 못한 것처럼 내려갔다.

어머니가 사라진 걸 확인하자 야요이는 바로 '시오리'를 손바닥 위에 올려놓았다.

"언니, 가에데 선배가 와줬어. 기쁘지 않아?"

나도 모르게 반발자국 뒤로 물러났다.

"가에데 선배." 야요이는 다시 날 보더니 무슨 생각인지 시오리를 쓰윽 내 얼굴 앞으로 내밀었다. "저희 언니예요. 불쌍한 언니를 한 번만이라도 손바닥에 올려주지 않을래요?"

손에 올려? 이 거대한 애벌레를? 등줄기가 오싹해서 반발자국 더 물러났다.

농담하는 건가. 격렬하게 고개를 가로저었다. 몇 번이고 몇 번이고.

애벌레가, 그녀의 손바닥 속에서 꿈틀꿈틀 움직여, 날 쳐다보는 것처럼 보였다. 온몸이 간지럽다. 좋지 않은 징후다. 나는 어릴 적부터 곤충에 약했다. 온몸이 가렵고 심할 때에는 발진까지 일어났다.

"가, 갈게… 나, 나중에….'

"네에?"

"갈게."

나는 도망쳤다. 오래 있어본들 무슨 소용인가. 여기 오래 있을수록 점점 감각이 공간에 오염되어 이상해질 것만 같은 기분이 들었다.

"가에데 선배, 역시 언니가 싫은 거죠?"

문을 열고 계단을 발로 디뎠을 때, 뒤에서 이런 말이 덮쳐왔다.

"뭐….'

손잡이를 향해 뻗은 손에 이미 붉은 반점이 나타났다. 이대로 피부과로 직행하는 게 좋을 듯싶다. 하지만 이렇게 끝내는 건 좋지 않다고 본능이 말하고 있었다. 이렇게 돌아갈 거였으면 애초에 오지 말았어야 했다. 이 이상 얽히고 싶지 않다면, 나는 더할 나위 없을 만큼 단호하게 시오리와의 인연을 끊을 말을 입에 담아야 했다.

그러나 다음 순간, 야요이의 입에서 나온 말이 내 머리를 새하얗게 만들었다.

"그럼 저하고 사귀지 않을래요?"

시오리 동생의 입에서 나온 고백. 생각해보면 그녀가 내게 접근한 순간부터 그럴 가능성을 조금은 검토해야 했을지도 모른다. 의표를 찔린 나는 그저 "엥?"이라는 소리밖에 내지 못했다.

"전 오랫동안 가에데 선배를 좋아했어요. 이제 이렇게 변한 언니는 아무래도 상관없고요."

야요이는 손바닥 위에 있던 애벌레를 내팽개쳤다.

'시오리'는 느릿느릿 창문가 책장 위에 착지하더니 옆에 쌓인 사전 위로 기어오르기 시작했다.

"저도 실은 언니가 싫었어요. 벌레가 되어주어서 얼마나 다행인지. 이런 언니는 잊어버리고 나랑 사귀어… 아, 선배! 잠깐만요!"

정신을 차렸을 땐 이미 계단을 뛰어내려온 뒤였다. 한시라도 빨리 이 자리를 떠나야 한다, 이 생각뿐이었다. 다행히 문은 잠겨 있지 않았다.

내가 사랑한 카프카한 그녀

신발도 제대로 신지 못하고 그 집을 뛰쳐나왔다.

석양이 날 붙잡았다. 석양이 날 주시하는 것만 같았다. 바보 같은 발상이다. 석양은 석양일 뿐 그 이상도, 그 무엇도 아니다.

이제는 아름다운 기사라기 야요이의 외모조차 불길하게 느껴졌다. 그 끈적끈적한 분위기. 내게 다가올 때 야요이가 풍기던 격렬한 마이너스 기운은 분명 불쾌감으로 덮여 있었다. 하지만 그게 어디서 비롯한 것인지는 알 수 없었다.

다시 떠올리기만 해도 몸이 부르르 떨리던 그 순간 뒤에서 목소리가 들려왔다.

"잠버릇은 히카루 겐지(주9)나 돈 후안 같은 사람이네."

"왁!"

여분의 심장 하나가 길거리에 떨어져 나가는 줄 알았다.

헬멧을 쓴 가노 후카가 거기 서 있었다.

단박에 금단 증상이 완화되더니 가슴속이 채워져간다. 팔짱을 끼고서 날 내려다보고 있는 그녀는 살짝 살이 빠진 듯했다. 피부는 평범한 고등학생들이 이 시기가 되면 자연스레 그렇게 되는 보리색이 아니라, 갓 내린 눈처럼 새하얗다.

헬멧에 모아 담은 흑발, 미니스커트에서 뻗어 나온 긴 다리가 내 하트에 파고든다. 그래, 이것이 사랑인가. 그렇다. 사랑이라 깨달은 뒤 처음으로 그녀와 대면하는 것이다.

"러브"라고 내가 말하자 그녀가 대답했다. "카프카."

그게 아닌데. 러브와 카프카? 이게 무슨 암호란 말인가.

하지만 아주 살짝 볼에 붉은빛이 감도는 듯도 보였다. 물론 석양에 물들었을 뿐일 수도 있지만.

4.

"아직도 변명이야?"

후카는 눈을 감고 조용히 물었다.

우리는 지금 시오리네 집의 영역에서 꽤 거리가 있는 패스트푸드 '마카레날드'에 있었다. 제법 오래된 재즈 레코드 몇 장이 인테리어로 벽에 걸려 있다. 몇 년간의 적자를 고급 노선으로 모면하기 위해 필사적으로 개축한 모양이지만, 싼 맛에 찾는 패스트푸드가 이런 인테리어라니, 미스매치라는 인상을 지울 수 없다.

"변명이라니… 듣기 거북하게."

말은 이렇게 하면서도 나는 그녀의 손바닥을 지압하고 있었다.

"응응, 거기 좋다. 아, 좋다. 아프잖나, 아프잖나."

"말이 좀 이상하네."

"아, 조금 아파, 무지 아파, 아프다고!"

"지압받을 때 아프면 해당 부위가 안 좋은 거라던데, 마사지를 단단히 해둬야지."

그녀가 아파한 부위는 심장혈이었다. 그리고 호흡기 계통도 비명을 질렀다. 거기서 일단 마사지를 마쳤다.

"정말 변명하는 거 아냐."

나는 손을 덜덜 털어 피로를 풀면서 마카레날드 버거로 볼을 부풀리기 시작했다.

"변명 맞잖아, 끼이이!" 후카는 마카레날드 프렌치프라이를 내 마카레날드 셰이크의 빨대에 쑤셔 넣으며 내 옷에 코를 가져갔다. "담배 냄새. 그 일대에 일정 시간 머무르면 이 냄새가 배지. 이 냄새 싫어. 그래서 난 그 지역에 가기 싫더라."

"하지만 넌 거기서 나랑 만났잖아?"

"그건 널 미행한 결과잖아?"

당연한 소리를 한다는 것처럼 시원시원하게 말하며 후카는 마카레날드 프렌치프라이 하나를 더 빨대에 쑤셔 넣었다.

"그렇게 막아버리면 셰이크를 못 마셔."

"그러라고 이러는 거야."

"너무하네. 아니, 정말 변명이 아니라 거기 간 건 언니 상태를 봐달라는 부탁을 받았기 때문이었어."

"새로운 타입의 변명이네. 아무러면 어때. 너는 많은 여자랑 놀고 싶어하는 남자고, 나한테 진심도 아니잖아."

분명 지난달까지는 그녀의 말이 맞았다. 나는 그녀를 함락시키고 싶었을 뿐이었다. 하지만 지금은 다르다. 그녀를 분명히 사랑하게 됐다. 아니, 사랑하는 게 틀림없다.

이건 사랑… 이겠지?

지금까지 사랑이란 걸 해본 경험이 없다 보니 이게 사랑인지 아닌지 확실한 자신이 생기지 않는다. 애초에 인간은 사랑인지 아닌지를 어떻게 구별하는 걸까?

"그게 아니라니까 그러네."

어쩔 수 없이 나는 전부 자백하기로 했다. 그녀 입에 프렌치프라이를 하나 물리자 그녀는 얌전히 입을 벌려 받아먹었다.

"그녀는 전 여친 동생이야."

"전 여친이 많기도 하다."

"그렇긴 하지. 하지만 그래봤자 '전' 여친이야."

"전 여친의 동생한테 손을 대려 한 거야?"

"설마. 간절히 여자친구가 되어주길 바라는 아이가 눈앞에 있는데, 전 여친 동생한테 손을 댈 만큼 한가롭지 않아서."

내 말에 그녀는 "말은 잘한다" 하고 무표정하게 대답하더니 마카레날드 프렌치프라이 하나를 더 빨대에 구겨 넣었다. 이제 내 빨대는 감자로 꽉 채워졌다.

"문장 수업을 더 해야 할 때가 아닐까? 노닥거릴 게 아니라?"

그녀 말이 맞다. 아니, 이 말에는 혹시 어서 문장력이 좋아져서 날 여자친구로 삼아달라는 유혹의 뜻이 담긴 게 아닐까?

이런 생각을 머리에 품고 말했다.

"실은 전 여친이 벌레가 됐다고 하더라고."

도중에 후카의 눈빛이 변했다.

그래, 그녀의 기분을 풀어줄 가장 간단한 방법은 프란츠 카프카라는 이름의 약물을 투여하는 것이다. 그녀는 카프카에 굶주려 있으니까. 카프카와 연관된 말을 꺼내면 바로 달려든다. 벌레는 당연한 소리지만, 카프카의 대표작 『변신』이 떠오를 수밖에 없는 말이었다.

"자세히 들려줄 수 있어?"

"물론."

나는 그녀의 말대로 시오리의 집에서 생긴 일을 자세히 전했다. 설명은 세세한 부분까지 정확히 전달하는 게 중요하다. 이것은 카프카가 문장을 쓸 때 중요시한 점이기도 하다. 섬세하고, 아무래도 좋을 듯한 부분까지 파악하는, 정밀도 높은 카프카의 필터를 거치면 추상적이고 허구로 보이는 이야기조차 묘하게 현실적인 사건으로 변한다. 그렇게 카프카는 조금씩 독자의 현실을 일그러뜨린다. 나도 그런 방식을 흉내 내기 위해 가능한 한 세세하게 그녀에게 모든 것을 전했다.

"예전보다 설명법이 많이 좋아졌네. 아직 끔찍하긴 하지만."

이야기를 전부 듣고 나서 그녀가 말한 감상은 이랬다. 늘 내려다보는 시선으로밖에 말하지 못하는 것은 그녀의 결점이자 그녀의 매력이기도 했다.

"어쨌든 도망친 건 정답이었어."

"그런가? 하긴 벌레를 싫어하는데다 다른 선택지도 없었으니까."

그런 뜻이 아냐, 그녀가 말했다.

"넌 조금만 더 있었으면 벌레의 먹이가 될 뻔했던 거야."

"벌레의 먹이?"

모르고 있구나, 후카는 고개를 저었다. 그러곤 어린아이 다루듯 내 볼을 손가락으로 쿡쿡 찌르며 말했다.

"넌 조금만 더 있었으면『변신』적인 현실에 빨려들 참이었어."

"『변신』적인 현실?"

5.

"『변신』이야 당연히 읽었겠지?"

'당연히'라는 부분을 후카는 각별히 느릿느릿 말했다.

"물론이지. 주인공 그레고르 잠자가 좋아하는 여자한테서 메일 답장이 없자 긴장해서 잠자지도 못하고 똑같은 메일을 수도 없이 보내다가 미움받는 얘기잖아?"

"그걸 농담이라고 하는 거야?"

그녀는 분노 가득한 표정으로 마카레날드 프렌치프라이를 들더니 내 코에 쑤셔 넣으려 했다. 최고로 날카로워진 시선을 받은 내가 얼마나 만족했을지는 따로 말할 필요도 없을 것이다.

"잠자가 잠자지도 못한다는 개그였는데."

"이해하기 힘들고 재미도 없어. 치명적이야. 두 번 다시 그런 개그는 하지 않기를 권하겠어."

호감도 높이기 작전은 실패로 돌아갔고, 자포자기에 가까운 농담은 분위기에 찬물을 끼얹었다. 나를 이렇게 곤경에 빠뜨리는 아이를 왜 이렇게 좋아하게 된 걸까. 그 자체가 가장 큰 부조리임은 분명했다.

나는 궤도를 수정하고자 『변신』의 줄거리를 늘어놓기 시작했다.

"어느 날 아침 그레고르 잠자가 눈을 떴을 때 그는 벌레가 되어 있었어. 다리를 움직이는 법조차 알 수 없어서 꿈틀꿈틀 기어가고 있는데 밖에서 그를 부르는 소리가 들렸지. 대체 내게 무슨 일이 생긴 걸까, 이거 끝까지 얘기해?"

"아니, 제대로 읽었다면 됐어."

"휴."

방 밖에 모인 가족들 앞에 그레고르가 모습을 나타내자 가족들은 공황 상태에 빠져 혐오감을 드러낸다. 얼마 후 세 명의 하

전 여친, 애벌레가 되다

숙인이 나타나 여동생에게 바이올린 연주를 청한다. 동생의 연주에 반해 열심히 지도를 받을 수 있게 해주던 그레고르는 그녀의 연주에 감동해 그들 앞에 모습을 드러내고, 자리에 있던 일동은 소스라치게 놀란다.

결국 세 하숙인들은 나가버리고, 낙담한 부모님과 동생은 그레고르와 연을 끊겠다며 건방진 태도를 보인다. 그레고르는 자신이 사라져야 한다는 것을 깨닫고 숨이 끊어진다.

부조리를 신조로 하는 카프카의 작품 중에서도 특히 그로테스크하고 부조리한 작품이다. 솔직히 두세 번을 읽어도 나는 소설 전체를 이해하지 못했다.

"넌 이 이야기를 읽고 어땠어?"

"어땠더라… 억지스러운 이야기라고 해야겠지. 인간이 어느 날 눈을 떠보니 벌레가 되어 있었다는 게."

그 외에도 생각한 바야 여럿 있었지만 입 밖으로 나오는 감상은 이렇게 시시했다. 내가 봐도 한심스럽다.

"그레고르가 벌레로 변신했다고 철석같이 믿는 건 위험해. '벌레'의 원문 표현인 'Ungeziefer'라는 단어에는 훨씬 광의적인 뉘앙스가 담겨 있으니까. 세균, 애벌레, 괴물 같은 여러 의미가 있지. 즉, 인간에게 해가 되는 부정적인 이미지의 총체를 의미하는 거야. 그런 존재로 '변신'하는 건 현실 세계에서도 흔히 일어나는 일이야. 그래, 넌 장래에 뭐가 되고 싶어?"

"카프카."

"그래, 카프카지. 그건 네가 원하는 거지?"

"그렇지. 네가 날 좋아하게 만들고 싶으니까."

"하지만 그런 변화를 주위 사람들은 곤혹스러워할 수도 있어. 분명 그런 바보 같은 꿈은 버리라는 사람도 있을 거고, 제대로 된 직장을 가지라고 할지도 몰라. 그래도 네가 무슨 일이 있어도 카프카가 되겠다는 의지를 꺾지 않는다면 당연히 알력이 생길 거야. 그렇지?"

무슨 말을 하고 싶은 걸까.

"무슨 뜻이지?"

"쉽게 말하면, 카프카가 되겠다는 '변신'은 주위 사람들에게 민폐일 수도 있다는 거야."

이 말을 들은 순간, 지금까지 몇 번이나 『변신』을 읽어도 잡아내지 못했던 것의 윤곽이 흐릿하게나마 표시된 기분이었다.

"아, 그런가."

"주인공 그레고르에게는 세상이 억지로 느껴졌겠지만, 주변 사람들에게는 어제까지와 다른 변화를 보인 그레고르가 참을 수 없는 존재 아니었을까. 사람들은 – 혹은 세계는 – 늘 자신에게 맞게 변함없는 모습을 원하는 법이니까."

나는 그레고르의 입장에서만 상황을 보고 있었다. '변신'을 당한 가족의 시점이 결정적으로 빠진 상태였던 거다. 그 이유는 어쩌면 내가 지금 엄마에게 느끼는 짜증에서 비롯했으리라. 나는 엄마의 시점에서 본 세계의 모습을 누락시키고 있었다. 당연한 일이다. 인간은 자신의 시점에서밖에 사고하지 못하니까.

"다른 케이스를 더 많이 생각해보는 게 좋을 거야. 예를 들어 볼까? 네 어머님과 아버님이 어느 날 갑자기 자신의 역할을 포기한다면 어떻게 될까?"

"부모님이?"

"아버님에게 애인이 생겨 집을 뛰쳐나간다면? 그런 일이 생기면 넌 아버님이 자기밖에 모른다고 매도하지 않겠어?"

"매도까지 할지 모르겠지만, 그다지 좋은 감정이 들진 않겠지."

"하지만 아버님 입장에서 보면 하늘에서 비가 내리듯 자연스럽게 사랑에 빠진 거란 말이야. 네가 날 향한 감정을 억누르지 못하는 것처럼 극히 자연스러운 흐름으로. 나는 어쩔 수 없이 이렇게 된 건데 주위에서 용납하질 않아. 네 입장에서 보면 아버님이 억지를 부리는 거겠지만, 아버님은 너희 요구가 오히려 억지로 느껴지지 않겠어?"

"아… 그런 건가. 넌 이 말을 하고 싶은 거지? 『변신』은 주인공 측에서 보이는 부조리만으로 단정 지을 수 없는 소설이고, 누군가가 '변신'함으로 인해 당연히 벌어지는 양측의 부조리, 즉 상호 부조리 현상을 담담하게 그려내고 있다고."

"그거야. 카프카의 소설을 부조리 소설이라는 한 마디로 단정 짓는 건 간단해. 하지만 그 부조리는 상호 작용하기 때문에, 어느 한쪽의 시점에만 서 있는 한 전부를 해석해낼 순 없어. 카프카는 어느 쪽에도 서 있지 않아. 그렇기에 이 이야기에는 출구가 없는 거야. 혹시 독자가 이 이야기를 통해 현실 세계의 출구 비슷한 걸 찾아내려 한다면 쌍방의 입장이 존재한다는 것부터 이해해야 해."

후카의 어조는 무척이나 논리정연해서 잘 드는 나이프를 보고 있는 기분이었다.

"너는 시오리의 가족을 보고 불쾌감을 느낀 모양이지. 하지만 어머님의 태도나 동생 야요이의 태도 차이도, 그녀들의 입장에서 생각하면 이해가 가는 부분도 있을지 몰라. 하지만 넌 그런 가능성을 순간적으로 생각하지 못했어. 그저 일그러지고 불편한 상태로만 받아들였지. 즉, 넌 이미 시오리의 시점에서 세상을 바라보고 있는 거야."

"내가?"

그럴 리가. 그럴 리가….

하지만 정말 단언할 수 있을까?

"넌 시오리의… 벌레의 세계에 끌려들어가 있는 거야."

나는 간신히 고개를 흔들었다.

"나는 내 입장에 위치하고 있어. 시오리는 이미 먼 과거의 여자고 애초에 사랑하지도….”

후카는 내 말을 마지막까지 기다리지 않고 고개를 가로저었다.

“이건 연애 감정이나 미련과는 아무런 상관이 없는 이야기야. 훨씬 근본적이고 뿌리 깊은 문제. 그게 뭔지 나는 상상조차 할 수 없어. 하지만 분명 너라면 결론에 도달할 수 있을 거야. 넌 카프카가 될 거잖아?”

도전하듯 그녀가 물었다. 이 말이 내겐 ‘내 남자친구가 될 거잖아?’라고 번역됐다.

“물론이지.”

아직 아무것도 모르겠지만 나는 자신만만하게 대답했다. 만족스럽다는 듯 고개를 끄덕이더니 그녀는 자리에서 일어나 등을 돌려 걸어가기 시작했다.

“어디 가?”

“집에 갈 거야. 츠키야 오빠한테 들키면 큰일 나니까.”

“저기, 학교에 오지 않는 건 오빠가 못 가게 해서야?”

“아니, 내 의지야.”

“학교에 나와.”

“왜?”

“너랑 얘기하고 싶으니까.”

“그게 아닐 텐데?”

"응?"

"날 좋아하기 때문이잖아. 뻔뻔하긴."

냉정하게 이런 걸 고쳐 말할 수 있는 제멋대로인 모습이 날 더 빠져들게 한다는 걸 모르는 걸까? 답답하다. 정신적인 여유를 유지할 수 없다. 지난달까지와는 다르다. 그땐 사랑하고 있지 않았으니까.

그러나 지금의 나는 필사적이다. 오로지 사랑받고 싶어서. 어떤 여자든 함락시켜온 후카미 가에데의 모습이라고는 생각할 수 없을 지경이다.

"나한테는 멋대로 굴어도 되는데."

"이미 그러고 있어."

"나도 좀 멋대로 굴게 해주지?"

"안 돼. 우선 카프카가 되어야지. 카프카가 된다는 말의 의미조차 분명 모르고 있지? 뻔뻔하긴."

카프카가 된다는 말의 의미?

수수께끼를 남기고 그녀는 빙글 돌아 가게에서 나갔다. 가게 안에는 오래된 재즈가 흘러나오고 있었다. 분명 가게 안 젊은 사람들은 누구 하나 귀담아 듣지 않을 거고, 점장 역시 균일가로 싸게 파는 CD를 대충 사 왔을 거다. 묘하게 난센스로 가득한 공간이 짜증 나기 시작했다. 화풀이인가.

그 대신 생각했다. 그녀가 준 현재의 명제를. 그녀는 말했다.

내가 시오리의 세계에 빨려들어가고 있다고. 그건 무슨 의미였을까? 나는 지금부터 무엇을 해야 할까?

혹시 내가 이미 시오리의 세계에 빨려든 거라면 나는 시오리와 직접 대화를 할 수 있을까. 이미 벌레가 된 시오리와.

6.

라멘집에 혼자 들어가는 것만큼 고독감이 확실하게 느껴지는 일이 있을까.

오늘은 금요일이다. 그 후로 며칠이 지났을까. 눈 깜짝할 사이에 주말이 됐고, 이번 주에 한 일이 무엇이 있는지조차 떠오르지 않을 만큼 벌레 사건은 강렬했다. 사실은 그보다 다시 후카를 볼 수 없게 된 것이 마음을 뒤흔들었다.

평소 같으면 오늘은 집으로 직행해서 버라이어티 프로그램 〈아이돌 발굴 감정단〉을 보는 날이다. 그러나 도무지 가족들과 마주 보고 밥을 먹을 기분이 아니었다. 어제 엄마는 내가 학교에 간 사이 멋대로 내 방에 들어가 컴퓨터를 켜본 모양이다.

로그인 시간이 이력에 남는 걸 그녀는 모르나 보다. 그녀는 워드 데이터를 클릭해서 내가 소설을 쓰고 있다는 걸 알아차렸다. 그다음부터 쌀쌀맞고, 마치 더러운 물건이라도 보는 시선으로 날 쳐다본다. 아버지도 마찬가지다. 정보를 공유한 거겠지. 곧 '할 얘기가 있다'고 할 게 분명하다. 지금은 내게 워드 원고에 대해 물어볼 기회를 엿보고 있을 것이다.

분명 후카의 말대로, 카프카가 되겠다는 나의 '변신'은 가족들에게는 곤혹스러운 일일 거다.

그래서 전화로 오늘은 친구와 저녁을 먹고 가겠다고 해뒀다.

기분이 안 좋다. 후카 금단 증상에다 벌레의 잔상까지 스쳐간다. 잊고 싶은데 벌레 시오리가 뇌리에서 자꾸 맴돈다. 나는 세상 모든 생물 중에서 벌레가 제일 싫다. 중학교 때 데이트하러 가서 공원 벤치에 앉아 있을 때, 아무 생각 없이 벤치를 손으로 짚었는데 손등에 벌레가 기어오른 적이 있다. 나는 드높은 비명을 지르며 세 번은 뛰어올랐다.

벌레야, 사라져라, 가슴에 대고 빌었다. 그게 아니면 후카가 나타나라.

지저분한 TV에서 〈아이돌 발굴 감정단〉이 나오고 있는 것도, 옆 테이블의 커다란 웃음소리도 전부 날 비웃는 것처럼 들렸다. 이것 또한 금단 증상일까.

후카, 후카, 후카, 후카.

요즘 후카의 이름을 우물거리는 새로운 일과가 확립되고 있다. 이건 위험하다. 정말 미치기 직전 아닌가 싶기까지 하다.

"돈코츠 라멘 하나."

그리고 후카 하나.

머릿속에서 또 하나의 내가 말했다. 언젠가 진짜로 이 얼빠진 소리를 입 밖에 낼까 겁난다. 이런 경험은 처음이다. 사랑이란 이런 걸까. 상대가 머릿속에서 떠나지 않고 시종일관 그 이름을 슬그머니 불러대는 게 사랑일까.

몰랐다. 어쩜 이리 섹시하지 못할까.

지금까지 여자들은 내게 이런 섹시하지 못한 감정을 품어온 걸까. 이렇게 생각하니 오싹하다. 사랑이란 얼마나 기분 나쁜 일인가.

그리고 그런 사랑에 내가 빠져버렸다. 백전노장, 냉혈 플레이보이 후카미 가에데는 이제 어디에도 없다. 여기 있는 건 그저 후카가 머리에서 떠나지 않는 후카 홀릭 환자다.

얼마 전 갑자기 선생님의 지명을 받았을 때에도 그랬다. 나는 그만 "후카"라는 말을 입에 올리다가 '후각'으로 말을 돌렸다. 고전 수업이었던지라 선생님은 고개를 갸웃거리고 말았지만, 유일하게 같은 미화위원인 메루만은 내가 후카라 말하려 했다는 걸 알아차렸다. 얼렁뚱땅 넘겼지만.

"오래 기다리셨슴다."

라멘이 나왔다. 나는 후우후우 불어가며 젓가락을 댔다. 하지만 어느샌가 '후우후우' 분다는 게 '후카후카'가 되어 있었다. 이젠 중증이다. 위험하다. 나는 그녀를 너무 좋아하는 걸로 보인다.

사고에 문어체가 섞여드는 건 문체 연습을 해온 탓이다. 요즘은 하루 한 줄 반드시 카프카의 문장을 옮겨 적은 다음에야 잠들기로 하고 있다. 그러면 조금씩 카프카에 대해 이해할 수 있을 것으로 보인다. '~으로 보인다'가 연속해서 나오는 것은 좋은 문체가 아니라는 것도 알아가는 것으로 보인다.

카프카가 카프카일 뿐이라는 것도, 그리고 카프카가 천재이자 유일무이한 존재라는 것도, 그래서 나는 영원히 카프카가 되지 못한다는 것도.

카프카가 된다는 말의 의미조차 분명 모르고 있지?

그건 무슨 뜻이었을까?

카프카가 된다. 물론 카프카 그 자체는 될 수 없다. 카프카만큼 강렬한 문체라는 의미겠지 정도로 이해하고 있었다.

하지만 또 다른 의미가 있는 걸까? 나는 현명하게 카프카의 작품과 유사한 이야기를 매일 만들어내고 있다. 며칠 전에는 남자의 몸 일부가 무가 되는 이야기를 생각해냈지만, 이건 아베 고보(주10)라는 작가가 이미 만들어낸 얘기였다. 선례. 뭐든 그랬다. 내가 떠올릴 법한 이야기는 이미 누군가가 먼저 생각해냈다.

이래서는 아무리 시간이 지나도 카프카가 될 수 없다.

후카후카후카후카.

주술에 걸린 것처럼 뇌가 후카로 물들어간다. 그리고 그 틈새를 맴도는 거대한 벌레. 제발 좀 사라져라.

머리를 휘젓던 바로 그때였다. 기억에 남아 있는 목소리가 TV에서 들렸다. 화면에 나오는 건 요즘 스타일 아이돌 여자아이였다. 하지만 그녀의 얼굴도 어디선가 본 것만 같았다.

찬찬히 보고 있는 사이에 누군지 알 수 있었다. 며칠 전에 만난 기사라기 야요이였던 것이다. 그녀는 아이돌 활동을 하고 있나 보다. 그 자체는 놀랄 일이 아니었다. 요즘 시대에는 도서관 사서보다 아이돌이 되는 게 쉬운 모양이니까. 그녀는 만면에 미소를 짓고 사회자 도기 요코야마의 질문에 대답하고 있었다.

–그럼 다음 질문, 아이돌에게는 무시무시한 질문이겠지만 그래도 해보자! 야요이는 좋아하는 사람 있어?

행사장에서 함성이 터졌다. 도기 요코야마는 매번 똑같은 질문을 아이돌에게 던진다. 그때마다 상대는 대개 '아직 없습니다'나 '동생이 귀여워요' 혹은 한창 인기 높지만 절대 해가 되지 않을 법한 개그맨 이름을 말한다. 거기서 다시 도기 요코야마가 독설을 내뱉으면 웃음이 터지는 것이다.

야요이는 어떻게 대답할까?

그녀는 머뭇머뭇 대답하기 곤란하다는 듯 입을 다물고 있다가 기쁘게 웃음 지었다. 그리고 이렇게 말했다.

–예전부터 좋아했고, 지금도 포기할 수 없는 사람은 있어요.

이렇게 말하는 순간 야요이는 똑바로 카메라를 바라보고 있었다. 그리고 그 눈빛은 카메라 너머의 내가 보이는 것만 같았다.

내가 사랑한 카프카한 그녀

나는 마시던 물을 뿜었다.

7.

그날 밤 꿈은 최악이었다. 벌레를 감싸 안은 야요이에게 쫓기며 한없이 도망치는 끝이 없는 꿈.

-선배, 기다려주세요. 전 언니와 선배가 사귈 때부터 계속 좋아했어요.

야요이는 내가 도망칠 방향을 알고 있는 것처럼 어디선가 스르륵 나타나 내 팔을 감싸 안았다. 나는 뿌리치고 다시 도망친다. 이 상황의 반복. 팔을 붙잡힐 때마다 다른 한 손에 놓인 벌레가 얼굴로 다가왔다.

악몽에서 깨어난 건 새벽 5시. 몸을 일으켰을 땐 전신이 땀으로 범벅이었다. 나는 역시 시오리네 집에 가지 말았어야 했을까. 그날 야요이를 거절했더라면 이런 악몽을 꿀 일은 없었을 거다.

아침밥도 들지 않고 평소보다 일찍 학교로 나섰다.

약간 등교 시간대가 바뀌기만 해도 거리는 평소와 다른 표정을 보인다. 사람이 적고 자동차 통행도 줄어든다. 그저 새소리가 여기저기서 들려왔다. 7월이지만 새벽에는 벌레가 적었고, 조용하고 시원한 바람이 불어왔다. 사람들의 기척이 희박한 거리는 오히려 본래의 고동을 그대로 내게 전해주는 것 같았다. 그 역사를, 그 미래를 내게 말해주는 것처럼.

평소에 전혀 신경을 쓰지 않던 전신주와 건물 하나하나가 묘하게 눈에 들어왔다. 이건 악몽과 상관없는 일일까? 그런 생각을 하는 동안 학교까지 앞으로 100미터 정도 거리에 도달했다.

핑크색 러브호텔 스타일 건물, 고등학교 친구들이 '러브호텔 다나베'라고 부르는 '다나베 성형외과 클리닉' 앞이다.

그 건물에서 사람이 나오는 걸 느끼고 왠지 나도 모르게 전신주 뒤로 몸을 숨겼다. 악몽 때문인지 생각보다 인기척에 훨씬 민감하게 반응한 것이다. 하지만 결과적으로 그것은 정답이었다. 거기에 나타난 건 기사라기 야요이였으니까.

사실 겉모습을 보고 그녀라 판단한 게 아니었다. 그녀는 커다란 선글라스와 남성용으로 보이는 마스크를 쓰고 있어서 얼핏 봐선 알아보기 힘들었다. 하지만 진하게 풍기는 냄새와 실루엣으로 틀림없이 기사라기 야요이라는 걸 바로 알 수 있었다.

그녀는 내게 들켰다는 걸 알아차리지 못한 듯했다. 기분 좋게 간호사의 배웅을 받으며 밖에 나오더니 그대로 나와 반대 방향으로 걸어가기 시작했다.

이 클리닉은 다양한 상황에 대응하기 위해 24시간 체제로 운영되고 있다고 TV 광고까지 하고 있다.

-당신도 그 배우의 얼굴이 될 수 있다.

광고 문구를 떠올릴 수 있을 정도다.

이 클리닉에 왜 야요이가? 이 질문의 답은 하나밖에 없다. 그녀의 잘 다듬어진 얼굴. 그건 역시 성형한 거였나. 그렇게까지 아이돌이 되고 싶었던 걸까?

왜?

-예전부터 좋아했고, 지금도 포기할 수 없는 사람은 있어요.

어제 TV 인터뷰 기억이 뇌리에 되살아났다. 설마 그녀는 내 애정을 위해 외모까지 바꿨을까? 나는 중학교 때 1학년부터 3학년까지 다양한 여자들을 파악하고 있었지만, 기사라기 야요이는 전혀 마크하지 못했다. 그만큼 주목받지 못할 외모였던 걸까. 그런 아이가 내가 자기를 좋아하게 만들기 위해서 선택한 방법이 성형 수술?

어제 문득 느꼈던 야요이의 바닥을 알 수 없는 불길한 기운을 떠올렸다. 벌레를 본 순간 느끼는 오싹함 같은 감각이었다.

"조사해볼 수밖에."

되풀이해서 머릿속에 후카가 떠날 때 한 말이 재생됐다.

-넌 시오리의… 벌레의 세계에 끌려들어가 있는 거야.

그건 무슨 의미였을까?

학교에 도착했다. 제일 먼저 교무실에서 열쇠를 받아 교실 문을 열었다. 그리고 옆 반으로 향했다. 같은 중학교 출신인 성실한 여자아이 안도 미로가 예전 성격 그대로라면 아침 일찍 등교

해 독서를 하고 있을 터.

예상은 적중했다. 미로는 빨간 뿔테 안경을 쓰윽 끌어올리며 책을 읽고 있었다. 단단하게 땋은 머리카락이 고풍스러운 인상을 더했다.

"안녕, 미로."

활짝 웃으며 교실로 들어서자 그녀의 자세가 바뀌는 걸 알 수 있었다. 그녀는 중학교 시절의 나를 알고 있으니까 바로 경계하는 것이다. 눈만 마주쳐도 임신하는 줄 아는 건가. 에라, 모르겠다. 시간이 없다.

"도와줬으면 하는 게 있어서. 너 분명 중학교 3학년인 동생이 있었지?"

"으응, 있긴 한데…."

"같은 학년에 기사라기 야요이라는 애가 있는지 물어봐줬으면 해."

그녀는 수상쩍다는 표정을 지었지만 바로 내 부탁을 들어줬다. 스마트폰 시대에는 작은 고민 정도는 간단한 손놀림으로 바로 해결되는 장점이 있다. 10분도 채 지나기 전에 알고 싶던 걸 알아낼 수 있었다.

"동생이 같은 학년에 기사라기 야요이라는 애는 없다는데."

"없다고?"

그녀는 내 기세에 눌리면서도 단호히 고개를 끄덕였다.

여기서 유추되는 결론은 단 하나.

기사라기 야요이는 이 세상에 존재하지 않는다.

그리고 그 결론에 도달한 지금은 후카의 말이 무슨 뜻이었는지 명백하게 이해할 수 있었다. 나는 바로 달려 나갔다. 기사라기 시오리의 집을 향해.

복도에서 후카와 딱 마주쳤다.

"어디 가?"

"바로 돌아올게."

"네 소원대로 등교했더니, 가버리는구나."

"…해결하지 않으면 문제가 심각해질 테니까."

"그 '변신 사건'과 관련된 일일까?"

나는 살짝 고개를 끄덕였다.

"네가 벌레의 세계에 빨려들어가지 않기를 빌게."

"빨려들어가지 않아. 널 좋아하니까."

여기서 키스… 타이밍인데.

하지만 얼굴을 가까이 가져갈 때까진 좋았지만 나와 그녀 사이는 그녀의 손이 가로막고 있었다.

"부딪칠 뻔했잖아. 계단은 저쪽."

어째서 하필이면 이렇게 둔감한 아이를 사랑하게 된 걸까? 이 마음이 보답받을 날이 정말 오기는 하는 걸까?

어쩔 수 없이 키스를 포기하고 계단을 뛰어 내려가 다시 달렸다. 목표는 S공원. 그곳은 과거에 오싹한 벌레와 만나 드높은 비명을 지르며 세 번을 뛰어오르고 처음으로 발진을 일으킨 장소. 거기에 갈 필요가 있었다. 다시 한 번 '벌레'와 만나기 위해서.

가는 도중 나는 한 통의 전화를 걸었다. 모든 것을 해결하기 위해 어쩔 수 없는 일이었다.

전화기 너머에서 불편한 침묵이 흘렀다.

"야요이야?"

내가 질문하자 그제야 그녀의 긴장이 풀린 듯했다.

"그, 그런데요."

그만 전화는 받았으나 어떻게 대처하면 좋을지 고민하고 있었던 모양이다.

"오랜만이야."

"오랜만이요? 이상한 말씀이네요. 며칠 전에 만났잖아요."

일부러 내는 밝은 목소리였다.

"그래도 다시 만나고 싶어서. 지금 만날 수 있을까?"

"네? 지, 지금이요?"

그녀도 지금은 학교겠지.

하지만 나와 만나기 위해서라면 그녀는 어떤 방법을 써서라도 반드시 학교를 빠져나올 것이다. 틀림없다.

그녀는 간절히 날 만나고 싶을 테니까.

"알겠어요. 어디로 가면 될까요?"

"글쎄, 어딜까? 그 장소… 라고 하면 알까."

이 말만 남기고 나는 전화를 끊었다.

이 정도면 전해졌을 거다. 만약 그녀가 기사라기 야요이가 아니라 기사라기 시오리라면. 나는 방금 스마트폰 전화번호 목록에서 기사라기 시오리의 번호를 눌렀던 것이다.

8.

S공원은 이미 녹음으로 가득했다. 도코로나시 역에서 두 역 떨어진 이 장소를 중학교 시절 데이트하기 위해 자주 찾았다. 거대한 연못이 있고 거기서 보트를 탈 수 있다. 그게 싫으면 종일 벤치에서 멍하니 수다를 떨어도 된다.

오랜만에 찾아오니 예전 내 전용이었던 벤치에 검은 정장을 입은 남성과 청초한 몸가짐의 여성이 있다. 두 사람 다 성인인데도 어색한 거리감이 남아 있다. 더 붙으라고 옆에서 밀어주고 싶을 정도다.

어쩔 수 없이 옆 벤치에 진을 치고 기다렸다.

이글거리는 여름 더위에 정신이 나갈 것만 같았지만 그보다 더 심하게 다가오는 공포와 싸워야 했다.

세상에는 벌레보다 무서운 게 있다. 지금부터 내가 대면해야만 하는 존재가 그랬다. 이윽고 발소리가 가까워졌다. 나는 굳이 그쪽을 바라보지 않기로 했다. 그저 차분한 마음으로 수면만을 보고 있었다.

빛이 약동하다 사라져갔고, 그림자가 다가왔다가 다시 멀어져 갔다. 빛과 그림자의 숨바꼭질을 지켜보고 있었다.

곧 그림자는 내 옆에 걸터앉았다.

"매스컴의 눈을 피해 여기 오기 힘들었을 텐데."

"…큰일은 아니었어."

그녀는 야요이의 말투는 그만둔 모양이다. 내가 이 공원을 지정했을 때, 모든 것을 깨달았으리라.

"오랜만이야, 기사라기 시오리."

인사를 건네도 그녀는 반응이 없었다. 반응할 수 있을 리 없다. 이것이 진짜 그녀의 모습. 시오리는 언제부턴가 질투심 탓에 돌처럼 마음이 차가워졌다. 문제는 그게 언제부터였는가 하는 점이다.

"오늘은 반드시 너와 이야기를 해야 한다는 생각이었어."

"왜?"

"네가 그런 외모를 택한 이유를 알거든."

"네가 뭘 안다는 거야?"

한층 낮은 온도의 목소리가 돌아왔다. 하지만 나는 물러서지 않았다. 그녀의 가시를 떼어줄 수 있는 건 세상에 나밖에 없었으니까.

"넌 나한테 차인 건 외모가 추해서라고 생각했지. 그리고 내가 이 공원에서 너한테 이별을 고한 날, 내 손등에 올라온 벌레와 자신을 동일시했어. 추한 자신과 추한 벌레. 거기서 새로운 자신이 될 방법은 오직 하나, 자신이 벌레가 아니어야 한다는 것. 너는 내가 아이돌 발굴 프로그램을 매주 빼놓지 않고 본다는 걸 떠올려 아이돌풍 외모로 변신해야겠다는 생각을 떠올렸어."

"네 취향인 외모를 손에 넣었어. 어릴 적부터 모았던 돈을 전부 다 써버리는 바람에 얼마나 난리였는데. 마음에 들어?"

나는 이 말에 대답하지 않았다. 대신 이렇게 말했다.

"내가 아이돌 발굴 프로그램을 즐겨본 건 사회자 도기 요코야마의 토크를 좋아해서야. 아이돌 스타일 외모는 내겐 아무래도 좋은 일이고."

"아무래도 좋은 일?"

그녀는 말을 잃었다. 시선은 호수 주변을 떠돌았고, 무언가 답이 떠오르길 그저 기다리는 걸로 보였다.

"너는 외모가 자기 평가 기준이라 지나치게 연관 지은 거야. 그래서 외모만 바꾸면 다시 태어난다 생각했겠지. 어때? 지금 기분은?"

아무 말이 없다. 거기에 이렇게 덧붙였다.

"아이돌 네임, 기사라기 야요이 양? 지금 기분은 어떠신가요?"

그러자 그녀는 아이돌 '기사라기 야요이'의 가면을 쓰고 대답했다.

"네! 무척 상쾌한 기분이에요! 저는 다시 태어났으니까요!"

"그래. 네가 행복하다면 그걸로 좋은 일 아닐까. 아이돌이잖아. 굉장해. 네 과거가 정말 벌레였다면 지금의 넌 나비가 됐잖아."

나는 호수 수면을 바라봤다. 신기하다. 이렇게 둘이 나란히 있으니 중학교 시절로 돌아간 기분이다.

나는 사귈 때부터 그녀에게 불쾌감을 품고 있었을까? 그렇지 않다. 나는 분명히 그녀에게 매력을 느끼고 있었다. 사랑이라 부를 수는 없었을지 모르지만, 그래도 조금 독특한 그녀의 옆자리에서 상대의 마음을 읽지 못하고 대화도 이어지지 않는 가운데 멍하니 연못을 바라보고 있던 시간은, 그 자체는 나쁘지 않았다.

"내가 왜 네게서 멀어졌는지 알아?"

"다른 여자가 좋아졌으니까. 내 외모는 그 애들에 비해 평범했고, 그 애들을 이길 수 없었으니…."

"아냐." 나는 그녀의 말을 잘랐다. "너와 사귀는 동안 다른 아이에게 눈을 돌린 적은 없어. 물론 네가 늘 담배를 손에서 놓지 않았기 때문도 아냐. 계기는 네가 나와 사이가 좋은 아이들 하나하나한테 내게 접근하지 말라고 요구하고 있다는 걸 알게 됐기 때문이었어. 넌 늘 나를 관리하지 않으면 마음이 놓이지 않는 타입이었으니까. 그래서 헤어진 거야. 알겠어? 다시 한 번 말할게.

나는 얼굴 때문에 널 싫어하게 된 게 아냐."

"거짓말. 얼굴이 아니면….."

"얼굴이 어떻게 생겼든, 한 달만 지나면 아무래도 좋아져. 문제는 우리들이 맺어질 운명이 아니었다는 거지."

"운명….."

그래, 운명이야, 나는 타이르듯 복창했다.

"넌 벌레가 아니었어. 그때부터 훌륭한 나비였지. 그저 나와 맞지 않았던 것뿐이야."

"맞지 않았던 것뿐….."

그녀 안의 무언가가 무너진 것 같았다. 그 증거로 그녀의 눈동자에서 투명한 눈물이 한 방울 떨어졌다.

나는 그녀의 머리카락을 쓰다듬으려고 자리에서 일어섰다.

"네 성공을 빌게, 시오리."

나는 마지막이라 그녀의 머리를 툭툭 두 번 두드리고 그 곁에서 떠났다. 그녀와의 관계가 이걸로 정리된 건지 자신은 없었다. 그저 해야 할 말은 했다. 그럼에도 납득할 수 없는 일이 언제든 일어날 수 있는 세계. 그녀가 달려와 내 등을 찌를 수도 있다.

하지만 흐릿하게 시오리가 이렇게 말하는 게 들렸다.

"고마워."

내가 공원 입구에 다다를 때까지 그녀가 따라오는 일은 없었다. 공원을 빠져나왔을 즈음, 나는 뒤에서 슬금슬금 따라오는 그림자에게 말했다.

"언제까지 그렇게 슬그머니 뒤를 쫓을 생각이야?"

뒤돌아보자 작업복 차림의 가노 후카가 보였다.

"뻔뻔하긴. 우연히 이 공원에 일이 있었을 뿐이야."

"수업 시간인데?"

"의무 교육은 끝났잖아, 끼이익!"

"하지만 그건 네가 여기 있어야 하는 충분 조건은 아냐. 게다가 그 옷은 뭔데. 그렇게 젊은 미인 작업원이 세상에 어디 있어."

"작업원에게 실례되는 소리. 친절한 남자는 고생이 많네."

아무래도 전부 다 보고 있었나 보다. 작업복 차림의 후카는 내 옆으로 다가오더니 옆구리를 손가락으로 쿡 찔렀다.

"카프카적 현실에서 빠져나오려면 이 길밖에 없었어. 안 그래?"

시오리는 야요이라는 가공의 동생을 만들어내곤, 자신이 벌레로 변신했다고 말해서 야요이와 엄마의 반응이 이상하다는 걸 내게 느끼게 했다. 그러면서 동시에 벌레로 변한 자신을 동정하는 입장에 서게 했다. 후카의 말대로 나는 벌레의 세계에 영문도 모른 채 끌려들어가고 있었던 것이다.

시오리는 야요이로 변하면 정말 나와 사귈 수 있을 거라 생각한 게 아니다. 그저 외모를 바꾼 뒤 아이돌이 되어 내가 시오리를 찬 걸 후회하게 만들고 싶었을 뿐. 그런 의미에서 그녀의 복

수는 꽤나 비싼 것이었다. 그녀는 뼈를 깎아 날 벌레의 세계에 끌어들이려 했다. 그것이 그녀의 존엄성을 지킬 유일한 방법이었으리라.

어머님이 벌레에게 말을 거는 줄 알았던 건 내 오해였다. 야요이로 변신하더니 을씨년스러운 벌레를 여러 마리 키우는 시오리한테 화를 낸 것뿐이었다. 그 증거로 어머님은 단 한 번도 야요이라는 이름을 부르지 않았다. 어머님의 입장에서 그 공간에는 외동딸 시오리밖에 존재하지 않았던 것이다.

그리고 나는 시오리의 덫을 알아차리고 벌레의 세계에서 겨우 기어 올라왔다. 이것 말고 다른 방법은 없었다.

"다른 방법이 없었는지 어떤지 나는 몰라." 공원에서 밖으로 나오며 후카가 말했다. "그 자리에 없었던 사람은 무슨 말도 할 권리가 없잖아. 네가 그 방법밖에 없었다고 한다면 그게 현실일 거야. 어쨌든 넌 내가 풀지 못한 미스터리를 풀어냈으니까."

"그럼 상을 줘야지."

나는 뒤에서 그녀를 꼬옥 안았다.

"무거워. 지박령 흉내 내는 거야? 이거 놔."

"앞으로 5분."

"안 돼."

"4분."

"안 된다고 했지."

그래도 나는 그녀의 손을 놓지 않았다.

그녀도 더 이상 저항을 드러내지 않았다… 고 생각한 건 착각이었다. 후카는 갑자기 앉는 자세를 취하더니 내 팔을 잡고 그대로 한판 메치기를 해버렸다.

"커억… 아, 아파…."

"흥, 어설프긴."

그녀는 그 틈에 달아나버렸다. 일어서자마자 바로 따라갔다. 돌아보는 그녀의 얼굴은 웃고 있었다. 아마도, 처음 보는 웃음이었다.

"정말 뻔뻔하긴. 나는 벌레처럼 간단하게 붙잡히지 않아."

나는 달렸다. 따라잡는 건 간단하다. 문제는 어떻게 붙잡을 것인가.

하늘하늘 날아다니는 나비를 상처 주지 않고, 감싸 안지 않고 붙잡을 방법. 그런 방법이 있긴 할까?

그 후 나는 이때를 다시 떠올리게 된다.

후카가 아직 건강했고 우리가 행복했던 시기였기 때문에.

어떤 화부의 사랑 기록 그 두 번째

후카를 위해 화부가 되기로 결심한 순간부터 내가 해야 할 일은 정해져 있었다. 우선 내가 화부라는 것을 알려야 했다. 그건 간단한 일이 아니었다.

매일은 아니더라도 며칠에 한 번, 나는 한밤중에 돌아다니며 화부로서 경험치를 쌓아야 했다. 밤이면 사람들은 고독을 빨아들여 검게 물들어간다. 그 안에 있기에 화부는 존재 가치를 가진다. 나는 암흑을 향해 스스로의 임무를 계속 수행했다.

고등학교에서 후카와 같은 반이 된 건 요행이었다. 그때까지 나는 후카가 후카라는 이름이라는 것조차 몰랐다. 모든 사물에는 이름이 있으니 그녀에게도 이름이 있을 수밖에 없다. 후카라는 이름은 그녀에게 어울린다 느꼈다.

어느 순간, 여자 한 명이 화부로서 내가 하는 일을 화제로 삼았다. 그 아이는 날 이해한다 말하긴 어려웠고, 화부의 일을 옳게 평가하지도 않았다.

"무서워라. 불에 둘러싸이면 인간은 재가 되고 말잖아."

"그러게."

이걸로 대화는 끝났다. 하지만 그때, 나는 후카의 손이 떨리는 걸 발견했다. 화부의 위대한 임무에 드디어 그녀의 마음이 흔들렸다는 증거를 본 것이다.

역시 화부의 신념을 관철하길 잘했다. 온갖 남자들을 거절해 온 그녀가 유일하게 감정을 드러낸 순간. 그 스위치를 누른 건 나였다.

어제 일은 각별히 다이내믹했다.

여자 회사원이 퇴근해서 귀가한 후, 데이트라도 하는지 옷을 갈아입고 외출하는 모습을 지켜본 나는 바로 행동에 옮겼다. 이 세상 온갖 허무함이 손잡고 펼쳐지는 어둠 속에서 내 일이 빛을 발한다.

올해 들어 네 건의 일을 성공시켰다. 나는 완벽한 화부가 된 것이다. 후카를 위해 완벽한 불을 언제든 만들어낸다. 얼음 같은 여자의 가면을 녹이고, 그 뒤에 숨겨진 죽음에 대한 공포를 언제라도 발굴해낼 수 있다.

나만이 널 알고 있어.

그 헬멧을 쓴 이유도.

너는 부모님처럼 짜부라질까 두려워하고 있지.

자, 이제 천천히 내게 비밀을 드러내도 될 시기 아닐까?

제4화

내 죄를
알 려 주 세 요

1.

"가에데는 참 친절해."

완벽한 착각이었다.

발언자는 미나미. 고등학교에 진학하면서 간사이에서 이 도코로나시로 이사 온 아이다. 아침 등교 도중에 넘어진 아름다운 학생을 나도 모르게 도운 게 친절함이라면 분명 나는 친절한 사람이겠지.

아무리 미나미가 아름답다 해도 나는 로맨스를 기대한 게 전혀 아니었다. 미나미와는 사는 세계가 다르다.

"그, 그런가." 백치 캐릭터는 상대의 어떤 말에도 당황한 모습을 보여야만 한다. "어쨌든 몸조심해. 과다 출혈로 죽지 마."

"응, 괜찮아. 그냥 긁힌 상처야." 웃는 미나미.

나는 부끄러워하는 것처럼 코 밑에 손가락을 대고 잠버릇 머리카락을 긁으며 일어섰다. 등에 미나미의 강한 시선이 느껴졌

내가 사랑한 카프카한 그녀

다. 일이 잘못되어 나한테 반하는 일은 없기를.

몇 미터 걸어가자 문득 미나미와는 다른 각도에서 시선이 느껴졌다. 돌아봤지만 아무도 없다.

"기분 탓인가."

나는 발걸음을 서둘렀다. 교실에서 아무한테도 들키지 않고 비밀 메모를 주고받는 '비밀 결사 카프카'가 시작될 시간이 다가오고 있었으니까.

2.

'늦었잖아, 견습 문장가.'

책상 서랍 속에 이런 메모가 끼워져 있었다. '비밀 결사 카프카'는 1분의 지각도 용납되지 않는다. 지각한 사람에게는 방과 후 마카레날드 셰이크를 쏠 의무가 발생한다. 가노 후카는 한창이 새로운 유희에 몰두하고 있었다. 회원은 나와 후카 두 사람. 앞으로도 회원이 늘어날 일은 없을 거다.

'쓸쓸했어?'

나는 이런 메모를 이동 중에 후카의 필통에 슬쩍 끼워 넣었다. 잠시 후 자리에 돌아오니 새로운 메모가 교과서에 끼워져 있었다.

'설마. 뻔뻔하긴. 다친 아이를 돕다가 늦다니 다정하네.'

아침에 미나미를 도와주는 현장을 봤나 보다. 그 시선은 후카의 것이었을까?

나는 변명을 궁리했다.

그러자 다음 메모가. 후카일까? 아직 답신도 하지 않았는데 너무 빠르다. 놀라서 고개를 들었을 때 이미 그 자리엔 아무도 없었다.

나는 그 메모를 봤다. 거기엔 분명히 후카의 것이 아닌 동그란 글씨체로 이렇게 적혀 있었다.

'점심시간에 옥상으로 와줘. 의논하고 싶은 게 있어.'

우리 학교의 개인적이면서 공적인 공간. 나는 그 메모를 후카에게 들키지 않게 슬그머니 주머니에 넣었다.

나중에야 나는 이 행동을 후회하게 된다. 동기가 어땠든 간에 어떤 일에 관여하면 휘말려들 가능성이 내포되어 있다. 그 사실을 이때의 나는 아직 몰랐다.

3.

점심시간, 요즘 후카는 도서관에서 혼자 밥을 먹는다. 평소 같으면 그쪽에 합류하고 싶지만 비밀 결사이다 보니 그렇게 공공

내가 사랑한 카프카한 그녀

연히 말을 걸 수는 없다.

그래서 어쩔 수 없이 같은 반 남자들과 점심을 먹은 뒤 슬그머니 소란통인 반에서 빠져나가 옥상으로 향했다. 물론 메모의 주인과 만나기 위해서다. 어떤 의논을 하고 싶다는 걸까? 아니, 메모를 쓴 건 누굴까? 혹은 의논은 핑계고 다른 목적이 있는 걸지도 모른다.

도착이 너무 빨랐는지 옥상에는 아무도 없었다. 나는 옥상 급수 탱크 뒤편 그늘에 있는 벤치에 누웠다. 지상으로 쏟아지는 햇살이 가까워서 스스로의 몸이 격렬하게 광합성을 하고 있다는 게 느껴졌다.

"거기선 뭐가 보여?"

이 목소리가 쏟아진 건 잠이 들락 말락 하는 타이밍이었다.

나는 눈을 뜨고 뭐가 보이는지 대답해야만 했다.

"하얀 브래지어 같은 구름."

"네 본성이구나. 겨우 네가 어떤 사람인지 조금 보여."

"그래? 나는 브래지어 말곤 아무것도 안 보이는데."

나는 몸을 일으켰다. 메모의 주인은 미나미였나 보다.

"그래서? 나한테 의논할 일이란 대체?"

본성을 들킨 이상 백치 캐릭터 연기를 할 필요는 없다. 게다가 여긴 원래 시선을 피하기 위한 장소다.

"내 죄 좀 가르쳐주라." 미나미가 말했다.

"죄? 죄라니 무슨?"

"죄가 죄지 뭐겠어. 도스토옙스키의 『죄와 벌』에 나오는 죄. 나한테 무슨 죄가 있긴 한가 본데, 그 죄가 뭔지를 모르겠다."

미나미의 말은 수수께끼투성이였다. 알 수 있는 건 미나미가 도스토옙스키가 누군지 안다는 것 정도다.

"잠깐, 그런데 어째서 너한테 죄가 있다는 걸 전제하는 거지?"

전대미문의 의논이었다. '내 이름을 모르겠어'라는 쪽이 훨씬 수긍이 갔을 거다. 그러자 미나미는 내 얼굴을 들여다보며 물었다.

"내가 갑자기 아오이 무리한테서 무시를 당하고 있거든."

"호오, 그랬나."

오늘 아침 교실에 들어설 때 은연중에 알 수 있었다. 반의 중심 인물인 노노야마 아오이는 사이좋게 지내는 여자 몇 명과 대화를 나누고 있었다. 평소 같으면 거기에 자연스럽게 미나미도 끼어 있었는데 오늘 아침은 그렇지 않았다. 아오이가 그렇게 결정했을지도 모르겠다.

무시는 이유도, 영문도 잘 모르고 퍼지는 분위기라 누군가가 명확히 지적하지 않는 한 현상으로 받아들여지기 어렵다. 통행인 A가 통행인 B를 무시했다는 말은 나오지 않으며, 아버지가 TV를 보고 있는 아들 앞을 지나갔다고 무시한 게 되진 않는다. 무시란 상태가 아닌 의사이다.

"그래서 넌 무시당하는 게 뭔가 죄를 지어서 그렇게 된 거라 생각하는 거야?"

"그게 아니면 의미를 알 수가 없잖겠어?"

"그건 그렇지."

특히 아오이의 아버님은 학부형회 회장을 2기 연속으로 맡고 있다. 선생님들조차 아오이한테는 한수 접어준다.

"네 죄가 뭔지 정하는 건 아오이겠지."

"그래. 하지만 아오이한테서 미움받을 짓은 하나도 한 게 없는데?"

"으음, 그렇겠지. 하지만 분명 네가 모르고 있을 뿐이지 뭔가 저지른 게 아닐까?"

"뭔가가 뭔데?" 미나미는 아랫입술을 깨물고 눈물을 글썽거렸다. "매일 괴로워. 이젠 한계야… 도와줘."

미나미는 날 껴안았다.

"미나미, 난 베개가 아냐."

그리고 몸을 뗐다. 이 장면을 후카한테 보이면 지금까지의 모든 게 물거품으로 돌아갈 공산이 높다. 후카를 배신하는 짓은 하고 싶지 않았다.

"진정해. 넌 나쁜 짓을 한 게 아냐. 하지만 상대 모르게 죄를 저지르게 되는 일이 현실에는 존재해. 죄란 때론 자신의 인식만으로는 어떻게 할 수 없는 면이 있으니까. 어떤 나라에서는 V자사인이 경멸의 의미인 경우도 있고, 어떤 나라에선 너구리를 개라고 불러. 각각의 장소마다 각각의 상식이 있어. 네가 살던 간사이 지방에서는 좋은 의미로 사용되던 게 이쪽에서는 부정적인 의미라면 거기서 오해가 생길 수 있지 않겠어?"

미나미는 그 자리에 주저앉아 울기 시작했다. 옥상에 올라온 학생 몇 명이 이쪽을 보고 있다. 같은 반 애들이 아니니 아슬아슬하게나마 다행이지만, 이래선 내가 울린 것 같다.

"알았어. 일단 네 죄가 뭔지 조사해볼게."

"정말? 고마워!"

미나미는 다시 날 껴안았다. 어떻게든 미나미와 몸을 떼고 옥상에서 완전히 사라지는 걸 확인한 후 한숨을 내쉬었다. 그리고 다시 급수 탱크 벤치에 앉았다.

"또 귀찮은 일을 떠맡았네."

그 목소리는 급수 탱크 바깥쪽에서 들려왔다. 나는 벌떡 일어서서 급히 그쪽으로 돌아갔다. 바깥쪽 벤치에는 '헬녀' 가노 후카가 헬멧을 베개 삼아 누워 있었다. 가장 보여주고 싶지 않은 현장을 가장 보이고 싶지 않은 인물에게 보여준 듯했다.

"언제부터 거기?"

"아주 오래전부터. 꽤 사이가 좋아 보이던데."

"오해야."

"여긴 '오'층이 아니라 그 위인 옥상인데."

그녀는 쿨하게 재미없는 농담으로 되받더니 상쾌하게 자리를 떴다. 결정적인 분노는 아니겠지. 아니, 그보다 후카가 질투라는 시스템을 갖추지 못한 건 수수께끼다. 어쨌든 기분을 고쳐먹고 나는 걷기 시작했다. 조사를 시작하기 위해.

4.

조사는 생각 외로 몹시 곤혹스러웠다.

아오이의 주변 아이들도 미나미가 무시당하는 이유를 모르고 있었다. 그저 아오이가 미나미를 멀리한 결과 자기들도 말할 타이밍을 놓쳤을 뿐, 다른 뜻은 없다고 했다.

"즉, 너희들 자신은 미나미한테 아무런 불만도 없는 거지?"

"없어." 아오이의 주변인 1 미호의 말이었다.

"그럼 왜 무시할 수 있었던 거야?"

백치 캐릭터인 내가 당돌하게 이런 질문을 던지니 미호는 꽤 놀란 것처럼 보였다.

"난 무시한 적 없어. 그저 왠지 모르게 말을 걸지 않았을 뿐이지."

"왠지 모르게…."

"그래, 왠지 모르게."

"…그래."

실마리가 보이지 않는다. 아오이와 함께 다니는 애들도 다들 이런 분위기였다. 한 명 한 명은 아무런 의지도 없다. 하지만 집단이 되면 생명을 가진 것처럼 약동하고 거대한 악이 되어 움직인다. 학교라는 곳은 언제나 그랬다. 때로는 그런 악에 교사까지 가담하는 경우도 있다. 초등학교 시절부터 지긋지긋할 만큼 그런 광경을 봐왔다.

그럼에도 나는 여전히 학교라는 곳에 다니고 있다. 왜일까? 부모가 보내기 때문일까. 아버지처럼 엘리트 은행원이 되기 위함일까. 나는 줄곧 그 정해진 코스를 앞으로도 꾸물꾸물 밟으며 살아갈 생각이었다. 가노 후카와 만나기 전까진. 후카가 모든 것을 바꿔놓았다. 내 미래 설계를 산산조각 내고 카프카가 되겠다는 헛된 꿈을 내게 주입했다. 그래서 나는 당분간 이 학교에 머물 생각이다.

다른 애들은 어떨까? 예전의 나처럼 미래에 대한 주체적 계획도 없고, 그저 숨만 쉬며 살아가고 있을까? 그럴 거다. 그렇기에 개인의 의지 없는 악이 돌연히 출현한다.

이번 악의 중심에 있는 건… 역시 아오이.

죄의 근원을 알아내려면 아오이한테 직접 물어보는 수밖에 없어 보인다.

노노야마 아오이는 살랑거리는 금발을 흩날리며 창가에서 머리카락을 다듬던 중이었다. 다행히 교실에는 사람이 적었고 각각 자기 행동에 열중하고 있었다. 나는 아오이에게 다가갔다. 아오이는 나를 시야의 한구석에 넣었으면서도 굳이 알아차리지 못한 척하는 듯 보였다.

"잠깐 얘기 좀 할 수 있어?"

말을 걸자 아오이는 굳어진 몸으로 "뭔데?"라고 긴장한 채 물었다.

"미나미 일로 물어보고 싶은 게 있어."

"미나미가 어쨌는데?"

"너희들, 미나미를 무시하고 있지?"

그러자 아오이는 당황스럽다는 눈치로 날 바라본 후 겨우 입을 뗐다.

"무시? 그럴 리가 있어? 그냥 좀 화제가 없어서 그래. 갑자기 할 말이 떠오르지 않을 때가 있잖아. 자주 있는 일이고 일시적인 거야."

그러더니 억지로 밝게 웃음을 보였다. 그런 드러내는 표정에는 안 속는다.

"미나미는 무시당한다고 느끼는 것 같던데?"

"미나미의 착각이라니까. 간사이와 간토는 여러 가지 면에서 뉘앙스가 다르잖아. 이쪽은 농담으로 바보라고 해도 그쪽 입장에서는 농담 같지 않다거나. 아직 이 지역에 온 지 오래되지 않왔으니 오해가 생기는 것도 무리는 아니지. 다들 사이 좋아. 잘 관찰해봐. 대화도 많이 나누고 있어."

아오이는 당장이라도 내 의혹을 지우개로 지워버리고 싶은 것처럼 줄줄이 주장을 늘어놓았다. 그러곤 복도에서 친구들을 발견했는지 "미안하지만 갈게." 이 말을 남기고 나가버렸다.

스타일 좋은 아오이는 반 안팎으로 인기가 많았고 남녀 누구나 좋아하며 동경하는 상대였다. 성격도 좋다. 그런 아오이가 미나미를 무시하는 이유가 동서의 문화 차이에서 온 오해? 그럴 리 없다.

하지만 아오이의 변명을 들은 지금 내 확신이 흔들리는 건 분명했다. 그다지 주의 깊게 지켜본 것도 아니었다. 어쩌면 나와 미나미의 기분 탓일지도 모른다.

아오이 무리는 정말 무시할 생각이 아니었던 걸까?

5.

다음 날, 나는 더더욱 주의 깊게 미나미가 소속된 커뮤니티의 움직임을 관찰했다. 동물 다큐멘터리의 스태프처럼 냉정하게.

쉬는 시간은 이런 식이었다.

"미나미, 다음 화학, 실험실이래. 슬슬 갈까?" 이렇게 미호가 묻는다.

"응… 그래, 갈까."

미나미가 살짝 기뻐하며 자리에서 일어섰다. 그러나 다음 순간 아오이가 끼어들어 예상 밖의 말이 튀어나왔다.

"미나미, 미안하지만 먼저 가 있어. 금방 갈게."

"에, 그래?"

"아, 내 자리 잡아줘."

"아, 알았어."

쓸쓸하게도, 어딘가 불안한 표정을 지으며 일어선 미나미는 교실에서 떠나간다. 이미 아오이의 자리 주위에 친구들이 모여 있다. 그 자리에서 아오이는 뭔가 중요한 얘기를 시작한다. 귀를 쫑긋 세워보니 영화를 보러 갈 계획을 세우나 보다.

그랬구나. 분명 아오이 말은 사실이다. 대화는 하고 있다. 그저 대화를 할 뿐이지만.

나는 머리를 싸맸다. 아오이 일파가 미나미를 무시하는 행위는 분명하지만, 현상적(現象的)으로 아오이의 변명은 인정받을 수 있다.

아오이는 미나미를 무시하고 있다는 걸 인정할 생각이 없을 것이다. 그러니 당연히 왜 무시하는 건지 캐묻기는 지극히 어렵다.

그 후로도 탐문을 계속했지만 새로운 정보는 얻을 수 없었다.

아무도 아오이가 미나미를 무시하는 이유를 알지 못했기 때문이다.

이것저것 캐묻고 다니던 중 후카가 뒤에서 말을 걸었다. 그녀도 등을 지고서 말하고 있었기 때문에 옆에서는 우리가 대화를 나누는 걸로 보이지 않았을 것이다. 각자 혼잣말을 하는 걸로 보이지 않았을까. 이것이 바로 비밀 결사의 방식.

"꽤 고생이 많네."

"그렇긴 하지."

"도움이 필요하면 빨리 말하는 게 네 정신 건강을 위해 좋을 거야."

"암초에 걸렸어. 도와줘."

나는 포기하고 현재 상황을 설명하기로 했다. 내가 얼마나 막다른 골목에 몰려 있는지. 아오이의 완벽한 변명을 논파할 증거가 전혀 나타나지 않는다는 것. 아무도 미나미의 '죄'가 뭔지 모른다는 것을.

이야기를 전부 들은 후카는 흐음, 길게 숨을 토하더니 말했다.

"왜 너는 매번 카프카적 현실에 직면하게 되는 걸까?"

"너한테 반한 숙명… 일까."

"숙명이라면 도리가 없네. 받아들이는 수밖에."

그녀는 즐거운 기색으로 말했다. 왜 후카미 가에데의 호의를 이렇게 간단히 흘려보낼 수 있는 걸까. 국제 회의라도 열고 싶은 마음이지만 어쩌신지.

"오늘의 페널티 기억하지?"

나 참, 비밀 결사의 룰 같은 그런 것만 희희낙락 외우고 다닌다니까.

"물론."

"그럼 방과 후에 마카레날드에서."

"알았어."

이렇게 우리들은 방과 후 패스트푸드 마카레날드에서 사건에 대한 회담을 열기로 했다. 생각해보니 이번이 비밀 결사 카프카가 결성된 후 처음 여는 회담이다.

그리고 이 첫 회담의 과제는 지금까지보다 훨씬 카프카적인 것이었다.

6.

"『심판(Der Prozess)』이라는 소설은 읽었어?"

내가 산 마카레날드 셰이크 딸기 맛을 마시며 후카는 물었다.

"아니, 아직." 솔직히 대답했다. "나는 근래 들어 책을 읽기 시작한 터라 좀처럼 장편 소설에는 손이 가질 않더라."

"끼이익! 한심해!"

표정도 없이 어떻게 그런 괴성을 지르는지, 다음 기회에 구조를 조사해보고 싶을 지경이다.

"하지만 줄거리는 알아."

이야기는 요제프 K의 서른 살 생일 아침, 두 사람의 방문자에 의해 체포되면서 시작된다. 그는 감시를 당하고 있었다는 걸 알게 된다. 재판소로 가게 된 K는 여전히 자신의 죄가 무엇인지 모르는 채 심의가 보류된다. K는 무죄를 주장하기 위해 숙부, 변호사, 법정 화가를 만나지만, 일은 뜻대로 되지 않는다.

그러던 어느 날, K는 이탈리아인 손님을 안내하는 임무를 받아 대성당에서 이탈리아인을 기다린다. 하지만 이탈리아인은 나타나지 않았고, 성직자에게서 그에게만 정해진 규율이 있다는 말만 듣는다.

서른한 살이 되는 날 아침, K는 처형 선고를 받고 심장을 꿰뚫려 "개같이"라 울부짖으며 죽어간다.

분명 이런 이야기였다.

내가 이 이야기를 읽기를 주저한 데에는 이유가 있었다. 전날 몰래 소설을 쓰고 있다는 걸 부모님께 들켜 가족회의가 열렸다. 그 자리에서 소설은 내가 쓴 게 아니라 소설가 지망생 친구한테서 받은 데이터라 속여서 자리를 모면하는 데 성공했지만, 아버지는 마지막에 이렇게 말하는 걸 잊지 않았다.

ㅡ친구 작품이라니 한시름 놓았다. 소설가 같은 아무짝에도 쓸

모없는 직업을 꿈꾼다면 고등학교도 퇴학시켜야 했을 테니.

눈빛에서 아버지가 내 거짓말을 꿰뚫어 보고 있다는 걸 알 수 있었다. 그 후로 카프카를 읽으면 내 처지가 묘하게 카프카 소설의 세계와 일치하는 느낌이었다. 아마도 카프카 역시 아버지와 관계가 좋지 않았기 때문일 거다. 이 『심판』이라는 소설에 그 영향이 진하게 드러나 있다는 말을 들었다. 아무래도 컨디션이 아주 좋을 때가 아니라면 읽고 싶은 마음이 들지 않을 것 같았다.

내가 줄거리를 말하자 후카는 "중요한 포인트가 여럿 빠졌지만 넘어갈게"라고 했다.

"줄거리란 대개 그런 거야."

"아니, 그건 줄거리 요약자에 따라 달라. 넌 줄거리 요약에는 재능이 없나 봐."

"왠지 굉장히 아쉬운걸."

"그건 됐고." 후카는 마카레날드 셰이크 뚜껑을 벗기더니 빨대 끝에 감겨 있던 셰이크를 빨아들여 입안으로 옮겼다. "『심판』은 스스로를 찾아가는 이야기야. 자신에게 무슨 죄가 주어졌는지 모르는 채 심판이 시작되지. 그리고 마지막까지 죄는 밝혀지지 않은 채 형이 집행돼. 그저 K는 적극적으로 규율을 깨려 하는 면이 있어. 그런 경향은 숙부의 집에 찾아갔을 때에도, 여성을 꼬드기려 한다거나 이웃집 여성에게 억지로 키스하려는 부분에서 드러나지. 과거의 너와 무척 비슷하지 않아?"

"그런가. 나는 네게 억지로 키스하려 들진 않았는데."

"하지 마."

후카는 생긋 웃었다. 하라는 것처럼 느껴진 건 기분 탓일까. 기분 탓이겠지. 아마도. 나는 읽어내지 않아도 될 걸 너무 많이 읽어낸다.

"K는 자신의 죄가 뭔지 모르는 채 죄에서 도망칠 방법을 찾는 한편, 그때마다 탈선하듯 욕망에 치닫는 행동을 취해. 결국 K의 그런 성질 자체에 이미 죄가 각인되어 있는 거야. 그는 자신에게 만 준비된 규율의 문을 끝없이 노크하다 결국 죽음을 맞지. 스스로를 개에 빗대는 건, 개처럼 길거리에서 죽게 된 자신의 비극을 한탄하는 듯 보일지 몰라도, 죄에 눈길도 주지 않고 살아가다 드디어 개만큼 자유로워졌다는 의미일 수도 있어. K가 믿는 자유란 필경 개처럼 살 수 있게 되는 것, 그래서 종교적인 죄의식을 초월하는 것이기도 해. 대성당의 우화가 삽입된 건 K가 종교를 초월한다는 암시겠지."

"넌 늘 그렇게 어려운 생각을 하면서 카프카를 읽어?"

"카프카가 내게 일러주는 거야."

후카는 그러면서 내 셰이크 빨대에 프렌치프라이를 쑤셔 넣었다. 덕분에 요즘 나는 셰이크 맛 프렌치프라이가 좋아지고 있다.

"『심판』이 이번 케이스에 어울리는 작품인지는 모르겠어. 하지만 죄가 많다는 점에서 '심판'적 현실에 한쪽 발은 들여놨다고 할 수 있을지도."

"미나미는 이대로 가다간 어딘가에서 공개 처형을 당할 수도 있잖아. 그것만은 피하고 싶어."

"어떻게든 해주고 싶어? 하지만 미나미가 그걸 원할지도 모르잖아?"

"미나미가 원한다고?"

"아오이 무리가 죄가 뭔지 알려주지 않으니 미나미가 자기 죄가 뭔지 모를 거라 생각하지? 미나미가 자신의 죄를 외면하고 있을 수도 있어. 그 경우, 미나미는 죄가 뭔지 알려지는 것보다는 오히려 끔찍한 꼴을 당하는 게 낫다고 생각할 가능성도 없지는 않아."

"그런 피학(被虐) 취미가 있어 보이지는 않던데."

"사람은 누구나 알려지고 싶지 않은 영역을 품고 있어. 좋아, 그럼 백보 양보해서 고의로 눈길을 돌리고 있는 건 아니라고 하자. 네 생각대로 동서의 문화 차이에서 오는 사각일 수도 있으니까. 하지만 미나미가 『심판』의 주인공처럼 마지막까지 보이지 않는 사각에 있는 거라면, 진상도 알지 못한 채 개죽음을 당하게 돼."

"개죽음… 이라."

그건 영원한 지옥이겠지. 후카는 K가 개죽음을 원하고 있었다고 해석하나 본데, 내가 줄거리에서 느낀 건 절망이었고 지금 미나미에게 일어나는 일도 절망적인 사태였다. 여기에 결정타가 가해지는 것만은 막고 싶었다.

어제까지 잘 지내던 애들과 이대로 반이 바뀔 때까지 무시당하는 건 너무 가엾다.

그때 생각도 못한 일이 벌어졌다. 후카가 자신의 딸기 셰이크를 내 입에 넣어준 것이다. 차가운 감각이 혀를 따라 흘러갔다.

"견습 문장가, 지금도 늦지 않았어. 넌 이 문제에서 손을 떼는 게 좋을 것 같아. 더 관여하다간 너까지 지독한 일을 당할 수도 있어."

"걱정해줘서 고마워."

나는 그녀의 머리를 쓰다듬었다. "착한 아이 취급받을 나이가 아니야"라고 그녀는 진지한 얼굴로 말했지만, 나는 그녀의 입에서 "착한 아이"라는 단어를 들을 수 있었던 것만으로 만족스러웠다.

"하지만 나는 이미 끼어들었잖아. 이제 와서 못 본 척할 수는 없어."

후카가 한숨을 쉬었다.

"그럼 이제 숨기지 마."

"뭐?"

심장이 경련을 일으킬 만큼 놀랐다. 나는 실제로 그녀에게 어떤 사실을 숨기고 있었다.

"어째서 내가 뭘 숨긴다고 생각한 거야?"

"반의 중심 그룹이라 해봤자 네겐 아무래도 좋은 존재, 그런데도 요 며칠간 자세히 관찰하고 있지. 그것도 미나미의 부탁을 받기 전부터. 네게 어떤 심경의 변화가 일어난 거야. 그리고 '비밀 결사 카프카'의 규약을 이것저것 정한 건 나지만, 처음 비밀 결사 얘길 꺼낸 건 너였잖아?"

아무래도 그녀는 본질적 직감으로 내게서 거짓의 향기를 맡은 모양이다.

"그냥 넘어가주지 않을래?"

무리겠지만, 혹시나 하고 말해봤다. 후카는 조용히 고개를 저었다.

"미나미가 스스로의 죄가 뭔지도 모르는 채 심판받을 상황에서 벗어날 열쇠는 네가 쥐고 있어. 내게 숨기는 게 있는 거지? 당장 말해. 아니면 나 역시 너와의 관계를 그만둘 수밖에 없어."

"그건… 곤란해."

"그럼 말해. 네 선택지는 그것밖에 없어. 네가 내게 숨기고 있는 걸."

그녀는 다리를 꼬았다. 그 제멋대로인 태도에 언제부턴가 나는 저항할 수 없게 됐다.

포기하고 말할 수밖에 없었다.

나와 노노야마 아오이 사이에 일어난 일을.

7.

그건 지난주 무더위를 피하기 위해 에어컨이 켜져 있는 도서관에서 꾸벅꾸벅 졸고 있을 때 생긴 일이었다. 카프카 중에서도 어려운 작품으로 꼽히는 『단식 광대』를 읽다 보니 졸음이 몰려와 뜻밖에 부조리한 꿈의 입구에 서 있었다.

그럴 때 앞자리에 누가 앉았다. 누구지? 이렇게 자리가 많이 비어 있는데 왜 일부러 내 앞자리로 왔을까?

나는 자는 얼굴을 보이고 싶지 않아서 바로 고개를 숙였다. 그러자 그 인물이 말을 걸어왔다.

"가에데, 그 헝클어진 머리는 젤을 발라서 만든 거지?"

"으응?"

눈을 뜨자 아오이였다.

아오이는 내 얼굴을 도전적인 표정으로 지켜보고 있었다.

"어, 응? 무슨 일이야?"

잠에 취해 당황한 얼굴로 백치 캐릭터를 연출했다.

"너에 대해 더 자세히 알고 싶어, 가짜 백치."

백치가 내 가상 캐릭터라는 걸 꿰뚫어 본 모양이다.

"뭔데? 딴 데다 말해도 돼."

정체를 들킨 이상 연기를 해봐야 소용없다. 난 가면을 거두고 날카롭게 노려봤다.

그러자 생각지도 못한 답이 돌아왔다.

아니, 정확히 말하면 그건 대답도 아니었다. 아오이가 갑자기 내 입술을 빼앗아 갔으니까.

"딸기 향 립밤을 바르는구나."

입술이 떨어지자 나는 극히 담담히 이렇게 말했다.

"너는 멜론 맛 치약을 쓰는구나."

"멜론 좋아하거든."

"어린애 같아."

"남 얘기 할 땐가."

"너 좋아해."

"맥락이 없어. 실격."

"맥락이 왜 필요한데."

"그런 엉망진창인 소설은 먹히지 않아. 불타오를 타이밍이 있어야 좋은 소설이야."

"이건 리얼인데? 믿어져? 우리 반 최고 미인 캐릭터가 네 키스를 빼앗은 게."

"미인의 기준은 사람마다 달라."

"이 노노아마 아오이보다 예쁜 애가 있다고?"

"그런 소리 하니까 백설 공주에 나오는 마녀 같다?"

최대한 못되게 말해봤다. 그렇게까지 할 필요는 없었을지 모르겠다. 하지만 그렇게 해서라도 냉정을 유지하고 싶었다.

"저기, 솔직히 말해서 나는 널 그다지 예쁘다, 아름답다 생각하지 않아."

이 말에 아오이는 허를 찔렸다는 듯 입을 다물었다. 지금까지 자신의 호의를 거절당한 경우가 없었을지도 모르겠다.

"뭐, 뭐가 어째!"

"게다가 네가 내 취향의 얼굴이라 해도 그게 좋아해야만 하는 이유가 되진 않아."

"고집 부리긴. 내가 싫어?"

"싫지 않아. 아니, 싫어할 만큼 잘 알지 못해."

"앞으로 알아가면 되잖아? 그러려고 사귀는 거 아냐?"

아오이는 농담이 아닌 것 같았다. 꽤 갑작스러웠지만 아오이 나름대로 신중하게 타이밍을 계산했을 테고, 진지하게 날 설득하고 있었다.

"사양할게."

"왜? 어째서? 매력을 못 느끼겠어?"

"매력이 느껴지는 정도로 사귀진 않아."

그러자 아오이의 시선이 문득 날카로워졌다.

"좋아하는 애가 있는 거지?"

"그런 얘기를 하는 게 아니잖아."

아무리 정중하게 얘기한들 억지로라도 오해를 하고 싶어하는 오해증후군에 걸린 사람이 있다. 아오이가 그랬다. 귀찮게도 아오이의 오해는 괜한 오해라 할 수 없었다.

그렇다, 나는 가노 후카를 사랑하고 있다.

"좋아하는 애가 있는 거야. 틀림없어."

아오이는 딱 잘라 말했다. 나는 여자를 찰 때, 최대한 좋아하는 사람이 있다고 내비치지 않는다. 훗날 불씨가 될 수 있기 때문이다.

그런데 아오이는 '자신이 차인다 = 좋아하는 애가 있기 때문'이라고 보지 않으면 직성이 풀리지 않는 듯했다. 그리고 그런 성격 때문에 진실에 다가가고 있었다.

"그러니까…."

"그 애랑 사귀어?"

"아니, 사귀고 그런 게 아니라…."

"그럼 뭔데?"

"그러니까…."

"알았어. 너는 사귀는 사람이 있는 거지. 누군지는 모르겠지만. 그렇다면 어쩔 수 없지. 빼앗을 수밖에."

생각지도 못한 무시무시한 공격이었다.

"뺏지 못해. 너한테는 네 매력이 있으니 그 매력에 홀랑 넘어오는 사람을 좋아하면 되잖아. 나는 그렇지 않을 뿐이니."

"포기할 수 없어."

"포기해줄 수밖에 없다니까."

더 이상 대화를 이어가도 평행선이 길어질 뿐이다.

그래서 솔직하게 말하기로 했다.

"네가 물러서질 않으니 말할 수밖에 없네. 내가 좋아하는 아이는 너보다 백배는 아름다워. 외모가 아니라 전체의 그 존재감이 내게는 신성할 정도야. 그러니 아무리 네가 내 마음을 끌려 해도 너와 사귀는 일은 앞으로 절대 없을 거야."

"백배는 아름답다고?"

"어디까지나 주관적으로."

"백배…."

아오이는 그렇게 혈색 좋던 얼굴이 새파래져선 벌떡 일어섰다. 그리고 돌아섰다. 험악한 분위기. 좋지 않은 징조다 싶었다.

"물론 네가 실은 사이어인이고, 초사이어인이 될 수 있다면 얘기가 다르겠지만."

농담으로 하는 이야기였다. 하지만 아오이는 웃지 않았다.

대신 계단을 향해 걸어가더니 한 번 뒤를 돌아보고 손가락을 내밀며 이렇게 선언했다.

"네 마음은 잘 알겠어. 그리고 앞으로 넌 내 마음도 아~주 잘 알게 될 거야. 진심이야."

나는 사형을 선고받은 것처럼 등줄기가 오싹해지는 감촉을 처음으로 체험했다.

8.

"그랬구나. 아오이가 널 원망하게 된 사정을 잘 알았어. 그리고 네가 날 지키기 위해 비밀 결사 계획을 세운 이유도."

후카는 그러더니 프렌치프라이 하나를 내 입에 넣었다.

"그래도 내가 인사해야겠네. 고마워."

"유어 웰컴."

후카는 내 반응은 듣지도 않고 다음 미스터리에 빠져든 것 같았다.

"문제는 왜 그 분노가 미나미에게 향했을까. 짐작 가는 곳 없어?"

"하나 있어. 아침에 등교하던 도중에 미나미가 다친 걸 보고 도와줬을 때 등에 시선을 느꼈거든. 난 그게 너인 줄 알았는데 아오이였을지도."

"아마도 그럴 거야. 내가 그 장면을 본 건 교실 창문에서였거든. 시선을 느낀 각도가 전혀 달라."

보고는 있었던 거네.

"네 각도에서 아오이의 존재는 확인할 수 있었어?"

"아니, 교실 창문으로는 전신주니 벽 그림자니 여기저기 사각이 있으니까. 하지만 만약 아오이에게 그 장면을 들켜 착각이 시작됐다면 일이 피곤해졌는걸."

"역시 그럴까."

"당연하지. 미나미는 너 때문에 무시당하는 거나 마찬가지 인데."

"그렇지."

걱정하던 대로다. 나는 그 가능성을 처음부터 의심하고 있었고, 그래서 더더욱 아오이에게 직접 이유를 물어본 것이었다.

"이렇게 된 이상 오해를 풀 수밖에."

"어떻게?"

"미나미한테 차갑게 대한다."

"만약 네가 미나미한테 차갑게 대해도 사태가 수습될 것 같진 않아. 그러면 아오이는 네가 정말 좋아하는 애가 누군지 계속 추궁할 테니까."

"그거 곤란하네. 너라곤 말 못 해."

"나는 말해도 상관없지만? 무시하기 이전에 내 존재는 인식조차 하고 있지 않을 것 같으니까."

하긴. 평소에 헬멧을 쓰고 다니는 그녀처럼 너무나 이질적인 존재라면 그들의 의식 바깥쪽에 자리하고 있는 면이 있을 거다.

하지만 만약 내가 후카를 좋아한다는 걸 안다면 지금처럼 대할 것 같지 않았다. 아오이는 더더욱 끈질기게 추적하겠지. 경우에 따라선 남자들을 끌어들여서 악질 행위로 발전시킬 가능성도 있다. 그런 사태만은 피하고 싶다.

"내가 널 좋아한다는 걸 들킬 순 없어."

"그런 모양이네. 그러니까 비밀 결사 같은 걸 생각해냈겠지. 아오이한테서 고백을 받은 뒤 학교의 그 누구도 우리가 대화하는 모습을 본 사람은 없어. 전부 네 헌신적인 사랑 덕분에."

"고마워할 건 없어."

"고맙단 소린 아까 했거든."

"괜찮다니까. 키스를 해주겠다니. 괜찮아, 마음만 받을게."

"누가 키스한다 그랬어? 뻔뻔하긴. 네가 날 좋아한다는 이유로 내가 곤경을 겪는다면 널 격렬히 규탄한 다음 바다에 던져버릴지도 모르겠다."

"그, 그렇게까지?"

"당연한 행위잖아."

지기 싫다는 얼굴로 흥, 입술을 비죽 내밀고 있는 모습. 그 입술을 빼앗고 싶었다. 예전 같으면 간단하게 그랬을 거다. 그러나 후카를 상대로는 간단했던 일이 너무나 어려워진다.

"어쨌든 널 끝까지 지키겠어."

"멋지네. 반하진 않겠지만."

"이미 반했을지도 몰라."

"카프카가 되지 않는 한 무리."

그녀는 가볍게 받아넘긴 다음 먼 곳을 바라봤다.

요즘 가끔씩 먼 곳을 바라본다. 가구야히메(주11)가 달에 돌아가기 전날 밤 같은 얼굴. 그 눈을 보면 나는 항상 가슴이 답답해졌다. 왠지 곧 그녀를 두 번 다시 볼 수 없게 되는 건 아닌가 하는 무서운 예감에 사로잡히기 때문이다.

이 예감이 맞는다면 그 원인은 뭘까? 츠키야가 또 방해해서. 이렇게 나와 즐겁게 대화를 나누는 오늘도 집에 돌아가면 후카는 츠키야와 단둘이다. 피가 섞이지 않은 두 사람은 오늘 밤에 뭘 먹고 어떤 이야기를 나눌까?

그녀는 일어나서 트레이에 담긴 쓰레기를 쓰레기통에 넣었다. 가려나 보다.

"오랜만에 너와 대화할 수 있어서 좋았어. 조금 신경이 쓰였거든."

"응? 뭐가?"

"비밀 결사라 그래놓고 실은 날 향한 관심이 시들어서 대화를 하기 귀찮아진 것뿐 아닐까. 그렇다면 어쩔 수 없는 일이지만."

예상 밖의 말이었다. 나는 그녀가 아주 둔감해서 내가 어떤 모션을 걸어도 흥미가 없는 줄만 알았다. 그래서 카프카가 되지 못하면 관심을 받지 못할 거라 생각했다.

하지만 지금 반응은 뭘까? 그녀의 마음속에서 나라는 존재는 뜻밖에도 중요한 위치를 차지하고 있는 걸까? 가만 바라보고 있었더니 후카는 내게 마음을 읽히고 싶지 않은 것처럼 시선을 돌렸다.

일어서 팔을 붙잡고 품으로 끌어들였다. 저항은 없었다. 그녀는 밝은 날의 우산처럼 가만히 내 품에 안겨 있었다.

"조금만 기다려줘. 이번 건은 깨끗이 정리할 테니까."

"어떻게?"

"어쨌든 내게 맡겨."

내겐 대책이… 아무것도 없었다.

하지만 어떻게 다른 말을 할 수 있겠는가.

9.

그날 방과 후, 나는 아오이에게 데이트하자고 했다. 이리저리 고민해도 좋은 장소가 떠오르지 않아서 S공원에서 만나기로 했다. S공원 연못은 평화롭다. 상대에게 사악한 욕망이 똬리를 틀고 있어도 이를 숭고한 혼으로 바꿔주는 신비로운 힘이 작용하고 있다. 단 한 가지 아쉬움이라면 여름에는 벌레가 많다. 유칼립투스 아로마를 뿌리고 오길 잘했다. 아니었으면 모기들의 잔칫상이 되었을 테니까.

오늘도 내가 좋아하는 벤치에는 검은 정장의 남자, 청바지에 T셔츠라는 간결한 차림으로 무더위를 날려버릴 듯한 상쾌한 향기를 풍기는 여성이 함께 있었다. 예전의, 어른이면서도 얌전한 연애놀이를 하고 있던 그 두 사람이다.

미학이 어떻다느니 포가 어쨌다느니 하는 이야기 중인 두 사람의 대화에 살짝 귀를 기울이며 나는 옆 벤치에 진을 치고 아오이가 오기를 기다렸다.

"이제 와서 뭐? 이렇게 모기 많은 곳에서."

목소리가 들린다 싶더니 아오이가 털썩 내 옆자리에 앉았다. 오늘 아오이는 몸의 선이 뚜렷하게 드러나는 보라색 바지와 검은 탱크톱 차림이다. 학교에 있을 때와는 달리 짙게 화장까지 하고 있으니, 화난 말투와는 반대로 내게 뭔가를 기대하고 왔다는 게 보였다.

그래도 아오이는 지난번 굴욕을 잊지 못한 듯 내게 깔보는 듯한 시선을 보냈다. 나는 유칼립투스 오일을 건넸다. 아오이는 무표정하게 받더니 오일을 바르고 돌려줬다.

"실은 오해를 풀고 싶어. 나는 미나미를 전혀 좋아하지 않아. 사귀지도 않아."

"미나미를 감싸기 위해 그런 소리를 하는 거잖아."

나는 격렬하게 고개를 가로저었다.

"아냐. 네게 하지 못했던 말을 솔직하게 할 생각이야."

"내게 하지 못했던 솔직한 말?"

"네게 비밀로 한 게 있어."

아오이는 떠보는 눈으로 날 바라봤지만, 얼마 후 고개를 끄덕였다. 내 이야기를 들을 마음이 생겼나 보다.

"젠더라는 거 알지? 세상에는 생물학적으로 분류된 남녀 외에도 사회적 성별이 있는데, 간단히 말하면 사회에 내가 남성인지, 여성인지 표명하는 거야.

"아, 그거라면 알지."

"…나는 슬프게도 생물학적 남녀관에 사로잡혀 있어. 나 스스로도 굉장히 한심스러워. 하지만 어쩔 수가 없어. 지금은 그런 나 자신을 변화시킬 방법이 생각나지 않아. 나는 생물학상 여성을 좋아해. 그러니 미나미에게도, 아오이에게도 흥미를 갖지 못해."

"…그랬어? 나는 지레짐작으로…."

미나미 요이치로와 노노야마 아오이는 외모가 중성적이고 젠더리스 분위기를 풍기는 남자들이다. 사는 세계가 다르다고 처음에 말한 건 이런 이유였다. 중세적인 오라를 풍기는 그들 주변에는 늘 여자들 무리가 따라다닌다. 평범한 남녀 사이와 달리 한층 거리가 가까워 보인다. 그녀들의 입장에서는 여자들만의 대화까지 통하는 즐거운 존재이리라.

하지만 미나미와 아오이 사이에는 결정적인 차이가 있다. 미나미는 여자를 좋아하지만 아오이는 남자를 좋아한다는 것. 바로 나를 말이다.

최근 미나미와 아오이처럼 중성적인 외모의 남자들이 늘어나고 있다. 그들은 일견 동성애자처럼 보이지만 이성애를 표방한다. 최소한 고등학교 같은 좁은 사회에 머무는 동안은 이성애자의 스탠스를 무너뜨리지 않는 경우가 많다. 실제로는 다양한 케이스가 있을 테고 동성애자가 일정 비율을 차지하겠지만 진실을 말하지 않는 경우가 대부분이다. 이 나라는 젠더 의식이 발달한 곳이 아니라서 차별당하기가 너무 쉬우니까.

그래서 아오이가 도서관에서 내게 그런 일을 벌일 때까지는 나도 설마 아오이가 정말 생물학적 성별을 뛰어넘어 이렇게 나올 줄은 생각지도 못했다.

나처럼 뿌리부터 여자를 좋아하는 입장에서는 철저하게 수수께끼 같은 행동이다.

"네가 착각한 포인트도 몇 가지 있으리라 생각해. 난 네 호의를 거절한 적이 없고 미나미에게도 친절하게 대했을 거야. 하지만 그건 연애 감정도, 음흉한 속마음 때문도 아니었어. 나는 속마음이 있는 사람에게는 친절하게 대하지 않아. 오히려 상대를 가학적으로 대하거나 더 많이 좋아하게 되면 아무것도 못 해. 친절하게 대할 때는 아무 흥미도 느끼지 못하는 경우야."

"자신이 낡은 가치관에 사로잡힌 인간이라는 걸 말해주기 위해 오늘 여기 불러낸 거야? 촌스럽게."

나는 고개를 가로저었다.

이것만으로 내가 진정한 자유를 얻었다고는 할 수 없으니까.

한 가지 더 큰 도박에 나서야 한다.

"실은 지금 네게 말한 건 전부 겉모습에 불과해."

"겉모습?"

"실은 나도 네게 끌리고 있어. 하지만 내 아버지는 무서운 사람이야. 내가 똑바로 남자로 자라고 있다고 믿고 있어. 그래서 나는 앞으로도 널 좋아한다고 표명할 수 없어. 평생."

100퍼센트 거짓말이다. 이렇게까지 내 혀가 나불나불 거짓말을 할 수 있다는 게 어떤 의미로는 위협적이다. 조금 스스로가 무서워진다.

"그러면 괴롭지 않아?"

"괴로워… 하지만 어쩔 수 없어. 나는 아버지를 거역하지 못해. 생물학적인 성을 사회적인 성으로 하고 살아갈 수밖에 없어."

"실은 나도 마찬가지야. 학교와 집에서 쓰는 말투가 전혀 달라. 부모님은 날 너털너털한 아들이라 생각하고 계셔."

아오이의 가정환경은 복잡한가 보다. 그는 날 꼭 안았다. 나는 피하지 않고 받아들였다.

"우린 닮았구나."

"닮지 않았어. 너는 그런 자신을 표명하며 살아가는 강한 자아를 가지고 있잖아. 아직 젠더 의식이 발달하지 못한 시골 마을 같은 사회인 이 나라에서. 대단한 일이야. 하지만 난 자신의 감정을 인정할 용기조차 없어."

"잘못하고 있구나. 더 강해져야 해!"

아오이의 얼굴이 눈앞으로 다가왔다. '키스할 생각이다'라는 건 바로 알았지만 거절하지 않았다. 그들의 가치관에 물들 수는 없지만 성별을 피지컬로밖에 보지 않는 표면적인 가치관으로 살아가는 스스로를 벌주고 싶었다.

나는 『심판』의 주인공이 처형당했듯 스스로에게 사형을 선고했다. 그것이 바로 스스로 깨닫지 못한 죄에 내려진 벌이다. 개죽음을 당하는 신세가 된다 해도 성 정체성은 바꿀 수 없다는 걸 알았다. 아오이가 그랬듯이.

성별은 사실 아무래도 좋았다. 그저 나는 가노 후카를 사랑하고 있다. 이 세상 그 누구보다도.

"아오이, 고마워. 방금 키스를 나는 무덤까지 가져갈게."

방긋 웃으며 말하곤 나는 일어섰다.

"안녕."

"고마워, 그냥 여자를 좋아하는 사람이면서 이렇게까지 해줘서."

"…엥."

들켰나.

아오이는 후훗, 웃기 시작했다.

"오늘 네 태도는 합격. 그러니 용서할게."

"…생큐."

단숨에 전신의 피로가 몰려온다. 그 자리에서 바로 쓰러질 것 같을 정도로. 하지만 나는 우아한 미소를 담고 아오이에게서 멀어졌다. 아오이도 막으려 하지 않았다. 나를 잠자코 보내준 아오이는 지금까지보다 한층 아름답게 빛나고 있었다.

그것은 경계선에 선 사람들의 모습이었다. 나는 스스로의 좁은 가치관의 한계까지 가버렸다. 이걸로 된 걸까. 그리고 당돌하게 욕구가 밀어닥쳤다. 후카 홀릭. 후카후카후카.

나는 후카를 입에 담으며 공원을 나와 S공원 역까지 달렸다. 아직도 후카의 휴대전화 번호를 모르는 건 큰 문제라는 걸 다시 한 번 느꼈다. 슬슬 후카한테 가르쳐달라고 하자. 아니, 휴대전화가 있기는 할까.

"마침내 남자한테까지 손을 대다니."

개찰구를 지나가자 초등학생 여자애가 이런 식으로 말을 걸었다. 아니, 잘 보니 초등학생이 아니었다.

"후카…."

변장할 생각이었는지 오늘은 헬멧을 노란색으로 바꾸고 빨간 책가방까지 등에 메고 있다.

"키스한 게 아냐. 당한 것뿐이지."

"넌 손해 보는 성격이구나. 나는 흉내도 못 내겠어. 그러다 거짓말이 진실이 되어 남자를 좋아하게 될 수도?"

"내 허용범위는 그렇게까지 넓지 않아. 그저 거짓말을 하고 나서 든 생각은, 성별이란 결국 대단한 문제가 아니라는 것이었어."

"흐흠, 그래서?"

"난 생물학적 남성을 좋아하게 되는 일은 앞으로도 없을 거라 생각해. 하지만 만약 후카가 성전환을 해서 남자가 된다면 그땐 주저하지 않고 모든 걸 받아들일 거야."

"흠, 넌 아직도 빙빙 돌려 날 꼬드기고 있는 거야?"

"이 말을 빙빙 돌린 걸로 받아들였다는 점은 놀랍지만, 그런 셈이야. 부탁이 있어. 네 키스로 방금 전 키스를 덮어씌워주지 않을래?"

"무리."

즉답. 동시에 전차가 들어온다.

우리는 거기 타서 빈자리에 앉았다.

"저기, 네가 그렇게 말해주는 게 난 기쁘지 않은 게 아냐. 하지만 나는 『심판』의 결말처럼 언젠가 죽음을 선고받게 돼."

"죽음을? 누구한테서?"

내 뇌리에 떠오른 건 말할 필요도 없이 츠키야였다. 그녀를 내게서 떼어놓는 남자. 그는 후카를 관리할 뿐 아니라 죽음을 선고할 권리까지 가지고 있는 건가. 등에 두더지가 기어 다니는 것 같은 느낌이었다. 냉철한 츠키야라면 한 소녀의 생명을 좌지우지해도 이상하지 않게 느껴졌다.

어떤 인물이 자신을 살려두고 있다는 의식이 강한 아이는 어떤 인물이 죽으라면 죽음을 선택할 위험성이 있다. 일그러진 자리에는 일그러진 윤리가 작용하는 법이니까.

"넌 오빠한테 너무 심하게 속박당하고 있어. 오빠와 떨어져 사는 게 나아."

"츠키야 오빠와는 상관없는 일이야."

"그렇게 생각하려는 것뿐이잖아."

"아냐. 아무것도 모르면서!"

후카가 그렇게 말했을 때 전차가 멈추고 문이 열렸다. 도코로나시 역에 도착한 것이다. 후카는 동시에 뛰쳐나가고 말았다.

"기다려, 후카!"

도코로나시 역 플랫폼은 사람으로 가득했다. 나는 인파를 가르며 어떻게든 후카의 등을 놓치지 않도록 앞으로 나아갔다.

하지만 계단을 올라가는 모퉁이에서 그녀의 행방을 알 수 없게 됐다. 집으로 돌아갈 생각이라면 동쪽 출구에서 오른쪽으로 틀어야 할 터. 모냐, 도냐. 나는 오른쪽으로 방향을 틀었다.

그 직후 생긴 일이었다.

동쪽 출구 주변에서 사람들이 웅성거리는 소리가 들려왔다.

"누가, 구급차를!" 누군가가 외치는 소리.

설마….

달려가니 동쪽 출구 바로 앞에 사람들이 몰려 있다. 밖에는 어느새 비가 내리고 있었다. 7월 끝자락의 비는 더위를 누그러뜨리면서 동시에 찜통 같은 습기를 만들어내 냄새를 풍겼다.

그 사람들의 원 한복판에 후카가 있었다.

하지만 다음 순간, 모세가 바다를 가르듯 사람들 사이로 길이 열렸다.

"경찰입니다. 비켜주십시오."

나타난 인물은 가노 츠키야였다. 그는 형사 배지를 내밀고 길을 열더니 그대로 후카를 안아 들고 걷기 시작했… 으나 곧 인파 속에서 나를 발견하고 한 번 걸음을 멈췄다.

"저도 따라갈게요."

생각보다 말이 먼저 튀어나와 츠키야 앞에 우뚝 섰지만, 츠키야는 조용히 고개를 저었다.

"비켜라, 소년. 네가 나설 자리가 아냐."

"하지만…."

"공무 집행 방해로 체포한다. 부모님이 슬퍼하실 뿐 아니라 네 미래에도 큰 흠집이 생길 거다. 그래도 좋은가?"

"그럴 수 있다면 해봐."

이 녀석한테서 그녀를 뺏겠다. 아니면 아무리 시간이 가도 나는 후카와 함께할 수 없다. 결론을 내야 하는 게 지금이라면 그래도 좋다.

하지만 츠키야는 눈을 감고 실소를 머금었다. 그다음 조용한 목소리로 말했다.

"다시 한 번 말하지. 비켜라. 그녀가 죽어도 좋나?"

"…죽어…?"

생각지도 못한 말에 망연자실했다. 대체 무슨 의미인가?

츠키야의 품속에 있는 후카의 표정을 확인했다. 그녀는 쇠약해진 상태에서도 힘겹게 눈을 뜨더니 약하게 경련하는 입술로 말을 뱉었다.

"부탁이야… 오빠 말대로 해…."

상황을 받아들일 수가 없었다. 알 수 있는 건 츠키야 한 사람만의 의견이 아니라 후카가 내 동행을 바라지 않는다는 것. 그리고 이것은 그녀의 목숨이 걸린 문제라는 것.

나는 길을 비켰다. 의지와는 상관없이 발이 멋대로 물러섰다. 엔진 소리도 내지 않고 조용히 차가 떠나는 것을 지켜봤다. 굴욕적이었다. 하지만 나는 무엇도 할 수 없었다. 그저 길을 비켜줄 수 있을 뿐.

개 같았다. 굴욕, 질투, 걱정, 초조, 쓸쓸함, 온갖 마음을 품고 꼬리를 내릴 수 있을 만큼만 자유로운, 나는 분명히 개였다.

7월 말에 내린 비는, 빗방울의 수만큼 내 죄였다. 나는 젖은 개가 되어 생각했다. 앞으로의 나와 후카의 운명. 그것이 어두운 운명이라도, 밝은 운명이라도 내가 변하지 않으면 안 된다고.

하지만 어떻게 변해야 하지?

-카프카가 되도록 해.

그때 들려온 건 후카의 목소리뿐이었다. 비의 틈새로 날 일으켜 세운 후카의 목소리에 이끌려 나는 달렸다.

어서 집에 돌아가 문자를 치기 위해.

카프카가 되는 거야.

카프카가 되는 거야.

그 어느 때보다도 강하게, 깊게 염원했다.

그때의 바람은 지독하게 기도와 비슷했다.

어떤 화부의 사랑 기록 그 세 번째

후카는 지나치게 둔감했다.

몇 가지 '일'을 훌륭하게 마친 내게 인사도 하지 않고 미소를 짓지도 않다니. 나는 점점 후카를 향한 마음이 넘쳐흐를 지경이었다. 화부로서의 경험치는 상당히 높아진 상태다. 그런데도 후카의 마음은 좀처럼 다가오는 기색이 없다.

좀 더 내게 감사해야 하는 것 아닌가. 왜 그걸 모르는 걸까?

괜한 원망이라는 건 안다. 하지만 누구나 긍지를 갖고 일을 하고 있고, 긍지를 갖고 한 일에 대해 정당한 평가를 받고 싶은 법 아닌가.

이젠 안 되겠다. 이렇게 된 이상 이제 마지막 '일'을 하는 수밖에 없다.

나는 붓을 잡고 편지를 썼다. 물론 필적을 조사하지 못하도록, 왼손으로.

오늘 밤 네 소중한 남자를 화장하는 파티를 연다.

하지만 그에겐 기회를 주겠어.

그 기회를 잡지 못한다면 화장 파티는 없다.

자, 어떻게 될까, 어떻게 될까, 어떻게 될까.

기대된다, 기대된다, 기대된다.

K

이제 됐다. 조금이라도 이 신바람이 그녀에게 전해지면 좋겠지만. 그녀가 나 아닌 그를 사랑한다는 건 의심할 여지가 없다. 그렇다면 그를 지워버릴 수밖에. 다행히도 나는 화부고, 이미 경험치를 상당히 쌓았다.

내가 이만큼 그녀를 즐겁게 해주고 있는데 그걸 모르는 건 지독한 일이다. 이번에는 꼭 알아봐주길.

그리고 대화하자, 네 안의 공포에 대해.

천천히, 차분하게.

평소처럼 숙제를 마친 나는 겨울 등유를 남김없이 써서 화염병을 만들기 시작했다. 마지막 '일'인 만큼 한층 정중하게.

최종화

급 할 수 록
돌 아 가 라

1.

　발신자 표시 제한 전화가 걸려온 건 모레부터 여름방학이 시작되는 날, 4교시와 5교시 사이였다. 마침 그때 나는 처음 쓴, 『화부』를 소재로 한 실패작을 되풀이해서 읽고 있던 참이었다.

　"아, 틀렸어… 역시 써먹을 게 못 돼."

　혼잣말로 중얼거리는 참에 스마트폰이 울렸다. 평소 같으면 발신자 표시가 제한된 전화는 무시한다. 며칠 전 도쿄로나시 역에서 쓰러진 후카를 걱정하느라 모르는 사람과 대화를 나눌 기분도 아니었고, 게다가 츠키야의 얼굴이 떠올라 분노, 질투, 미움, 혹은 그 전부일지도 모를 감정이 신경을 건드렸다.

　하지만 이날은 그만 전화를 받고 말았다. 통화 버튼을 누르자 전화기 너머에서도 학교 종이 울리고 있었다. 상대도 이 학교에 있는 모양이다.

　"가노 후카의 비밀을 가르쳐주지."

남자 목소리인 건 확실하지만 나이조차 판별하기 어렵다. 손수건이라도 입에 대고 있는 걸까. 묘하게 꽉 막힌 목소리다. 아니, 그런데 후카의 비밀이라니?

"누구지?"

"알고 싶지 않나?"

남자는 고압적인 어조로 말하더니 일방적으로 시간과 장소를 정하곤 전화를 끊었다.

그래서 나는 그날 방과 후 체육관 창고 뒤로 가게 됐다. 잠복하고 있던 상대한테 크게 당할 가능성도 있다. 나름대로 이름이 알려진 사람은 모르는 사이에 원한을 살 수 있는 법이다. 손에는 모래. 싸움을 잘하는 편은 아니지만 눈에 모래를 뿌리면 승률이 올라간다. 비열한 싸움이라면 과거에도 꽤 자랑할 만한 승률을 올렸다. 그때 전화벨이 울렸다. 공중전화에서 건 전화다.

"여보세요?"

또 아까의 그 남자일까? 하지만 어째서 이번엔 공중전화일까, 미심쩍어하는데 예상 밖으로 "나야"라는 목소리가 들려왔다. 후카다.

"내 전화번호 알고 있었구나?"

"내가 모르는 건 없어."

내가 자리를 비운 사이에 스마트폰을 만져서 알아낸 거겠지. 스토커라면 그 정도는 태연하게 벌일 일이다.

"오늘 낮에도 한 번 걸었는데 왜 다시 걸어주지 않았어?"

"낮에?"

걸려온 전화는 없었다. 그녀가 착각한 걸까?

"어쨌든 바로 문병을 와줬으면 해." 후카가 말했다.

"응? 문병?"

"뻔뻔하긴. 나 요전에 쓰러졌잖아. 너도 현장에 있었고."

"분명 네가 쓰러진 현장에 있긴 했지."

"나 입원 중이야. 학교에서도 가까워, 오카지마 병원이야."

오카지마 병원이라면 귀갓길에도 들를 수 있는 곳이다. 그런 곳에 그녀가 입원했다는 걸 알았다면 더 빨리 찾아갔을 텐데.

하지만 아직 입원 중이라면 그녀의 상태는 썩 좋지 않은 게 아닐까?

"무슨 병이래? 몸은 어때?"

"걱정해줘서 고마워. 실은 카프카 성분이 떨어져서 괴로워."

"아….."

농담인 줄 알았는데 목소리는 심각했다. 그녀가 어떤 병으로 입원했는지는 모르겠지만 카프카 홀릭을 채울 수 없는 상태란 걸 알 수 있었다.

"단편집이라도 가져갈까?"

"그보다 네가 쓴 이야기를 읽게 해줘."

"뭐, 내가 쓴?"

"새로운 카프카의 싹이 트는 걸 보고 싶어."

생각도 못했던 요구에 다음 말을 이어갈 수 없었다. 분명 나는 지금까지 집필을 계속했다. 얼마 전에는 겨우 장편을 쓰기 시작한 참이다. 예전에 썼던 『유형지에서』의 오마주 같은 작품이 아니다. 제목은 『낙성(落城)』. 카프카의 『성(Das Schloss)』에서 아이디어를 얻었다.

주인공은 나, 후카미 가에데. 이니셜 K로 작중에서 표현된다. K는 프란츠 카프카의 환생이라 자칭하며 어떤 마을에 다다른다. 카프카의 작품을 애독하는 사람들이 많다는 소문을 들었기 때문인데, 막상 마을에 가보니 아무도 카프카에게 흥미를 갖고 있지 않았다. 단 한 사람, 마을 구석의 성에 사는 여성이 카프카의 책을 모으고 있다는 걸 알게 된다. K는 먼 과거, 자신에게 카프카가 되라고 말해준 여성이 이곳에 살고 있다고 확신한다.

그곳에서 K는 그녀와 만나고 싶다 청하지만 좀처럼 허가가 나오지 않는다. 그녀는 피가 섞이지 않은 오빠와 살고 있는데 그 남자가 허락해주지 않는 것 같다.

그러던 어느 날, 겨우 허가가 떨어진다. 시종을 따라갔더니 그곳은 성이 아닌 다른 장소였고….

카프카의 『성』과 같은 길을 밟아가면서도 현대를 무대로 이야기가 진전된다. 다음이 어떻게 될지는 나도 모른다. 하지만 한 가지 알고 있는 건 이 이야기의 엔딩은 나와 후카의 미래를 만들어낼 것이라는 점이다. 나는 그것을 위해 매일 원고를 쓰고 있으니까.

허구에는 현실을 움직이는 힘이 있다. 강제적인 것은 아니지만 정적 가운데 천천히 반성하는 방식으로 현실에 작용한다.

"카프카가 되기 위해 노력하고 있지?"

"그렇지."

"지금 원고는 가지고 있어?"

"어젯밤 프린트한 것까지는 있지만… 아직 쓰는 도중인데?"

오늘 아침 프린트한 부분까지 가방에 담겨 있다. 그걸 지금부터 다시 읽으며 문장을 고쳐갈 생각이었다.

"상관없어."

"알았어."

후카는 빠른 말로 병실 번호를 알려줬다.

"오늘 홈룸은 4시 20분에 끝났을 테니 벌써 방과는 끝났겠네?"

시계를 보니 현재는 4시 29분. 슬슬 비밀을 알려줄 인물이 나타날 시각이다.

"응."

"그럼 4시 40분에는 도착하겠지?"

"에….."

곤란하다. 지금 당장 출발하면 3분 전에는 여유롭게 도착할 수 있을 거다. 하지만 지금부터 사람을 만나야 한다. 그것도 후카의 비밀을 알아내기 위해.

"잠깐 볼일을 끝내고 바로 갈게."

"내 목숨보다 중요한 일이 있다고 생각하는 거야?"

"…없지? 응, 그런 건 없어. 아하하."

"전혀 웃기지 않아."

"그러게. 전혀 웃기지 않네."

"그럼 지금 당장 올 수 있지?"

"알았어. 그렇게 할게. 지금 당장."

1분 후에 예정대로 날 불러낸 사람이 나타난다면, 바로 처리하자. 상대에게 치명적인 대미지를 가하지 않더라도, 비밀을 듣기만 하는 것으로.

"그럼 기다릴게."

대화가 끝난 건지 아닌지 알 수 없는 사이에 전화는 끊겼다. 10엔짜리 동전을 넣어가며 통화한 게 분명하다. 아무리 병원이라지만 이 시대에 공중전화라니. 역시 그녀는 스마트폰이 없는 거다.

하지만 이제 와서 의심이 뇌리를 스쳤다. 어째서 미스터리 전화의 장본인은 후카의 비밀을 내게 말해주려 하는 걸까? 그 경우 이점은 무엇인가? 비밀과 바꿔서 전화 상대는 무엇을 얻으려는 것일까.

발소리가 다가왔다.

나타난 인물은… 남자가 아니었다.

학교 제일의 미녀이자 학생회장인 3학년 마츠자와 미쿠였다.

2.

"무슨 일인가요, 미쿠 선배."

그저 우연일까. 하지만 체육관 창고 뒤에 볼일이 있는 녀석이
그리 많을 리 없지 않나…. 농구부, 배구부라도 창고 안에는 볼
일이 있겠지만 창고 뒤에는 그럴 일이 없다.

가능하면 바로 쫓아내고 싶었다. 이제부터 후카의 비밀을 들
어야 하는데. 그 현장에 미쿠 선배가 있으면 상대 남자는 경계해
서 비밀을 털어놓지 않을지도 모른다.

그런데 여기서 예상 밖의 일이 벌어졌다.

미쿠 선배가 내 몸에 착 달라붙어 떨어지지 않은 것이다. 그녀
는 마치 거머리가 된 것처럼 내 몸에 밀착했다. 그녀의 머리카락
에서 장미향이 풍긴다.

"잠깐, 선배?"

나는 어떻게든 저항하려 했지만 그녀는 내 저항을 봉쇄하기

위해선지 부드러운 가슴을 내게 밀어붙였다.

"쭉 좋아했어."

"…선배가 절 아신다니 영광이군요."

솔직한 감상이었다. 그녀는 학생회장이니 내가 그녀를 아는 건 당연하지만, 상대의 입장에서는 이름 모를 1학년 아닌가.

"입학식 때부터 널 주목하고 있었어."

"이런 백치를요?"

"미안. 나한테는 너랑 같은 학년인 사촌이 있어. 걔가 중학교 시절의 너에 대해 여러 가지를 알려줬어. 그래서 네 본성은 잘 알아."

이유는 알겠지만 지금은 곤란하다. 빨리 물러나게 해야 하는데.

"부탁이야. 날 안아줘."

뜻밖의 전개다. 그녀의 눈은 여전히 몽롱했다.

"가능하지만 불가능합니다."

"가능하지만 불가능?"

"안아드리는 건 가능, 하지만 그 행위로 인해 무언가 의미가 생긴다면 불가능합니다. 가능 but 불가능. 카프카죠."

"멋대로네."

"그래요. 전 멋대로예요. 싫어졌죠?"

"쓸데없이 더 좋아졌어."

"거짓말…."

작전은 실패로 돌아간 모양이다.

"안타깝게도 제겐 좋아하는 애가…."

"후카 말이지? 알아."

안다고? 어떻게? 내가 후카를 좋아한다는 건 후카 말고 다른 사람이 알 리가 없는데. 아니면 미쿠 선배의 사촌은 그런 것까지 조사해낼 만큼 특수 능력의 소유자란 말인가.

"놀란 모양이네. 하지만 당연한 일이야. 나는 학생회장이잖아. 학교 일이라면 대부분 알고 있어. 특히 흥미를 가진 사람은 철저하게 조사하거든. 그게 관리자의 기본이야. 하지만 안타깝네. 후카는 네 것이 되지 않을 테니까."

"어째서요?"

"알고 싶어?"

고개를 끄덕이려던 찰나, 깨달았다.

"설마, 선배가 절 불러낸 건가요?"

"그럼. 후카의 비밀을 내걸면 반드시 올 거라 생각했지. 내 짐작이 맞았어."

"어째서 직접 전화하지 않은 거예요?"

"전화번호를 모르잖아. 그래서 사촌한테 부탁했지."

사촌은 내 전화번호를 아는 건가. 내 연락처를 아는 사람이라곤 이 학교에 다섯 명도 되지 않지만, 그들 중에 미쿠 선배의 사촌이 있다는 얘기는 들은 적이 없다. 하지만 스마트폰 번호를 알아내는 것 자체는 어려운 일이 아니다. 나는 스마트폰을 책상에 둔 채 자리를 뜨는 적이 제법 많으니 그 틈에 누군가가 봤을 가능성도 있고, 몇 안 되는 친구들에게서 퍼져 나가는 것도 있을 수 있는 일이다.

"그런데 왜 후카는 내 것이 되지 않을 거라는 거죠?"

"후카는 영원히 그에게 지배당할 테니까."

"흠… 그? 그…? 누구 말이에요?"

츠키야를 말하는 거겠지. 하지만 상대가 어디까지 알고 있나 알아내기 위해 지금은 쭉 모르는 척하기로 했다.

"그는 그야. 후카를 사랑하고 그녀를 늘 지키는 사람. 그 사람이 있으면 그녀는 언제나 행복할 수 있어. 그녀도 그 사람과 쭉 함께하길 바라고 있고."

상대도 내가 탐색에 들어갔다는 걸 알아차렸는지 간단히 이름을 꺼내지 않는다. 하지만 지키는 사람이라는 말에서 필연적으로 츠키야가 연상된다. 과보호를 하며 늘 바로 그녀의 자유를 빼앗는 남자.

"미쿠 선배는 왜 그런 걸 저한테 가르쳐주시는 거죠?"

"포기하길 바라니까. 하지만 포기하길 바라고 거짓말을 하진 않아. 나는 진실만을 말하거든."

"그 말을 믿어야만 할 이유가 있을까요?"

"믿어주길 바랄 수밖에. 나는 지금껏 학교에서 쌓아온 지위를 버리면서 이렇게 네 품으로 뛰어든 거야. 그건 상당한 각오 없인 할 수 없는 일이고. 만약 그런 마음을 짓밟을 셈이라면 너도 그 나름대로의 각오를 보여줘야겠지."

미쿠 선배 같은 여성의 호의를 받고 들뜨지 않는 남자는 없을 거다. 최고로 우수한 성적에 학교 제일의 마돈나 소리를 듣는 학생회장. 누구나 부러워할 타입이다. 하지만 여기 예외가 한 명 있었다.

시계를 보니 4시 34분. 슬슬 자리를 벗어나지 않으면 곤란한 시간이다.

문제는 그녀의 말의 신빙성이었다. 미쿠 선배가 하는 말이 사실이라면, 분명 내겐 후카를 기다릴 의미가 없어진다.

하지만 사랑이란 본디 거래였던가?

연일 나는 온갖 시뮬레이션을 해왔다. 츠키야와 후카가 서로 사랑하는 사이인 경우, 처음부터 이길 수 없는 상대에게 승부를 건 셈이 된다. 하지만 그렇다 해도 내 감정이 억눌리는 건 아니다.

미쿠 선배는 후카가 누구의 것인지 밝혀서 내가 포기하길 바라고 있다. 그 자체가 내겐 효과를 발휘하지 못했다.

"선배, 떨어져주지 않을래요?"

"어째서? 무엇을 버려도 아깝지 않을 만큼 널 좋아하는데. 아니면 내가 싫어?"

"아뇨. 그저 후카를 향한 마음은 차원이 너무 달라서요. 후카
가 누구의 것이 되건 제겐 상관없어요. 그건 무엇을 버려도 아깝
지 않을 만큼 미쿠 선배가 절 좋아하는 것과 똑같은 일이에요.
선배는 이해해주시겠죠? 제가 누구의 것이라도, 무엇을 버려도
아깝지 않다면, 저를 향한 미련이나 질투심은 버려주시겠죠?"

"그런⋯."

나는 그녀의 사랑 논리에 따라 그녀를 굴복시켰다. 학생회장
이든 뭐든 한 사람으로서의 자아는 소소한 것이다. 우주 이야기
를 꺼낼 것도 없고, 이 지구라는 별을 거론할 필요도 없다. 체육
관 창고만 비교해도 그녀의 존재는 꽤나 소소했다.

그리고 그런 작은 존재가 정보 하나로 날 마음대로 다룰 수 있
을 거라 생각했다니 웃음이 나온다.

미쿠 선배는 분명 아름답다. 하지만 그것은 지상의 미에 불과
하다.

"미쿠 넌 아름다워."

나는 경어를 빼고 그렇게 말했다. 미쿠 선배의 볼은 사과보다
더 빨개졌고, 그 눈은 아무 일 없었음에도 모든 것을 끝마친 것
같은 얼굴이었다. 그저 그녀의 허리를 안았을 뿐인데도.

"하지만 미안하게도 널 행복하게 해줄 수 있는 건 내가 아냐.
오늘은 돌아갈게."

"아아, 그럴 수가…."

그녀는 새파랗게 질리기 시작했지만, 아직 마력이 작용하고 있는지 저항하지 못하는 것 같았다. 내가 떠나가는 걸 막지도 못했으니까.

나는 그녀에게 등을 돌리고 걸어가며 계속 말했다.

"넌 언젠가 오늘 일을 다시 떠올리겠지. 그리고 깨달을 거야. 중요한 건 상대의 마음이 아니라, 내가 어디로 향해야 하는가, 라는 것을. 그것이 사랑이라고. 넌 날 일편단심으로 사랑하도록 해. 그리고 나는 내 사랑을 관철할 테니. 내일을 향한 문을 열어."

분명 미쿠 선배의 마음속에서 나는 이 세상에 하나뿐인 성스러운 존재로 승화했을 게 분명하다. 하지만 안타깝게도 성스러운 존재는 이 세상에 오직 하나, 가노 후카뿐이다.

후카가 다른 누구의 것이고 다른 누구의 사랑을 받는다 해도, 후카가 그 인물을 사랑한다 해도, 내가 후카를 사랑한다는 사실에는 하등 영향이 없다.

나는 병원으로 향했다. 4시 36분. 달리면 어떻게든 늦지 않을 것 같다.

하지만 순간, 깨달았다.

이대로 병원으로 향해선 안 된다는 것을.

3.

병원에 뛰어든 건 약속 시간에서 15분이나 지난 4시 55분이었다. 후카는 1인실에서 링거를 맞으며 누워 있었다. 그녀는 날 보더니 찌릿 날카로운 표정으로 노려봤다. 화가 난 걸까. 당연하지. 시간이 많이 지났으니까.

하지만 내 입장에선 오랜만에 그녀의 얼굴을 볼 수 있어서 기뻤다. 잠시 보지 못한 동안 볼 살이 살짝 빠졌고, 헬멧을 쓰지 않은 머리카락은 보다 길어져 하얀 침대 위에 용의 꼬리처럼 늘어뜨려져 있었다.

"늦어서 미안. 담임 선생님이 부르는 바람에 늦었어."

나는 가방에서 원고를 꺼내 후카에게 건넸다.

그녀는 원고를 받아 들곤 미심쩍다는 표정으로 날 쳐다봤다.

"꽤 힘들게 뛴 모양이네."

"…학교에서 늦게 나왔으니 그만큼 서둘러야 할 것 같아서."

"흐음."

후카는 전혀 믿지 못하겠다는 얼굴로 그리 말하더니 팔랑팔랑 원고를 넘기며 쭉 살폈다.

그러곤 "아직 멀었네"라고 한마디 던졌다.

"에, 역시 안 돼?"

"문법 오류가 많아. 그건 체크해줄게."

"내용은 어때?"

"한순간에 그렇게까지 읽어낼 수 있을 것 같아? 받은 지 아직 몇 초밖에 안 됐어."

"너라면 가능하지 않아?"

"과대평가하는 거야. 뻔뻔하긴."

"몸은 좀 어때?"

"좋아졌어."

"정말? 상태가 안 좋아 보이는데. 창백하고."

"실례되는 소리. 병원 벽 색깔 때문이야. 여기 있으면 건강한 사람도 환자처럼 보여. 실은 그다지 좋지 않아. 한시라도 빨리 여기서 나가고 싶어 견딜 수가 없거든."

"하지만 츠키야 오빠가 내보내주지 않아?"

"그렇지."

후카는 대답하며 눈길을 돌렸다. 본심을 감추고 싶나 보다.

"그럴 때 넌 화를 내지 않아. 어딘가 츠키야 씨 말에는 늘 순종적이야. 왜 그럴까."

"츠키야 오빠는 늘 날 생각해주니까. 다른 이유는 없어."

"츠키야 오빠가 잘못된 선택을 하고 있다는 생각은 없어?"

"내가 그렇게 생각하는 건 큰 의미가 없어. 내게 주어진 건 이 순간이 있다는 것뿐이니까."

"주어진 건 지금…."

"한정된 시간에는 합리, 불합리가 없어. 그저 공백을 매우기 위해 카프카를 읽는 거지. 나는 읽기를 계속 할 운명에 놓인 사람이야. 너는 쓰기를 계속 할 운명인 거고. 네가 계속 그렇게 믿는다면."

"내가 그렇게 믿을 수 있다면."

나는 바보처럼 후카의 말을 따라 하며 호흡을 정리했다.

"꽤 중요한 일이 있었나 봐."

"응?"

"여기 도착해서 문을 여는 순간 상상했어? 내 숨이 끊어진 뒤일지도 모른다고."

"그건⋯."

"상상하지 않았겠지."

"미안."

"괜찮아. 내 목숨보다 소중한 일이 네게 있다 해도 상관없어. 그도 그렇겠지. 내 목숨보다 중요한 예정도 있을 수 있지. 나는 그렇게 내 생명의 가치를 높게 쌓아오지 않았으니까.

"아니, 그런 게 아니라⋯."

"카프카의 『시골 의사(Ein Landarzt)』라는 단편, 읽어봤어?"

"응?"

"『시골 의사』. 두 번 말하게 만들지 마. 읽었어? 안 읽었어?"

"읽었어."

스토리는 이러하다.

어느 시골에 사는 의사가 15킬로미터 정도 떨어진 마을에 왕진을 갈 수밖에 없게 됐다. 그러나 마구간에 말이 없다. 대신 돼지우리에서 말 두 마리를 돌보는 마부가 나타난다. 의사는 마부에게 동행을 요구하지만, 마부는 하녀 로자에게 푹 빠져 집을 지키겠다고 한다.

마부가 신호하자 마차를 끌게 된 말이 달리기 시작하고, 의사는 어쩔 수 없이 목적지인 마을로 향하게 된다. 하지만 환자라는 소년은 건강 그 자체였다. 의사는 소년보다 오히려 남자와 둘만 놔두고 온 로자가 신경 쓰여 서둘러 돌아가려 한다. 하지만 그때 소년의 옆구리에 있는 상처가 벌어졌음을 깨닫는다. 마을 사람들은 의사의 옷을 벗기고 치료를 강요한다.

소년을 위로하며 틈을 타 옷가지를 긁어모아 마을에서 탈출해 돌아가려는 의사. 하지만 올 때와 달리 마차는 느릿느릿 전진한다.

알몸으로 말을 채찍질하는 의사의 귓가에 마을 아이들이 그를 놀리려 부르는 노래가 들린다. 이 일로 의사 일을 하지 못하게 되겠지. 그리고 집에 있는 로자는 몹쓸 일을 당하고 있을 게 분명하다.

그리고 의사는 깨닫는다. 이젠 돌이킬 수 없다고.

망연자실해 있던 도입부부터 돌이킬 수 없게 된 결말까지, 희극적 산문시 같은 페이스를 이어가는 짧은 단편이다. 늘 그렇듯 악몽 같은 초현실 세계. 하지만 현실에서 벗어나 있다는 인상도 뚜렷하다. 단숨에 써내려간 이야기로 느껴졌다.

후카는 무슨 말을 하고 싶어 이 이야기를 꺼낸 걸까? 내가 의아해하자 그녀는 내 얼굴도 보지 않고 말했다.

"아까 네 심경이 의사의 마음과 똑같았지? 망연자실해서 이런 시각에 도착한 지금은 돌이킬 수 없게 됐다는 생각일 거야. 아냐?"

"응? 무슨 소리야?"

"못 알아들은 척할 거야? 그럼 사라져. 네가 거짓말쟁이라는 건 당근빠따로 알고 있었어."

"그런 말 요즘은 잘 안 쓰는데…."

"셔럽."

"그, 그것도 죽은 말…."

"죽어? 그래, 내가 왜 이리 분노했는지는 내가 죽은 후에 천천히 생각해보겠다, 이런 뜻이지?"

"너 오늘 좀 이상해."

겨우 그 점을 깨달았다. 오늘 그녀는 평소답지 않게 화가 많고 표정에도 여유가 없었다.

"입원해 있으려니 신경이 곤두서서 그러는 거야?"

"입원한 탓이 아냐. 죽음을 눈앞에 두고 있기 때문이야. 아, 이런 말을 하는 사이에 벌써 5시네. 5시에는 진찰이 시작되니 이만 돌아가."

"죽음을 눈앞에 두고 있다는 건 무슨 뜻인데?"

"거짓말쟁이한테는 말 안 해. 뻔뻔하긴."

"거짓말쟁이라니, 난 아무것도….'

"아니, 넌 거짓말쟁이야. 급하게 뛰어온 척하면서 멀리 돌아왔잖아."

심장이 덜컥 소리를 냈다.

"돌아오지 않았….'

"넌 분명히 먼 길로 돌아왔어. 학교에 일이 있었다는 것도 거짓말이야. 학교를 나온 뒤 일부러 먼 길을 통해 이 병원에 도착했어. 학교에서 이 병원까지는 거의 일직선인데 너는 일부러 그 직선을 벗어나 꽤 먼 기사라기네 집 방향으로 우회했잖아. 왜 그랬는지는 상관없어. 어쨌든 오늘만큼은 넌 그래서는 안 됐어."

후카는 화가 나서 목소리가 떨렸다. 이렇게까지 화가 나 충동적으로 움직이는 그녀를 보는 건 처음 있는 일이었다. 그리고 이렇게 최대치로 분노했을 땐 끼이이! 라는 소리조차 내지 않는다는 것도 알게 되었다.

"너 정말 싫어!"

그녀는 내게 베개를 던졌다. 나는 그걸 받아서 다시 그녀에게 돌려줬다. 재빨리 그녀는 받자마자 다시 내 얼굴을 향해 던졌다. 이번에는 잡지 않았다. 분명 그녀는 내가 잡지 못할 때까지 계속 던질 생각이니까.

안면에 맞은 베개에서 은은하게 그녀의 머리카락 냄새가 났다.

"나가… 나가…."

베개가 얼굴에서 떨어졌을 때 눈에 들어온 것은 눈물을 흘리며 훌쩍이는 후카의 얼굴이었다. 처음 보는 후카의 우는 얼굴. 그만큼 슬픔을 준 게 다름 아닌 나라는 사실이 무엇보다도 절망스러웠다.

그리고 그녀가 손으로 얼굴을 가린 채 다시 한 번 조용히 "나가"라고 했을 때, "알겠어." 나는 밖으로 나갈 수밖에 없었다.

문을 닫을 때 심장에 몇 천 개의 나이프가 동시에 꽂히는 느낌이었다. 문 너머로 그녀가 오열하는 소리가 들렸기 때문에.

어째서….

어째서 멀리 돌아온 걸 들켰을까?

4.

하늘을 향해 토하는 한숨은 기본적으로 무료. 추가 요금도 일절 없다. 나는 벤치에 누워 나오는 만큼 한숨을 쉬었다.

가끔 의사와 환자가 내 옆을 스쳐 지나갔다. 환자로 보이는 노인은 나도 환자라고 착각했는지, "누구나 죽을 땐 죽어. 젊은 나이니까 너무 걱정하지 마"라고 격려해줬다.

옥상은 어디나 비슷한 분위기가 있다. 경치를 가로막는 것이 없는 해방감과 반대로 고독함이 짙게 깔려 있다. 여름에는 거기에 타오를 듯한 더위가 보태져, 고독함에 불이 붙으면 손쓸 도리가 없어진다.

특히나 이 병원 옥상은 우울과 허무가 촘촘히 짜여 있어 푸른 하늘도 잿빛으로 물들이는 듯 느껴졌다. 그래도 내겐 아직 옥상에서 내려올 기력이 샘솟지 않았다. 원래는 그대로 집에 돌아갈 생각이었다. 하지만 정신을 차려보니 발이 옥상으로 향하고 있었던 것이다.

어디에나 우울함은 돌아다닌다. 그렇다면 하늘과 마주 보고 한숨을 쉬고 싶었다.

총 160번째 한숨을 내쉬었을 때, 옥상에 새로운 그림자가 드리웠다.

가노 츠키야였다.

"소년, 뭐 하러 온 거지? 울리려고 왔나?"

말은 날 탓하고 있지만 표정은 태양에 신경이 마비된 것처럼 멍해 보인다.

물어볼 순간은 지금밖에 없다 싶었다. 지금의 츠키야는 평소보다 마음이 열린 걸로 보였으니까.

"당신은 피가 섞이지 않았다면서요?"

"그게 뭐 어떻다는 거지?"

"사실은 후카를 여자로 좋아하는 거 아니에요?"

말이 끝나기도 전에 츠키야가 웃기 시작했다. 그런 다음 조용히 입을 연다.

"뭐든 연애로 연결 짓고 싶어하는 건 사춘기의 특징인가."

"난 그저 후카를 좋아할 뿐이에요. 한결같이."

"그럼, 왜 울린 거지?"

왜, 왜 울린 거지? 어려운 문제다. 분명 나는 그녀를 울렸다.

빨리 오라고 했음에도 일부러 먼 길로 돌아온 탓이다.

그래서 나는 후카를 슬퍼하게 만들었다. 후카가 기사라기네 집에 들른 걸 의심할 수도 있었는데.

일이 이렇게 되리라곤 생각도 못 했다. 나는 보다 필사적으로 미쿠의 손에서 벗어나야 했다. 그리고 한시라도 빨리 병원에 도착했어야 했다.

"분명한 건 내가 부실한 거짓말을 하지 말았어야 했다는 거예요."

"부실한 거짓말이란 토톨로지(tautology) 아닌가?"

"충실한 거짓말도 존재해요. 오해가 생겼을 때 일이 피곤해져서 그렇지."

"아직 만회할 기회가 있다?"

"그야 그렇겠죠."

"녀석이 살아 있는 동안 만회할 수 있다면 좋겠군."

츠키야는 이렇게 말하더니, 자기가 한 말을 후회하는 듯 쓴웃음을 지었다.

"동생을 잊는 게 더 행복할 수도 있다."

그는 이 말을 남기고 발길을 옮겼다.

"그게 대체 무슨…?"

하지만 내가 몸을 일으켜 질문을 던졌을 때 이미 츠키야의 모습은 사라지고 없었다. 분명 일하러 돌아갔을 거다.

-녀석이 살아 있는 동안 만회할 수 있다면 좋겠군.

후카는 역시 심각한 병에 걸린 걸까. 후카의 오늘 태도가 이상했던 것도 그렇다면 납득할 수 있다. 죽음이 다가오자 혼란에 빠진 것이다. 그런 상황인데 돌아가란 말을 듣고 바로 자리를 뜨다니. 그녀가 원한 건 그 반대였을지도 모르는데.

이대로 후카의 말대로 돌아갈 것인가.

그녀는 전혀 그런 걸 원하지 않을 거다.

나는 돌아서서 달리기 시작했다.
다시 그녀의 병실을 찾아가기 위해.

5.

병원에는 생과 사가 압축되어 있다. 그것이 연명을 위해서건 여명을 위해서건, 혹은 그 밖의 다른 이유건, 어떤 형태로든 생명의 의미를 자각하게 되는 공간이라서 그럴 거다.

나는 아직 이 공간의 공기가 괴롭고 답답할 뿐이었다. 하지만 이 나라의 사망률을 생각하면 내가 이 하얀 벽과 하얀 커튼으로 구성된 공간에서 죽음을 맞이할 확률은 50% 가까이 존재한다.

그 죽음은 고가의 항암제 치료 후에 기다리고 있다. 의학에 부정이 벌어지고 있다고는 생각하지 않는다. 그저 의학의 기준에 맞는, 허위 없는 진단 결과에 따라 많은 사람들이 이 공간에서 목숨을 잃는다.

의학의 올바름과는 다른 권위가 이 세계에 만연해, 얼마나 진정성이 있는지는 이미 문제가 아니었다. 실제로 항암 치료를 해도 죽을 사람은 죽는다. 우리는 끝없는 실험장의 어린양 중 한 마리에 지나지 않는다.

후카도 분명 그럴 거다. 장대한 실험장의 한 사람. 의사한테 이런 소리를 하면 쓴소리를 하겠지만 그들 역시 놀고 있는 게 아니다. 진지하게 사람의 목숨을 대하고, 하나라도 더 많은 사람의 생명을 구하고 싶을 거다.

이권이나 이익을 위해 환자를 보고 있는 의사가 몇 퍼센트 정도는 있을지 몰라도 그건 이 세상의 한 공간당 쓰레기 비율과 크게 다르지 않을 거다.

많은 의사들은 성실하고 진지하게 생명을 응시하고 있다. 그렇지만 병원에는 기준이 존재한다. 의학이라는 기준이 있고, 그들이 아는 연명 조치가 행해진다. 하지만 실제로 의사들은 자신의 무지를 얼마나 자각하고 있을까?

후카의 생명의 질을 그들이 정말 이해하고 있을까? 후카가 웃으면 얼마나 내 마음이 치유되며 몸이 가벼워지는지. 엄마와 아침에 대판 싸운 걱정마저 사라질 만큼 효력이 좋다는 걸 알까?

그런 생각을 하며 후카의 병실을 향해 복도를 걷다 보니, 흰 가운을 입은 남자가 그녀의 방에서 나오는 게 보였다. 주치의일 거다.

"저어…."

스스로도 놀랍게 나는 그를 멈춰 세웠다.

"네, 뭔가요?"

그는 차트로 눈길을 떨구고 무뚝뚝하게 대답했다.

"후카는 살 수 있을까요?"

그제야 겨우 고개를 들더니 나를 진지하게 바라보며 안경을 치켜 올렸다.

"자네는 후카의 친구인가?"

"네. 일단은."

"가능한 한 고통이 없는 상태로 보낼 수 있게 해주고 싶네." 의사는 그렇게 말하더니 한숨을 쉬었다.

"그러기 위해 노력을 아끼지 않을 생각이야."

그는 이 말만 남기더니 빠른 발걸음으로 사라져버렸다.

가능한 한 고통이 없는 상태로….

최소한 고통이라도 없애주겠다는 의미인가. 그럼 이미 그녀는 마지막 단계라는 뜻이다.

나는 걸었다. 아마도 걷고 있었다. 힘이 들어가지 않아 허공을 떠다니는 것 같았다.

문 앞에 도착했다.

그녀는 원고에 뭔가를 빨간 펜으로 표시하고 있었다.

내 모습을 확인하더니 시선을 마주치지 않고 원고를 바라본 채 말했다.

"아까는 내 말이 지나쳤어."

"누구한테나 있는 일이야."

"하지만 네가 거짓말을 한 건 분명해. 문제는 왜 거짓말을 했는가. 아까는 왠지 그런 건 아무래도 좋다고 했지. 하지만 내가 틀렸어. 언제나 중요한 건 '왜' 그랬는가. 나는 네가 너라는 걸 잊고 히스테리를 부렸어. 그 점은 정말 미안해."

"괜찮아."

"분명 넌 거짓말을 했어. 하지만 그건 오해하고 있기 때문이야."

"오해하고 있다고?"

"그래. 냄새는 사라지는 게 아니라 추가되는 거야. 그리고 원래의 냄새는 결코 사라지지 않아. 그 냄새는 학생회장 마츠자와 미쿠 선배가 뿌리는 장미 향수. 넌 미쿠 선배를 만나고 왔지?"

"...응."

어쩔 수 없이 수긍했다. 얼버무릴 수 있을 리 없다. 설마 그녀가 미쿠의 향수를 맡아낼 줄이야.

"처음 네가 병실에 들어왔을 때 지난달 맡은 담배 냄새가 났어. 그래서 네가 내 전화를 받은 다음 굳이 담배 공장 쪽을 지나왔다는 걸 알았지."

더 이상은 굳이 입에 담지 않는 후카.

기사라기 시오리를 만나러 갔을 가능성을 의심하면서도 굳이 지적하지 않은 것이다.

"하지만 네가 나간 후 마지막으로 던진 베개 냄새를 맡은 순간, 그 속에서 희미하게 장미향이 난다는 걸 알아차렸어. 그제야 '왜'의 이유가 조금씩 보이더라. 넌 그녀와 만난 걸 숨기기 위

내가 사랑한 카프카한 그녀

해 빙 돌아왔던 거야. 냄새를 냄새로 없애기 위해. 담배 공장 앞을 지나면 반드시 담배 냄새가 옷에 밴다는, 지난달 깨달은 지식을 떠올린 거지. 여름이라 땀 냄새까지 나는 셔츠라면 더더욱 그럴 거고. 그래서 넌 빙 돌아올 수밖에 없었어. 급할수록 돌아가는 방법을 택해야 했던 거지."

나는 힘없이 인정했다.

"그 말대로야. 나는 네 미움을 받기 싫어서 멀리 돌아왔어. 그러면 냄새가 묻은 걸 들키지 않을 줄 알았으니까. 하지만 미쿠 선배와는 정말 아무 일도 없어. 너와 만나기로 해놓고 그녀를 만날 이유도 없고…."

"나도 그걸 아니까 내가 착각했다는 걸 깨달을 수 있었어. 이건 누군가의 책략이야. 시간이 없음에도 그녀를 만날 수밖에 없었던, 나름의 이유가 있었겠지?"

"그야 물론…."

후카의 비밀을 듣고 싶었다는 말을 할 순 없었다.

"네가 나와 한 약속을 미루면서까지 누굴 만날 생각을 했다면 그 동기는 단 하나, 나와 관련된 일이겠지."

"굉장한 자신감이네."

"사실이잖아?"

정말 날카롭기 그지없다.

"미쿠 선배가 나와 관련된 무언가로 널 낚았다면, 그녀에게 어드바이스를 해준 인물이 있을 거야. 아무리 학생회장이라도 다른 학년 남자애가 누굴 좋아한다는 개인 정보를 입수하려면 그 학년에 연줄이 있어야 해."

"사촌이 있다고 했어."

하지만 그녀와 같은 성을 가진 녀석은 떠오르지 않았다. 누가 미쿠의 사촌일까?

"사촌이라는 게 힌트가 되진 않네. 하지만 그 인물은 분명 널 시종일관 관찰할 수 있는 포지션이야. 우리 반 누군가겠지."

우리 반. 그래도 40명 가까이 된다. 대상을 좁혀가기엔 어려움이 많다.

"미쿠 선배한테 조언한 인물이 노린 게 뭔지는, 미쿠 선배가 널 만나 얻는 이득을 생각하면 간단해. 네가 날 만날 시간이 줄어드는 것."

"하지만 네가 전화를 걸지 않았다면 나는 네가 입원했다는 것조차 몰랐을 거야…."

"나는 낮에도 한 번 너한테 전화를 걸었어. 그때 너 말고 다른 사람이 전화를 받았어. 그리고 그 사람은 네가 자리에 없으니 돌아오면 전해주겠다고 했어."

"뭐라고…?"

나는 점심을 혼자 먹었다. 그 후 화장실에 다녀올 때 스마트폰을 가져가지 않았다. 그 순간 누군가가 내게 걸려온 전화를 받았단 말인가. 착신 이력이 없었던 건 그래서였다. 분명 녀석은 착신 이력을 지워버렸을 테니까.

"남자 목소리였다는 것 말고는 알 수 있는 게 없지만, 그 사람이 혹시 내 스토커였다면 내가 예전에도 입원했다는 걸 이미 조사했을 가능성도 있어. 그렇다면 공중전화로 전화가 걸려온 걸 보고 오늘 병원에서 만날 약속을 한 게 아닐까 의심할 수도 있었겠지. 자연스러운 흐름이야. 즉, 범인은 너와 나를 만나게 하고 싶지 않은 사람."

그것만으로는 용의자가 너무 많이 떠오른다. 우리 반 남자 전원이 범인일 수 있다.

나와 후카의 관계를 아는 인물. 누굴까? 꽤 신중하게 행동했다고 생각한다. 최대한 시선을 피했고 골목으로 돌아다녔다. 후카를 향한 마음은 철저하게 숨겼다. 들켰을 리 없다. 그런데도 알아낸 사람이 있다니?

그녀가 갑자기 기침을 시작한 건 그때였다.

"왜 그래?"

"어서… 간호사를…."

생각하고 있을 틈이 없었다. 서둘러 그녀의 베개 뒤에 늘어져 있던 호출 벨을 눌렀다. 바로 간호사가 달려와 그녀에게 달라붙었고, 나는 병실에서 쫓겨났다.

"지금부터는 면회 사절입니다."

도끼를 휘두르는 것처럼 냉철한 그 말이 내 가슴에 파고들었다. 잠깐만. 아직 중요한 말은 무엇 하나 하지 못했는데.

그녀는 역시 심각한 병에 걸려 있었다.

-죽음을 눈앞에 두고 있으니까.

이대로 영원히 대화를 나눌 수 없게 될 수도 있단 말인가.

나는 태어나서 처음으로 기도했다. 기도란, 아무리 작은 소원이라도 그것 하나가 이루어지지 않을 수 있다는 두려움과의 싸움이란 걸 이때 처음으로 알았다.

카프카라는 부조리의 피막으로 뒤덮인 후카와 나의 세계를 부수지 말아달라고 진지하게 기원했다. 기도는 뻔뻔한 자아의 산물이다. 손때 묻은 자아 덩어리 욕망이다. 이를 기도라는 번드르르한 말로 포장하면 신이 비웃을까. 웃다 나온 눈물이 연못이 되고 바다가 된 걸까. 그리고 그 바다를 모세놀이로 갈라놓은 걸까. 갈라진 사이로 3단 뛰기라도 했을까. 그렇다면 용서할 수 없다. 아니, 그조차도 용서할 테니 부디 그녀를 구해주세요. 구해주세요. 제발, 제발, 제발 욕망 덩어리라고 죽도록 비웃어도 좋으니 구해주세요.

하지만 분명 비슷한 경우를 당한 사람들은 모두 신에게 기도를 드렸을 거다. 그리고 신은 어차피 이 기도를 전부 들어주지 않겠지.

대체 신은 왜 존재할까?

신은 무엇일까? 상태인가, 운인가, 아니면 학력인가. 그 모든 것인가. 부조리'님'이라고 부르면 안 되는 걸까? 부조리한 일이 꽤 높은 확률로 일어나는 이 세계를, 부조리님이라고 부른다면 부조리가 수습되지 않을 정도로 넘쳐날 테니 신이라 이름 붙인 걸까.

하지만 신이라 불러도, 부조리라 불러도 부조리한 일이 사라지지 않는다면 나는 솔직히 부조리를 택하겠다. 부조리여, 혹은 그 기호(記號)인 카프카 님이여.

카프카 님, 그녀를 지켜주세요.

그때 복도에서 걸어오는 발소리가 났다.

츠키야였다.

"걱정하던 일이 일어났어…."

그는 머리를 싸맸다.

"걱정하던 일?"

"발작이야. 후카의 생명은 위기에 놓여 있어. 그리 길지 않을지 몰라."

"…그녀의 병명은?"

"만성 호흡 부전. 건강할 땐 평범한 사람들처럼 행동할 수 있어. 하지만 호흡 부전이 일어나면 내일이라도 호흡이 멈출 수 있어. 그런 병이야."

"치료법은 없나요?"

"하고 있지. 그래도 마지막에는 신에게 의존할 수밖에 없어. 후카는 지금 싸우고 있어. 나는 그저 기도할 수밖에 없고."

나는 그제야 어떤 생각에 도달했다.

"혹시 츠키야 씨가 늘 학교로 마중 나온 건…."

"언제 어떻게 발작이 일어날지 모르니까. 나로서는 최대한 후카의 심장에 부담을 주고 싶지 않았어."

"그랬군요… 유원지에 데려갔을 때 화를 낸 것도 그래서였군요?"

"위험도가 높은 시설에 탔다가 심장이 어떻게 될지 모르니까. 흥분은 한순간에 후카의 목숨을 빼앗을 수도 있어."

기억을 떠올렸다. '절규 브리지'에 탄 뒤 눈물을 글썽이던 후카를.

ㅡ오버 아냐. 정말 죽을 뻔했어.

그건 본심에서 나온 말이었구나.

"하지만 내가 더더욱 두려워한 건 후카가 사랑에 빠지는 거였어. 착각하지 마. 질투해서 하는 소리가 아냐. 내가 두려웠던 건 연애를 하면서 심장 고동이 빨라지는 거였어. 사춘기에는 연애 따위에 일희일비하게 되니까. 후카 같은 호흡 부전 환자의 경우, 평범한 연애 때문에 위험에 노출될 수도 있어. 나는 그게 두려웠다."

나는 착각하고 있었다. 내내 츠키야가 의붓오빠 이상의 감정을 품고 있는 거라 생각했다. 그건 잘못된 생각이었다.

"어쨌든 지금 할 수 있는 건 기도뿐이야. 그것 말곤 없어."

"…네."

이 말대로 기도할 수 있는 정도의 자유밖에 없는 부자유한 세계에 나는 서 있었다. 기도했다. 그저 한결같이 카프카 님, 카프카 님이라고 마음속으로 몇 번이나 반복하며.

병원 로비로 돌아왔을 때였다. 입구 쪽에서 익숙한 교복 뒷모습을 발견했다.

"거기, 잠깐만!"

그 인물은 물론 멈추지 않고 도망쳤다.

하지만 도망치는 모습을 보고 나는 그가 누군지 바로 알 수 있었다. 그건 우리 반 히로세 고지였다.

고지가… 왜?

6.

걸으면서 생각하니 멈춰 서서 생각하는 것보다 조금은 전진하는 느낌이 든다. 이 착각을 이용해서 고지가 병원 앞에 있던 의미를 생각해보기로 했다. 생각에 빠진 동안 다른 가능성이 떠오르지 않게 됐다.

히로세 고지가 바로 미쿠 선배의 사촌이다. 그리고 고지는 후카를 사랑하고 있다. 그래서 내게 반한 미쿠 선배를 이용해 후카와 내 사이를 갈라놓으려 했다.

그러고 보니 고지가 후카와 사귀냐고 물어본 적이 있었다. 그때 고지는 이미 후카를 좋아하고 있었던 거겠지.

사이렌 소리. 구급차가 병원으로 들어오는 소리가 울려 퍼졌다. 나는 이 기회를 놓치지 않고 스마트폰에서 고지의 번호를 찾아 망설임 없이 전화를 걸었다. 고지와는 입학하자마자 번호를 교환했었다. 그땐 이렇게까지 짜증 나는 녀석이라 생각하지 않았다. 미리 알았다면 번호 교환도 하지 않았겠지. 다섯 번 벨이 울린 뒤 고지가 전화를 받았다.

"여보세요. 지금 어디지?"

"응? 무슨 일이야. 학교인데."

뒤에서 구급차 소리가 들렸다.

"정말? 병원 가까이 있는 게 아니고?"

"…무슨 소리를 하는 거야. 이상한 사람이네."

"거짓말하지 마. 너잖아? 미쿠 선배를 끌어들인 건. 왜 그런 짓을 한 거야? 후카를 좋아해?"

고지는 입을 다물고 있었다. 입만 다물면 모든 걸 넘어갈 수 있을 줄 아는 걸까. 아니면 복수를 두려워하는 걸까.

"고지, 보답으로 나도 후카의 비밀을 알려줄게. 네가 만약 후

내가 사랑한 카프카한 그녀

카를 정말 좋아한다면 들어둬서 손해 볼 것 없는 비밀이야. 후카, 이제 곧 죽을지도 몰라."

"…그런 장난은 안 통해."

"호흡 부전이라는 병이래. 어찌 손쓸 수가 없대. 지금 발작을 일으키고 있어. 어쩌면 내일 죽을지도 몰라. 아무도, 아무것도 몰라. 지금 그녀는 의식이 없어. 의사가 치료하고 있지. 병원에서 함께 기다릴까? 살아 있는 그녀를 다시 만나지 못할 수도 있는데."

"거짓말… 거짓말…."

전화는 그렇게 끊겼다.

다시 한 번 걸었지만 고지는 받지 않았다.

후카가 죽음과 마주하고 있다는 걸 알리자 그의 마음속 공포가 끓어오른 것이리라. 내게 거짓말을 들킬지 모른다는 작은 공포보다 훨씬 크고 절망적인 허무였을 거다.

그가 사랑을 하고 있었다면 그건 정말 심각한 허무였을 게 틀림없다. 상상하기조차 어렵다.

나는 메일을 썼다.

-마지막까지 사랑할 자신 있어?

답신은 없었다. 그게 답이었다.

10분 기다린 뒤 다시 한 번 메일을 보냈다.

-나는 있어. 뼈를 골라낼 각오도 있어.

메일을 쓰고 나서 오싹했다. 그럴 각오가 되어 있는 것 같지 않았다. 하지만 그렇게 메일을 쓰면서 내 마음속에서 그럴 의사가 확고히 형태를 갖추기 시작했다. 강제적으로 나는 그런 각오를 가져야 하게 됐다. 그리고 그 무거운 짐으로부터 도망치고 싶은 또 하나의 나는 토악질을 시작했다.

몸속의 모든 걸 토해내는 게 아닐까 싶을 정도로 격렬한 구토였다.

그 후에도 나는 로비에서 여러 시간을 보냈다. 천장에 매달린 액정 TV에서는 빤한 퀴즈 프로그램이 나오고 있었다. 기사라기 야요이가 등장해 바보 캐릭터 연기를 하며 희한한 대답을 연발한다.

옆자리에 앉아 있던 젊은 환자가 혼잣말을 했다. "분명히 성형이야, 저 얼굴." 나는 그 말에 대답했다.

"화장도 성형이에요. 탤런트들은 그런 의미에서 전부 성형. 저기 있는 사람들 대부분이 성형이에요. 조금이라도 즐겁게 살자는 사람들이 그렇게 질투나요? 그럼 성형하시지그래요?"

말이 지나쳤다는 자각은 있었다. 아니, 독을 끼얹은 거나 마찬가지라는 생각이었다. 곤혹스러운 침묵이 흘렀다. 알지도 못하는 사람한테 할 말이 아니었을 거다. 그는 곧 일어섰다.

"고맙다, 학생. 다음 달까지 살아 있다면 그렇게 해보지."

나는 일어선 인물의 용모를 확인했다. 잠옷 차림인 그는 혈색

내가 사랑한 카프카한 그녀

이 나빴고 코에 영양제를 투입하는 튜브를 끼고 있었다. 그 역시 가까이 다가온 죽음을 각오하고 있는 걸까. 그런 가운데 세상에 남기는 혼잣말을 내가 난도질한 건 아닐까. 약한 독도 죽음 앞에서는 맹독으로 변할 수 있다.

후회는 없다. 어차피 모르는 상대 아닌가. 그저 이런 생각이 들 뿐이었다. 죽음을 눈앞에 둔 후카도 아무 의미 없는 대화를 분명 다른 의미로 받아들이지 않았을까.

7시가 지날 무렵, 츠키야가 로비에 나타났다.

"데려다주지, 소년."

"혼자 갈 수 있어요."

"허튼소리 마. 오늘 밤에는 무슨 일이 생길지 몰라. 네가 여기서 기다리고 있다 해도 할 수 있는 일이 없어. 가자."

츠키야는 내 팔을 잡고 일으키더니 바깥에 세워둔 차에 날 밀어 넣었다. 귀찮아서 저항하지 않았다.

"츠키야 씨는 무섭지 않아요? 후카가 언제 죽을지 모르는데."

"무섭지. 매일 무서워. 하지만 다들 그래. 나 역시 매일 흉악범과 싸우며 살아가는 형사야. 언제 뒤에서 누가 칼로 쑤실지 알 수 없어. 너 역시 후카 생각에 빠져 멍하니 길을 건너다가 빨간 신호에 걸려 죽을 수도 있어. 죽음 앞에서는 만인이 평등해. 그래서 나는 매일 두려워하며 살고 있어. 그것밖에 길이 없잖아. 다른 방법이 있나?"

"대신 병에 걸려줄 수 있으면 좋을 텐데."

"그러게. 하지만 당사자는 그렇게 생각하지 않을걸. 만약 네가 병으로 괴로워하고 있다 생각해봐. 그 괴로움을 사랑하는 누군가가 대신해주길 바라겠어?"

"…아뇨."

분명 그렇다. 괴로움을 다른 누군가가, 그것도 사랑하는 사람이 짊어지길 원할 리 없다.

"본인이 원하지도 않는 일을 '이렇게 해줄 수 있다면 좋을 텐데' 생각하는 자체가 자아야. 그런 자아를 입에 담는 것보다 녀석이 하고 싶은 일을 하게 해주는 게 녀석을 위한 길이니 녀석이 원하는 걸 필사적으로 하게 해주려는 거고. 녀석이 널 좋아한다면, 나는 네가 죽지 않게 집까지 데려다줄 뿐이야. 문 닫아."

묘한 논리다. 하지만 어딘가 통하는 바가 있다. 나는 처음으로 츠키야라는 인물에게 친밀감을 느꼈다. 무엇보다도 그가 후카의 오빠의 입장에 서 있다는 게 와 닿았다. 그 역시 후카와 마찬가지로 나름대로의 철학을 갖고서 살아가고 있었다.

'후카가 바라는 일을 필사적으로 해준다'고.

후카가 바라는 일….

어둠은 영원히 후카가 없을지 모를 세계를 떠오르게 했다. 그런 세계가 존재해서는 안 된다고 강하게 염원했다. 하지만 강하게 바라면 바랄수록 그런 세계를 각오해야 할 것만 같았다.

차가 멎었다. 집 앞에 도착했다. 인사를 하며 차에서 내리는 내게 츠키야는 이렇게 말했다.

"달은 저렇게 멀리 있는데도 아주 가까운 것처럼 보이지."

그는 운전석 창으로 달을 보고 있었다. 오늘 밤은 유난히 커다란 달이 빛나고 있었다. 저렇게 크고 가까이 보이는데 달과의 거리는 38만4,000킬로미터. 때로는 구름에 가린다.

"그러네요."

우리들이 생각하는 건 아마 하나일 거다. 후카라는 존재. 멀리 저세상으로 떠날 운명일지 모를 존재가 방금 전까지 곁에 있었다는 것. 그땐 손끝을 대지도 못했다. 만약 달처럼 먼 존재가 될 거라는 사 실을 처음부터 알았더라면 더 필사적으로 그녀를 함락시켰을까?

"다시 달이 얼굴을 보일 일이 있다면, 그때는 보디가드 역할은 네게 양보하지."

츠키야는 이 말을 남기더니 내가 차 문을 닫은 걸 확인한 뒤 자리를 떴다. 집에 돌아가 엄마의 잡담을 한바탕 들은 뒤, 나는 생각에 잠겼다.

후카가 사라진 세계와 후카가 돌아온 세계.

카프카 님.

당신은 어느 쪽을 택하겠습니까?

카프카 님은 그저 침묵하고 있었다.

"저기, 얼마 전 그 일 말이야." 엄마가 입을 열었다. 가족회의 말인가 했는데 역시였다. 그녀는 목소리를 낮추고 물었다.

"아빠한테는 비밀로 할 테니 솔직하게 말해봐."

상투적인 말, 거짓말이다. 아무 의미도 없다. 들키건 말건 상관없다 생각하고 하는 거짓말.

"사실은 그 소설, 네가 쓴 거지? 주인공의 방 구도가 네 방과 똑같잖아?"

그 말에 격렬한 혐오감이 일어났다. 그리고 나도 모르게 이 말을 입에 담았다.

"그래서 뭐? 잔소리도 많네."

그녀는 말을 잃었다. 나는 그런 엄마를 자리에 남겨두고 방으로 돌아가 책상 앞에 앉았다.

후카가 원하는 일을 하자.

-나를 너한테 반하게 만들고 싶거든, 카프카가 되어줘.

그 말이 끝없이 메아리쳤다.

컴퓨터가 부팅되자 나는 쓰다 만 『낙성』의 다음 이야기를 쓰기 시작했다. 이제 누구의 눈치도 볼 것 없다. 개죽음을 당한다 해도 자유를 향해 돌진할 뿐이다.

어떤 화부의 사랑 기록 그 네 번째

K′는 어리석었다. 기껏 기회를 줬건만.

드디어 마지막 일이다. 후카를 향한 사랑을 방해받지 않으려면 이 마지막 미션은 성공시켜야 한다.

이번에는 시체가 나올 수도 있다.

어쩔 수 없는 일이지만.

모든 것은 후카를 자유롭게 만들어주기 위해서다. 후카가 감정의 주름을 드러낼 수 있도록. 그래서 K′는 방해꾼이다.

K′는 내가 몇 번을 물어봐도 후카를 좋아한다는 걸 인정하지 않았다. 인정했더라면 더 빨리 일을 했을 텐데. 괜한 시간을 끌었다.

하지만 나는 얼마 전 두 사람이 함께 있는 모습을 우연히 목격했다. 그래서 주저하지 않고 마지막 일에 나섰다. 거짓말쟁이는 죽어라.

방금 후카에게 보낼 편지도 우체통에 넣었다. 내일이면 후카의 병실에 도착할 것이다.

*

*

*

이게 어쩐 일인가… 후카가 죽어? 그녀가 죽는다고? 이게 무슨 소리인가? 나와 서로 이해하기도 전에 이 세상에서 사라진단 말인가?

화장터에서 그녀도 재가 되는 걸까. 화부인 내 손을 거치지 않고 다른 화부의 손에 화장된단 말인가.

견딜 수 없다. 그녀 없는 세상에 무엇을 남긴단 말인가.

거짓말, 거짓말, 거짓말이다….

그래, 녀석이 거짓말을 하는 거다. K′의 거짓말이 분명해. 그 남자는 늘 주위의 시선을 속이며 살고 있다. 믿을 가치가 없는 남자다. 무엇이 목적일까. 질투하는 걸까. 내가 후카를 차지할까 두려운 건가?

기다려라, 이제 곧 편하게 해줄 테니.

방금 몇 시였지? 슬슬 일을 시작해도 될 시각일까?

아직 K′는 집에 돌아오지 않은 모양이다. 그래도 준비는 해두자. 원래는 내 사촌한테서 후카의 진실을 듣고 K′가 의기소침해져 집에 돌아왔을 때 일을 시작할 생각이었다. 하지만 예상치 못하게 작전은 실패로 돌아갔고, K′가 병원으로 가는 바람에 녀석

뒤에 잠복하고 있었다. 그런데 오히려 들키는 바람에 순간적으로 도망쳤다. 결국 허위 정보에 혼란을 겪었다. 하지만 이젠 그럴 일은 없다.

나는 가방에서 등유가 든 병을 꺼냈다.

곧 집 앞에 차가 멈춰 섰다. 후카 오빠의 차다. K′를 내려주더니 차는 떠나버렸다. 나는 K′의 집에 다가가 심지에 불을 붙였다. 자, 사라져라. 나와 같은 이니셜을 가진 남자. 화염병의 중량에 요즘 들어서야 익숙해졌다. 투포환보다는 쉽다.

나는 그걸 있는 힘껏 던지려고 달음박질을 했다.

"거기까지다."

뒤에서 목소리가 들렸다. 누구지, 젠장… 이런 순간에.

나는 뒤를 돌아보고 목소리의 주인을 확인했다.

가노 후카의 오빠 츠키야였다. 반듯한 얼굴에 꽤나 우아한 미소를 짓고 있다. 내가 싫어하는 어른이다. 달빛처럼 은은히 빛나는 분위기가 밉살스럽다. 허무한 어둠에 불을 밝혀야 하는 건 바로 화부인데.

"히로세 고지, 널 현행범으로 체포한다."

츠키야가 슬그머니 내보인 건 내가 후카한테 보낸 편지였다.

"필적 감정이 나왔다. 낮에 너희 학교에 가서 네가 제출한 프린트의 필적을 확인했지. 제법 차이는 있지만 같은 글자를 쓸 때의 버릇 몇 개가 드러났다. 이걸로 증명할 수 있어. 이 편지로 너는 후카가 좋아하는 남자를 그의 집에서 죽이겠다고 예고했다. 살인 미수 용의도 포함되겠군. 후카가 바로 그를 병원으로 불러낸 덕분에 네 첫 번째 범행은 실패로 끝났다. 그 자리에서 체포했다간 빠져나갈 수 있을 것 같아서 나는 한동안 널 지켜보기로 했다. 내 감이 정확하다면 다시 같은 표적을 노릴 테니까. 내 생각이 맞더군. 나는 그를 데려다준 후 가까운 곳에 몸을 숨기고 있다가 이렇게 네 범행을 막는 데 성공했다."

"무슨 말씀이시죠? 형사님. 범행이라니 이상한 말씀을 하시네요."

"그 손에 든 건 뭐지? 용케 그런 걸 들고 있으면서 무죄를 주장하는군. 아주 뻔뻔해."

내 손에는 화염병이 들려 있는 상태였다.

"…이건… 아하하… 뭘까요…."

나는 도망치려 했다.

하지만 반대쪽에서 또 한 명의 형사가 모습을 드러냈다.

"도망칠 수 없을걸."

손에 든 화염병을 반대편 형사에게 던졌다. 형사는 예상치 못한 행동에 대처하지 못했다. 옷에 붙은 불에 당황했는지 기묘한 댄스를 시작했다.

"젠장." 츠키야가 혀를 차며 동료에게 다가가려 했다. 그 틈에 나는 도망쳤다.

"잡아아아아아아! 잡아아아아아아아!"

옷에 붙은 불과 격투를 벌이며 형사가 필사적으로 외쳤다.

모퉁이를 도는 지점에서 나는 균형을 잃었다. 뒤에서 체중을 전부 실은 츠키야가 날 덮쳐온 것이다.

나는 지면에 엎어지면서도 츠키야의 몸 아래에서 기어 나와 도망치려 했다. 옆구리에 팔꿈치 공격을 먹이고 다시 일어나 도망쳤다. 이번엔 정말 도망쳐 나온 줄 알았다.

그런데 왼발이 움직이지 않는다.

발목에 수갑이 채워져 있었던 것이다.

"아차…!"

어느 틈에. 그 한순간 얽힌 사이에 츠키야는 거기까지 움직였던가.

츠키야는 숨을 헐떡이며 수갑의 다른 한쪽을 노상의 커브 미러에 채웠다. 이런 곳에서 체포되기 싫었다. 밤은 내가 군림하는 제국이자 내 일터였다. 불이, 불만이 그녀의 마음을 흔들 수 있는데. 화부를 그만두면 세계를 내려놓는 거나 마찬가지다. 그것만은…

"소년, 네게 걸린 혐의는 한둘이 아니야. 한동안 거기서 닥쳐오는 공포와 놀고 있어."

츠키야는 이 말을 남기고 빠르게 달려갔다. 동료를 구하러 가는 것이겠지.

어떻게 이 틈에 도망칠 순 없을까. 나는 왼쪽 신발을 벗고 어떻게든 발이 수갑에서 빠져나올 수 없나 시행착오를 겪었다. 하지만 이런저런 시도는 전부 실패로 끝났고, 수갑은 오히려 깊이 파고들어 발목에서 피가 났다.

그저 후카와 서로를 이해하고 싶었을 뿐인데.

이젠 돌이킬 수 없다. 저주받은 K′가 아닌 진짜 K, 내가 죄인이 된 것이다.

에필로그

성이 아닌 장소로 끌려간 K. 그곳은 병동으로 흰 가운을 입은 남자들밖에 없었다. 내게 소설을 쓰게 한 여성과 만나고 싶다고 호소했지만 남자들은 이유도 없이 사과의 말을 입에 담을 뿐, 정작 그녀를 만나게 해주지는 않았다.

병원을 빠져나온 K는 그들에게 뭘 사과했어야 했는지 궁리하기 시작했다. 병실에 그녀가 있었을까? 그리고 의사들은 그녀의 연명 치료에 실패해서 사과한 게 아닐까?

K는 성으로 돌아왔다. 그러자 성에는 불이 난 상태였다.

그녀의 오빠가 불을 붙인 것이다.

-봐라, 이 불은 분명 달에서 봐도 빛을 발할 것이다.

그는 이렇게 말하더니 불길 속으로 몸을 던졌다. 그리고 K는 붙잡혔다. 방화와 살인죄 혐의를 뒤집어쓰고, 그녀는 어디 있냐고 울부짖는 K에게 심판장이 말했다.

-그녀는 이미 이 세상에 존재하지 않는다. 너는 존재하지 않는 자와 한 약속을 위해 계속 소설을 쓰고 있다. 이것이 가장 무

거운 죄다.

그렇게 교수대에 끌려갔다. K는 달을 우러러 보았다. 달은 K를 보고 있다. 하지만 그 찰나 구름이 드리웠다. 구름이 드리운 게 먼저였는지, K의 목에 밧줄이 파고든 게 먼저였는지는 확실하지 않다.

지금 성이 무너진 자리는 출입 금지 구역이 되었고, 유령이 나온다는 소문 때문에 아무도 다가가지 않는다. 옛날 마을 사람들로부터 경치를 가로막던 녹슨 성은 사라졌고 그 자리에서는 달이 너무나 잘 보이지만, 달을 보려는 사람은 이제 하나도 없었다.

그래도 달이 있고, K가 남긴 소설은 그가 죽은 후에도 읽히고 있다. 물론 K가 정말 읽어주길 바란 그녀가 존재하지 않는 세계에서.

마지막으로 다가가면서 자신의 사고가 점점 카프카적으로 변해간다는 걸 알 수 있었다. 카프카가 신이라면 나는 조금씩 신에게 다가가고 있는 거다.

지금까지 내겐 쓸 테마가 없었다. 최초로 쓴 카프카의 『화부』를 기초로 한 소설은 화부를 후카로 대치하고 화자인 '내'가 그녀를 사랑하는 이야기였으나 완성도는 심각했다.

하지만 후카를 잃어가는 지금은 그저 그녀의 윤곽만이라도 좋았다. 후카의 윤곽을 뒤쫓으며 억지로라도 빼앗으려 하는 지금의 모습을 그려낼 수 있다면 카프카적인 작품이 될 것이다. 카프카 같은 원고를 쓰려면 무엇보다도 자신에게 냉혹해야 한다는 것을 나는 안다.

허무를 가슴속에 담아두는 건 괴로운 일이다. 하지만 억지로라도 현실을 직시하고 모든 것을 써두면 결과적으로 카프카적인 작품이 나온다.

나는 키보드를 끝없이 두드리며 새벽을 맞았다.

하지만 새벽에 다시 읽어보니 모조리 졸문으로 보였다. 문장에 재능이 없는 벌레 수준의 문장이다. 그레고르 잠자. 벌레. 그렇다. 내 문장은 아직도 애벌레 차원이다. 쓸 때에는 카프카가 된 기분이 들었다. 하지만 그건 기분일 뿐이었다.

절박함에 사로잡혀 한숨도 자지 못하고 학교에 갔다. 물론 후카의 모습은 보이지 않는다. 이미 교실이라는 일상적인 공간조차 내게는 당연한 곳이 아니라 그녀가 없는 곳이란 의미를 품기 시작했다.

학교는 고지가 체포된 탓에 큰 소동이 일어나 있었지만, 그것도 내겐 아무래도 좋은 일처럼 느껴졌다. 그가 방화범이었다는 건 놀라웠지만 의외인가 하면 그렇지도 않았다. 그에겐 어딘가 일그러진 부분이 있었다. 오히려 의외였던 건 고지가 스스로를 '화부'라 믿고 있었다는 점이었다. 뜻밖에도 그는 프란츠 카프카에게 경도되어 있었던 것이다. 그러자 고지가 했던 말이 떠올랐다.

　―이래 보여도 여자 마음에 불을 붙이는 덴 자신 있는데.

　그는 레토릭인 '불'과 진짜 불을 구분하지 못한 것 같았다. 카프카의 미궁에 발을 들인 결과일지 모른다.

　이해할 수 없는 점이 하나 있었다. 고지가 체포된 게 우리 집 바로 근처였다는 점이다. 고지가 왜 그런 곳에 있었는지는 아직 수수께끼였다. 선생님과 학생들이 고지의 평상시 모습을 알아보기 위해 학교를 찾은 츠키야한테 물어봤지만 그건 알려주지 않았다. 형사가 한 명 부상을 입었지만 심각하진 않은 듯했다. 반이 이 소동으로 시끄러워질수록 후카의 부재는 내 마음속에 입체적으로 떠올랐다. 그녀의 부재는 후카 홀릭을 자극해 손쓸 수 없을 지경까지 흘러갔다.

　방과 후, 병원에 가도 면회 사절이라 만날 수 없었다. 자세한 상황도 들을 수 없었다. 츠키야는 일하는 중이라 보이지 않았다.

　다음 날도, 그다음 날도….

　그리고 3일 후, 접수를 거치지 않고 병실로 직접 들어가려 했다. 어떤 상황이라도 받아들일 각오는 되어 있었다. 그것이 최악의 결과라 해도.

　하지만 굳은 결심으로 병실 문을 연 나를 기다리고 있던 건 그녀와 하나도 닮은 곳이 없는 초로의 환자였다. 『변신』의 내용이 뇌리를 스쳤다. 어느 날 아침 눈을 떠보니 그녀는 초로의 환자가 되어 있었다.

아니, 아니, 그럴 리가 없잖아.

생각할 수 있는 결론은 이제 여긴 그녀의 병실이 아니라는 것.

즉….

마침 간호사가 통로를 지나갔다.

"언제인가요?"

나는 그녀의 어깨를 붙잡고 물었다. 그녀는 놀란 눈으로 날 바라봤지만 비교적 냉정하게 "어젯밤 늦게"라고 알려주었다.

끝이다. 머릿속에서 말이 안개에 둘러싸이는 소리가 들렸다. '슈우우우우우우우우.' 무성음으로, 마치 스프레이라도 뿌리고 있는 것 같다. 머릿속이 새하얘진다.

그리고 그녀의 웃는 얼굴만이 떠올랐다. 화난 얼굴이 아니라 아주 살짝 웃는 얼굴, 볼을 붉힌 순간. 그리고 그 모습이 무한한 의미를 가졌다.

모든 것이 벗겨져버렸다. 돌아갈 수 없다.

두 번 다시 돌아갈 수 없다.

방금 나는 시골 의사가 각오를 단단히 하는 수준의 경지에 도달했다.

"이런…."

나는 여기에 이르러서야 알게 됐다. 아무 각오도 되어 있지 않왔다는 걸. 밖은 한여름인데 내 마음에는 눈이 내리고 있었다. 눈물조차 얼어붙어 눈에서 나오지 않았다.

"괜찮아요?"

"네에."

"약속이 있나요?"

"약속… 그러게요. 해둘 걸 그랬어요."

나와 후카 사이에는 아무런 약속도 없었다. 오히려 약속이라 도 해뒀더라면 그녀는 약속을 지키기 위해 여기 돌아오지 않았 을까. 그런 식으로까지 생각하게 됐다.

아니, 어떻게 생각한들 이미 모든 건 끝났다. 다시는 없다. 카 프카적 현실에서는 모든 것이 억지고 부조리다.

걸었다.

그날 내가 미쿠 선배와 만나지 않고 곧바로 병원으로 갔더라 면 그녀는 그런 격정에 사로잡히지 않았을 테고, 그러면 심장에 이변이 일어나지도 않았을 거다.

달렸다.

내가 죽인 거다. 『심판』의 주인공처럼, 나는 지금 처음으로 스 스로의 죄가 무엇인지 알게 됐다. 내 삶 그 자체에 새겨진 죄. 내 가 미쿠 선배의 호의를 사지 않았다면, 내가 훨씬 촌스러운 남자 였다면, 과자나 잔뜩 먹고 퉁퉁 살집이 붙었더라면….

스킵하자.

온갖 if가 떠올라 생각을 스킵할 수밖에 없었다. 앞구르기, 뒤구르기를 반복했다. 비처럼 쏟아지는 후회가 날 뒤로 구르게 만들었다.

그래도 세상은 변하지 않았다. 나는 그녀를 잃었는데도.

아니, 그녀가 세계의 손을 놔준 걸까.

마찬가지다.

앞으로 이어질 시간을 소비할 방법을 알 수 없었다. 이렇게 많은 시간이 내겐 필요 없었다. 죽고 싶은 마음은 아니었지만 살수가 없었다.

더 이상 삶에 욕망이 생기지 않았다.

그녀는 이미 세상에 없다. 내 가슴속에만 존재할 뿐….

"와 있을 것 같더라. 예감이 맞아서 다행이군."

뒤를 돌아보니 검은 정장을 입은 츠키야가 서 있었다.

"장례식에서 돌아가던 참에."

"…벌써 태워버린 겁니까?"

"그래, 이미."

츠키야는 괴롭다는 얼굴로 대답했다.

어깨에서 힘이 빠졌다.

이미 그녀는 이 세상에 존재하지 않는구나. 고작 몇 시간 만에 영혼이 빠져나간 껍데기까지 재가 되고 말았구나.

"소년, 후카가 네게 전하는 마지막 말이다. '너는 카프카가 아냐. 너는 너야'라더군."

몸에서 목소리가, 소리가 전부 빠져나갔다. 내 몸이 유리병이라면 전신에 금이 가 곧 깨질 지경이었다.

이 말을 어떻게 받아들여야 할까?

나는 카프카가 되지 못한다는 뜻일까.

그녀는 영원히 날 바라봐주지 않을 거란 말을 하고 싶었던 걸까?

나를 좋아했을 거라 생각할 자유조차 빼앗아가겠다는 걸까?

마지막 유대까지 빼앗아가다니….

츠키야는 내 어깨를 툭 두드렸다.

"이봐, 착각하지 마. 병원에서의 마지막 말일 뿐이다. 다음은 직접 본인에게서 들어."

나는 순간 귀를 의심했다.

"…방금, 뭐라고?"

"그러니까 다음 말은 녀석한테 들으라고."

그녀에게서 직접?

무슨 의미? 달이라도 바라보며 대화해보란 건가?

"내 동생을 멋대로 죽이지 마."

청각이 츠키야의 목소리 말고 다른 노이즈를 전부 차단했다. 이어서 이번에는 노이즈의 역습이 시작됐다. 노이즈가 홍수처럼 밀려와 말이 튀어나오지 않았다.

"죽… 지… 않았어요?" 겨우겨우 짜낸 게 이런 얼빠진 소리
였다.

"하지만 방금 장례식에….''

"예전에 신세 진 퇴직 형사님 장례식이 있었어. 오늘은 그 장
례식 때문에 왔고, 후카는 어제 퇴원해서 집에 있어."

"…아하, 아하하하."

"아직 병상은 섣불리 단언하기 어렵지만, 지금은 진정 상태
야… 너, 지금 듣고 있는 거냐!"

"실례하겠습니다!"

나는 이미 복도를 달리고 있었다.

후카가 살아 있다. 봄이 왔다, 첫눈이 왔다, 운세를 뽑았더니
대길(大吉)이 나왔다, 세뱃돈을 5만 엔이나 받았다 같은 사례와
는 비교도 되지 않는다. 이 순간의 내게는 세계 평화보다 몇 천
배나 더 가치 있는 일이다. 수많은 인간의 불행과 바꾸더라도 아
름다운 일이다. 적어도 내게는….

멋지다. 후카가 살아 있다. 아직 후카 중독자는 살아갈 수 있
는 것이다.

그때 전화가 걸려왔다. 모르는 번호에서. 나는 망설임 없이 전
화를 받았다.

"지금 당장 만나고 싶어."

그 목소리는 방금 전까지 사라진 줄만 알았던 인물의 것이었

다. 아직 그 목소리가 이 세상에 존재하고, 내게 말을 하고, 심지어 만나고 싶다고까지 하는 사실에 모든 장기를 바치고 싶은 기분이 들었다.

"나도."

"하지만 그럴 순 없어. 널 만나면 흥분해서 심박수가 올라가니까. 그리고 그건 만성 호흡 부전이라는 병에는 치명적이래. 알겠어?"

"알았어. 한 가지만 대답해줘. 넌 날 좋아해?"

"견습 문장가, 그 질문에는 대답할 수 없어."

"대답하지 않으면 예스로 받아들이겠어."

하지만 그녀는 계속 무시했다.

"네 원고, 여전히 오자가 많더라…. 게다가 전혀 카프카가 아냐. 카프카는 훨씬 환상과 현실의 중간성을 중요하게 여겼어. 하지만 네가 쓴 글은 아직 현실에 털이 나 있는 정도야."

"그런가. 아쉽네. 일단 쓰긴 했지만 다시 써야지, 뭐."

"무슨 생각이야! 읽게 해줘야지! 끼이익! 이런 문장은 다른 사람은 아무도 못 써. 카프카라 해도. 너무나 너답고 순수하고 멋지…."

말하다 말고 후카는 헉, 말을 삼켰다.

문체의 매력을 칭찬하면 그대로 내 매력에 대한 칭찬으로 이어진다는 걸 깨달은 건가. 아니, 이런 해석은 너무 건방지다.

"어쨌든 또 쓰면 읽게 해줘. 제일 먼저. 그런데 카프카가 된다는 게 어떤 의미인지는 깨달았어?"

"아마도." 나는 대답했다. "넌 카프카가 되라고 하면서도 카프카가 될 수 없다고 츠키야 씨를 통해 내게 전했어. 그게 전부였어. 카프카만큼 자신의 존재에 절대적 비중을 둔 작가는 없겠지. 그는 자신의 기준으로 세계를 파악하기 위해 소설을 쓴 면이 있으니까. 그래서 문학 연구자들도 잘 이해하지 못할 수정을 몇 번이나 반복했어. 카프카는 자신만을 위해 글을 썼어. 그게 그의 문학적 사명이야."

"그래서?"

"그래서, 카프카가 된다는 건 내 생각을 누군가의 기준에 맞추지 않고 내 기준으로 말하는 것."

"또 한층 현명해졌구나, 견습 문장가."

정답이라 인정하는 대신 그녀는 이렇게 날 칭찬했다.

"상으로 키스를 원해."

"뻔뻔하긴. 죽음을 눈앞에 두고 있었다는 자각도 없다니까."

"응? 무슨 의미?"

"아무것도 아냐."

이게 무슨 소리일까? 그녀의 병 말인가. 아니, 그건 이상하다. 죽음에 대한 자각이라니, 내가 죽음을 눈앞에 두고 있었어야 할 수 있는 말인데. 맞다. 그러고 보니 전날에도 병원에서 이런 소리를 했다.

　-죽음을 눈앞에 두고 있으니까.

　그것도 내 얘기였나? 어째서 내가 죽음을 눈앞에 뒀다는 거지?

　정말 아무것도 아냐. 그녀는 다시 한 번 반복해서 말했다. 그래서 나도 더 이상 생각하지 않기로 했다. 어쨌든 끝난 일이니까.

　"아, 그리고 네 원고 복사본을 출판사로 보냈어. 좋은 답이 오면 좋겠다."

　"내 원고를 출판사에? 왜?"

　"물론 보낼 가치가 있다고 생각했으니까."

　이걸 대체 어떻게 생각해야 할지 모르겠다. 나는 작가가 되고 싶어서 노력하는 게 아니었으니까.

　"고마워… 이제 컨디션은 좀 진정됐어?"

　"으응, 죽음의 밑바닥에서 죽음의 늪으로 돌아왔어. 이젠 괜찮아."

　전혀 안심할 수 없는 말투다. 하지만 그래도 기뻤다. 그녀가 여전히 언제 죽을지 모르는 상태라 해도, 지금 여기서 이렇게 목소리를 들을 수 있는 기적에 감사했다. 이 멋진 부조리의 이름은 기적이다.

　"저기, 후카. 여전히 널 좋아해도 될까?"

"뻔뻔하긴. 허가하겠어. 단, 여름방학 동안 전화하지 마."

"어째서?"

"내 입으로 말하게 만들지 마. 뻔뻔하긴."

그녀는 엄중하게 이렇게 말하더니 전화를 끊었다. 마치 더 이상 얘기하다 뭔가를 들킬까 두려워하는 것처럼.

나는 천천히 걸어 병원 밖으로 나왔다.

한여름의 강한 햇살이 나를 덮쳐온다.

아직 해는 떨어질 기색이 없다. 하루하루 태양은 손이 길어져 밤에 들러붙는다. 그리고 매미들은 태양이 타오르는 소리를 흉내 내고 있었다.

세계가 찰나의 허무를 날려버렸다.

하지만 나는 안다. 찰나의 허무가 아니다. 지금은 기적이라는 이름의 멋진 부조리에 감싸여 있지만, 허무가 어디론가 사라지는 일은 없다.

그래도 내가 할 수 있는 건 단 한 가지뿐이다. 소설을 쓰며 다시 그녀가 학교에 나오는 날을 기다리는 거다.

집에 가면 다시 한 번 문장을 읽어보자. 냉정하게 다시 읽어야 한다. 의자에 앉아, 꿈쩍도 하지 않을 만큼 냉정하게.

에필로그의 에필로그

그 후의 일도 조금 이야기해두자. 나쁜 일과 좋은 일을.

우선 나쁜 일부터.

부모님은 내게 말도 걸지 않게 됐고 마치 벌레라도 보는 듯한 눈으로 나를 본다. 어쩌면 나는 마침내 카프카적 미궁의 입구에 들어선 것일지도 모른다. 하지만 이건 나쁜 일 축에 끼지도 않는다. 아버지가 서재에서 은근슬쩍 프랑수아 모리아크의 책을 들고 나타나, 여전히 벌레를 보는 얼굴이긴 했지만, "작가가 꿈이라면 이런 작가를 목표로 해라" 말하며 던져주고 갔기 때문이다. 진정 받아들이려면 시간이 걸리겠지만 그래도 조금씩 내 꿈에 보조를 맞춰주고 있다. 끈질긴 쪽이 이긴다더니.

진짜 나쁜 일은 이거다. 후카가 여름방학 동안 전화를 걸어도 받지 않은 것이다. 그래도 나는 그녀의 집을 찾지 않았다. 그건 공정하지 못하다. 그녀는 한동안 전화를 하지 말라고 했다. 만나는 건 더더욱 안 된다.

그녀 같은 호흡 부전 환자의 경우, 평범한 연애를 해도 위험에

노출되는 경우가 있다. 츠키야가 말한 대로였다. 그리고 후카의
말도.

　-너랑 만나면 흥분해서 심박수가 높아지거든.

　자의식이 과한 추측이라 해도 어쩔 수 없다. 하지만 그녀와의
나날이 GO 사인을 보낸다. 그녀가 날 사랑하고 있다면 한동안
목소리를 듣지 못하는 정도는 참아야겠지. 배드 뉴스이긴 하지
만 어쩔 수 없다.

　그리고 좋은 일.

　출판사에서 전화가 왔다. 후카가 보낸 중반까지의 『낙성』을
보고, 다카라다라는 여성 편집자가 "흥미롭게 읽었다"고 뉴스 앵
커처럼 담담하게 말했다.

　"아쉽지만 학생 원고는 아직 소설의 형태를 이루고 있다고 할
수 없어요. 하지만 일본 작품이라 생각하기 어려운 문체이긴 해
요. 이런 식으로 쓰는 작가는 이 나라에 없어요. 토머스 핀천이
나 폴 오스터, 혹은 그 중간이랄까. 어쨌든 처음 읽어봐요. 당신
이 성공하길 빌게요. 열심히 쓰세요. 그리고 이 작품의 뒷이야기
도 좋고 다른 작품이라도 좋으니, 다음에 쓴 걸 읽어보고 싶어
요. 편집부의 다카라다 앞으로 보내주시면 반드시 읽어볼게요."

　이 말로 뭔가가 변한 건 아니지만 카프카에게 한 발짝 다가간
거라면 나쁜 일이 아닌 건 분명하다. 어서 후카에게 알려주고 싶
었다. 내가 소설을 쓰는 건 여전히 후카를 위해서니까.

매일 후카, 후카 하고 마음속으로 외치고, 방에서는 가끔 실제로 입 밖으로 꺼내기도 한다.

다음에 전화할 땐 무슨 말을 할까? 일단 『낙성』 완성본을 우편으로 보낼까. 아니, 그보다 일단 대화를 하고 싶다. 천천히, 충분히, 메마른 대지를 물로 적시듯, 조금씩 촉촉해지도록.

세상은 늘 카프카적 부조리로 가득하다. 그렇기에 나는 가능한 한 많은 말을 후카에게 전하고, 후카의 목소리를 듣고 싶다.

그런 내 바람을 누군가 들어준 걸까, 매미 울음소리가 잦아들기 시작한 8월의 끝자락 오후에 생긴 일이었다.

"대체 몇 통이나 부재중 통화를 남기겠다는 거야. 뻔뻔하긴."

갑자기 걸려온 전화의 첫마디는 나를 매도하는 거였다. 그래도 오랜만에 귀에 감기는 그녀의 목소리는 감귤 탄산 음료처럼 단숨에 화악 나를 만족시켰다.

"널 만날 때까지." 질질 끌지 않고 대답했다.

"그럼 이제 전화할 필요 없겠네. 곧 새 학기니까."

"비밀 결사 부활? 개학하면 바로 나올 수 있어?"

"등교했을 때의 기대감으로 남겨두지그래."

"올 거면서. 날 만나고 싶어서 안달이 났을 테니까."

"후후, 뻔뻔하긴. 견습 문장가는 무척 행복한 사람이네."

"그러게."

"매일 기도해, 너의 신에게."

"그럼 카프카님께 기도해야겠네."

그렇게 통화는 끝났다. 대화라 하기엔 짧고 시보다는 긴 말을 주고받았다. 하지만 말로 하지 않았어도 보이지 않는 약속을 나눴다고 나는 확신했다.

그녀는 반드시 학교에 온다. 날 만나러.

그렇지요, 카프카 님.

그다음부터 그녀에게 바로 보여주기 위해 『낙성』을 다시 읽고 수정하는 작업을 진행했다. 문장이 이상한 부분을 고치고, 표현을 바꾸기도 하고, 쓸데없이 많은 비유를 줄이면서 동시에 후카에게 고백할 문구를 생각했다. 소설 생각을 하는 것과 그녀가 내게 반하게 할 방법을 생각하는 건 내게는 똑같은 일이다.

어쨌든 카프카한, 너무나 카프카한 그녀 아닌가.

뜨끈뜨끈한 여름 더위에 비명을 지르며 열을 머금은 컴퓨터 앞에서 견습 문장가는 오늘도 문장을 갈고닦는다.

보다 깊이, 카프카한 그녀에게 사랑받는 존재가 되기 위해.

fin.

내가 사랑한 카프카한 그녀

"카프카에 대해 논하면 되나? 나한테 시키면 길어지는데."

검은 양복을 입은 젊은 미학 교수가 이렇게 선언하면 대개 정말 길어진다.

"보필이 없을 때 지식을 제공해준다니 서비스가 좋군."

"그녀는 관계없지 않나. 필요하다면 언제든 얘기할 수 있고."

그는 냉정하게 말했다 생각하는 것 같았지만, 살짝 볼이 올라갔다. 서재 가장 안쪽에 있는 소파에 등을 기대고 몸을 파묻고는 이쪽을 노려본다.

"하지만 그전에 네 카프카에 관한 체험을 듣고 싶은데."

반격할 생각이었지만 그는 이렇게 말했다.

"내 체험? 필요 없잖아."

"무슨 소리. 이건 네 문고에 들어갈 후기라고. 네 얘길 해야지."

"흠."

어쩔 수 없다는 듯 생각에 잠긴 척을 한다. 실은 생각할 것도 없다.

프란츠 카프카와의 만남은 고등학교 1학년 겨울이었다. 처음 읽은 건 『변신』이었다. 당시에는 침낭에 모포를 채워 넣어 거의 움직이지도 못하는 상태에서 잠드는 걸 좋아했다. 딱 벌레 같은 상태에서 그레고르 잠자의 비극을 읽은 셈이다.

분명 그전에는 헤르만 헤세의 『수레바퀴 밑에서』를 읽었고 『변신』을 거쳐 에드가 앨런 포의 『검은 고양이』로 옮겨갔다. 뒤늦게 문학에 눈을 떠서 우선 세계 문학 전집이라도 섭렵하겠다고 손을 대기 시작한 고등학생이 카프카라는 블랙홀을 계기로 포에 흥미를 가졌고, 다음으로 에도가와 란포를 보기 시작해 궤도는 미스터리로 쏠리고 말았다.

"그렇군. 카프카와 만나지 않았다면 미스터리를 지망하는 일은 없었을지 모르겠어."

"적어도 지금 같은 스타일은 아니었을 거야. 포와 만난 시기가 달랐다면 결과적으로 검은 고양이 시리즈는 쓰지 않았을 가능성이 있지. 즉, 네가 존재하는 건 카프카 덕분이야."

그렇다. 이 젊은 미학 교수는 검은 고양이라 불리고 있다.

"고맙습니다, 카프카 님이라고 말해둬야 하려나."

"보필과 만나게 해줘서 고맙다고 해."

"…아둔한 소리를."

볼을 붉히는 검은 고양이를 흘겨보며, 이쪽 역시 카프카와 만난 고등학교 시절 추억을 내달렸다.

카프카와 만나지 않았다면, 그렇다. 사실 그 시기에는 딱히 카프카에게 끌리지 않았다. 그저 카프카의 소설이, 그때까지 그리 책을 읽지 않던 고등학생이 막연하게 생각하고 있던 '문학'의 고귀한 이미지를 박살 낸 건 분명하다. "이게 뭐람." 다 읽고 나서 미간을 찌푸렸던 건 분명히 기억한다. 그때 카프카가 발한 부조리의 향기가 뇌를 자극해, 그때까지 닫혀 있던 회로가 열린 거겠지.

딱 잘라 말하면 그림자 같은 건 아니었던 것 같다. 빠져나갈 수 없는 미궁, 풀리지 않는 수수께끼. 일견 포, 란포, 순조롭게 미스터리의 길을 걷기 시작한 듯 보이지만 그 후의 독서 편력을 살피면, 반드시 수수께끼를 해결하는 작품에 끌린 게 아니었다는 걸 깨닫는다. 대학교 시절 폴 오스터와 아베 고보에게 경도된 것도 지금 생각하면 카프카가 설정해둔 회로였던 것만 같다.

"폴 오스터는 탐정 소설의 외피를 빌린 소설을 썼지. 하지만 결코 수수께끼가 해결되는 건 아냐. 그러고 보니 넌 검은 고양이 시리즈를 추리 소설이라 부르지 않고 탐정 소설이라 부르지. 그건 어째서지?"

검은 고양이는 이제 와서 할 질문인가 싶은 물음을 던지며 카프카의 단편집을 서재 책장에서 뽑아 읽기 시작했다.

"그래, 탐정 소설이다. 하지만 추리 소설이 아냐. 미스터리는 담겨 있지만."

"추리를 하지 않기 때문인가?"

"검은 고양이 시리즈는 포 텍스트의 해설이지. 그래서 결과적으로 현실의 미스터리 해결이 수반되는 거야. 미스터리를 정면으로 응시하지 않고, 미스터리의 배후에 있는 텍스트를 해설하다 보니 미스터리가 풀리는 '사건을 추리하지 않는 미스터리'라고."

"그렇다면 우리 시리즈도 거대한 카프카의 블랙홀에 포함되어 있는 것처럼 들리는데." 검은 고양이가 웃었다.

검은 고양이의 말이 맞을지도. 미스터리 작가를 목표로 삼은 얼마 후, 어떤 사람에게서 들은 말이 있다. "네 소설 등장인물은 미스터리에 흥미가 없어." 실제로 지금까지도 진상에는 그리 관심이 없다. 오히려 미궁에 빠진 상태에서 이야기의 막을 내리는 걸 좋아한다. 이건 전부 카프카 탓이다. 카프카보다 먼저 엘러리 퀸을 만났다면 훨씬 산뜻한 미스터리 작가로 데뷔했을 거다. 내 작품에는 아무리 발버둥 친들 그림자가 드리워 있는 것이다.

그래서 고등학교 시절까지 시간을 되감아보기로 했다. 그 무렵 혹시 미스터리가 아니라 카프카 같은 작품을 쓰는 걸 목표로 삼았다면 어땠을까. 또한 그런 고행을 선택하지 않을 수 없었다면 그 이유는 무엇일까.

이것이 이 책을 구상하게 된 계기다. 당초에는 '나는 카프카가 되기로 했다'라는 가제를 편집자 나카노 씨에게 제안했다. 그

내가 사랑한 카프카한 그녀

랬더니 재미있겠다며 이야기에 응해서 본격적으로 플롯을 짜게 되었다.

"『내가 사랑한 카프카 그녀』, 읽었어."

검은 고양이는 책을 덮으며 말했다. 잘 보니 검은 고양이는 어느 틈엔가 카프카의 단편집이 아니라 『내가 사랑한 카프카 그녀』를 손에 들고 있었다. 기묘하다. 우리는 지금 『내가 사랑한 카프카 그녀』의 후기 공간에 머무르고 있는데, 검은 고양이는 이미 『내가 사랑한 카프카 그녀』를 손에 들고 있다니. 이것이 바로 카프카적 미궁이다.

내 이런 동요를 알아차리지 못했는지 검은 고양이는 말을 이어간다.

"카프카를 목표로 하는 어딘가 어긋난 소년이, 카프카를 사랑하는 소녀를 함락시키기 위해 약동하는 사이에 진심으로 사랑하게 된다는 설정 자체가 설탕으로 범벅된 일종의 카프카 미궁이라 해야겠군. 처음에는 봐주기 힘든 면이 있던 주인공이 점점 일관된 사랑에 빠지는 순애 소설이기도 하고, 동시에 카프카가 되겠다는 꿈에 다가가는 성장 소설이기도 해."

"호평해줘서 고맙군."

"그런데 이 작품에 테마가 있을까?"

"테마라. 생각해보지 않았는데…."

생각해보자, 이야기를 구성할 때 막연하게 생각하고 있던 것.

고작 몇 개월 전인데 이미 머나먼 과거의 일처럼 느껴진다.

플롯을 짜면서 묘하구나 싶었다. 부조리 소설 카프카를 소재로 미스터리라니 장대한 모순, 혹은 선문답 아닌가.

그래서 주인공 두 사람에게도 모순된 내면을 안겼다. 주인공 후카미 가에데는 부조리 소설을 쓰기를 목표로 하는 합리주의자, 가에데가 사랑하는 가노 후카는 카프카 소설을 분석적인 시각으로 바라보지만 현실 미스터리를 풀지 못한다. 두 사람의 성질이 엇갈리기에 사랑에 빠지는 의미도 생긴다.

작가로서 후카미 가에데의 고뇌를 통해 카프카와 대치하며 글을 쓴다는 게 뭔지 고민하는 게 개인적인 테마였다. 그저 이건 작가의 테마이지 독자에게 원하는 바는 아니다.

"테마는 독자 여러분이 생각해주시길 기대하기로 하고, 그보다 분명히 해둬야 할 게 있어."

"응? 뭐지?"

"능청 떨 셈인가? 이 작품에는 두 군데 너와 보필이 등장한다."

"…말 안 했으면 아무도 몰랐을 텐데."

난처한 진실이었을까. 하지만 어차피 감 좋은 사람들한테는 이미 들켰을 것이다.

"독자 여러분은 꼭 그게 어느 페이지인지 찾아봐주셨으면 좋겠군. 이게 의외로 작품의 테마보다 중요할지도 몰라."

"자, 잠깐. 너 하필 이걸 특전을 차지할 수 있는 퀴즈로 만들려는 건 아니겠지? 게다가 그 특전에 내가 등장한다든가 하는 건…."

"오, 그거 좋은 생각이군."

하, 지, 마, 이런 목소리가 실내에 메아리쳤다. 물론 이건 이 후기 공간 안에서만 생긴 일이다. 이쪽은 살짝 웃으며 극히 카프카적인 말장난으로 이렇게 말하기만 하면 된다.

"검은 고양이, 이제 돌이키지 못해."

참고 문헌

『꿈 아폴리즘 시』 프란츠 카프카

『카프카 우화집』 프란츠 카프카

『카프카 단편집』 프란츠 카프카

『심판』 프란츠 카프카

『성』 프란츠 카프카

『카프카 해독』 사카우치 다다시, 신초선서

『카프카의 생애』 이케우치 오사무, 하쿠스이U북스

『카프카 사전』 와카바야시 메구미, 산세이도

『고문과 형벌의 역사』 Karen Farrington, 가와데쇼보신샤

역주

(주1) 화부: 火夫. 불을 때거나 조절하는 사람.

(주2) 기생수: 이와아키 히토시의 만화.

(주3) 이와나미문고: 일본 이와나미쇼텐 출판사의 문고본 레이블. 1927년부터
　　　수많은 고전적 가치를 가진 도서들이 출간되었다.

(주4) 미유키: 아다치 미츠루의 장편 만화로 피가 섞이지 않은 남매의 사랑을 다
　　　룬 러브 코미디.

(주5) CLAMP: 『성전』『X』『카드 캡터 사쿠라』 등의 작품을 만든 만화가 집단.

(주6) 카무플라주: camouflage. 위장.

(주7) 토리코: 시마부쿠로 미츠토시의 미식 배틀 만화.

(주8) 아이 엠 어 히어로: 하나자와 겐고의 좀비 아포칼립스물.

(주9) 히카루 겐지: 光源氏. 무라사키 시키부의 『겐지 이야기』에 등장하는 인물.
　　　많은 여성과 관계를 가진다.

(주10) 아베 고보: 安部公房. 작품 『캥거루 노트』에 등장한다.

(주11) 가구야히메: 『다케토리모노가타리』에 등장하는 달의 공주. 뭇 남성들의
　　　구애를 물리치고 달로 돌아간다.

내가 사랑한 카프카 그녀

2021년 8월 23일 1판 1쇄 인쇄 | 2021년 8월 30일 1판 1쇄 발행
지은이 모리 아키마로 | 옮긴이 이연경 | 발행인 황민호
콘텐츠4사업본부장 박정훈 | 디자인 All design group
마케팅 조안나 이유진 이나경
국제판권 이주은 김부희 | 제작 심상운 최택순
발행처 대원씨아이(주) | 주소 서울특별시 용산구 한강대로 15길 9−12
전화 (02)2071-2018 | 팩스 (02)797-1023 | 등록 제3-563호 | 등록일자 1992년5월11일

www.dwci.co.kr

ISBN 979-11-362-8482-2 (03830)

멘사퍼즐 수학게임

•《멘사퍼즐 수학게임》은 멘사코리아의 감수를 받아 출간한 영국멘사 공인 퍼즐 책입니다.

MENSA KEEP YOUR BRAIN FIT by MENSA

MENSA®
멘사퍼즐 수학게임
PUZZLE

멘사코리아 감수

로버트 앨런 지음

보누스

멘사퍼즐을 풀기 전에

《멘사퍼즐 수학게임》의 세계에 오신 것을 진심으로 환영합니다. 이 책은 두뇌를 활성화하고 수학적 사고력을 키워주는 것은 물론, 일상에서도 꾸준히 뇌 단련 프로그램으로 활용할 수 있도록 여러분을 도와줄 것입니다. 130개가 넘는 흥미진진한 수학 퍼즐이 여러분을 기다리고 있습니다. 몇 초면 풀 수 있는 매우 쉬운 문제도 있고, 하루 종일 머리를 싸매도 풀기 어려운 문제까지 골고루 들어 있지요.

사람에 따라 문제의 난이도가 완전히 다르게 다가올 것입니다. 성격이나 해결 방향에 따라서도 어떤 퍼즐 유형은 쉽고, 어떤 유형은 어렵다고 느껴지겠지요. 같은 유형이지만 풀이법이 완전히 달라지는 문제도 있습니다. '이건 아까 봤던 문제와 같은 패턴이잖아?'라고 생각해 똑같은 방법으로 접근했다가는 문제를 풀어낼 수 없을지도 모릅니다. 이것이 정교하게 제작된 멘사퍼즐의 매력이기도 하지요.

문제를 풀다 막힐 때가 있다면, 잠시 멈추고 다른 퍼즐 유형을 풀어보다가 다시 본래의 문제로 돌아와 이어서 풀어보길 바랍니다. 때로는 이렇게 머리를 환기하는 것만으로도 번뜩이는 영감을 얻을 수 있을 것입니다. 풀다가 도저히 뚫어낼 수 없을 정도로 꽉 막히는 문제가 생기더라도 걱정하지 마세요. 그럴 때를 대비해 최후의 수단으로 책에 친절한 해답을 실어놓았습니다.

쉽게 실마리를 찾지 못하는 문제를 만나 해답 페이지에 손이 갈 수도 있겠지요. 하지만 영영 풀지 못할 것 같은 퍼즐을 끈질기게 붙잡고 늘어지면서 마침내 정답을 구해냈을 때의 쾌감은 그 무엇과도 바꿀 수 없는 즐거움입니다. 여러분이 그 즐거움을 온전히 느낄 수 있으면 좋겠습니다.

짧게는 며칠이나 일주일, 길게는 몇 달이 걸리더라도 꾸준히 퍼즐을 풀어보세요. 성취감과 자신감은 물론, 일상의 크고 작은 문제를 해결하는 능력까지 몰라보게 달라지리라 믿습니다. 더불어 이 책이 여러분의 일상을 새롭게 바꾸는 활력소가 된다면 더할 나위 없이 기쁠 것입니다.

흥미로운 수학 게임을 즐기며 두뇌를 단련해보시기 바랍니다!

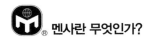 **멘사란 무엇인가?**

멘사란 '탁자'를 뜻하는 라틴어로, 지능지수 상위 2% 이내(IQ 148 이상)의 사람만 가입할 수 있는 천재들의 모임이다. 1946년 영국에서 창설되어 현재 100여 개국 이상에 14만여 명의 회원이 있다. 멘사코리아는 1998년에 문을 열었다. 멘사의 목적은 다음과 같다.

- 첫째, 인류의 이익을 위해 인간의 지능을 탐구하고 배양한다.
- 둘째, 지능의 본질과 특징, 활용처 연구에 힘쓴다.
- 셋째, 회원들에게 지적·사회적으로 자극이 될 만한 환경을 마련한다.

IQ 점수가 전체 인구의 상위 2%에 해당하는 사람은 누구든 멘사 회원이 될 수 있다. 우리가 찾고 있는 '50명 가운데 한 명'이 혹시 당신은 아닌지?

멘사 회원이 되면 다음과 같은 혜택을 누릴 수 있다.

- 국내외의 네트워크 활동과 친목 활동
- 예술에서 동물학에 이르는 각종 취미 모임
- 매달 발행되는 회원용 잡지와 해당 지역의 소식지
- 게임 경시대회, 친목 도모 등을 위한 지역 모임
- 주말마다 열리는 국내외 모임과 회의
- 지적 자극에 도움이 되는 각종 강의와 세미나
- 여행객을 위한 세계적인 네트워크인 'SIGHT' 이용 가능

멘사에 대한 좀 더 자세한 정보는 멘사코리아의 홈페이지를 참고하기 바란다.

- 홈페이지 : www.mensakorea.org

차 례

일러두기

- 각 문제 아래에 있는 쪽번호 옆에 해결 여부를 표시할 수 있는 칸이 있습니다. 이 칸을 채운 문제가 늘어날수록 지적 쾌감도 커질 테니 꼭 활용해보시기 바랍니다.
- 이 책에서 '직선'은 '두 점 사이를 가장 짧게 연결한 선'이라는 사전적 의미로 사용되었습니다.
- 이 책의 해답란에 실린 해법 외에도 답을 구하는 다양한 방법이 있음을 밝혀둡니다.

MENSA PUZZLE

멘사퍼즐 수학게임

문 제

정육면체의 면 A~O 중에서 같은 얼굴이 그려진 짝을 찾아야 한다. 무엇과 무엇일까?

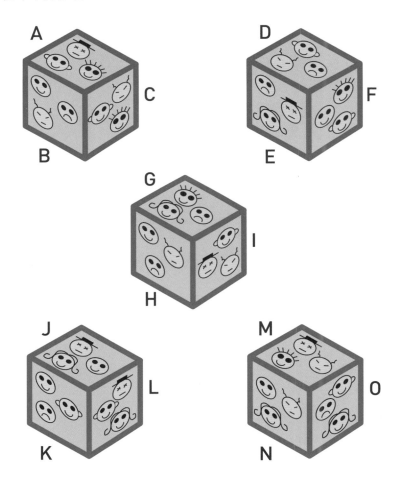

일곱 개의 공 중 어느 하나만 나머지와 다르다. 그 공은 무엇일까?

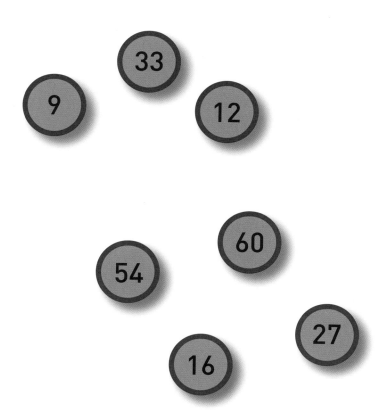

두 원에 쓰인 숫자가 서로 같은 값이 되도록 물음표 자리에 + 또는 −를 넣어야 한다. +와 −는 중복해서 사용해도 상관없다. 연산 부호를 어떻게 넣어야 할까?

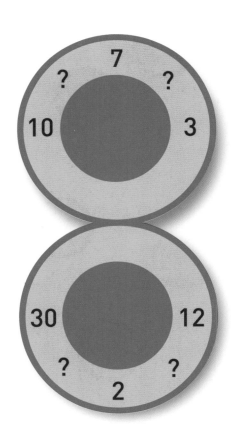

숫자들이 일정한 규칙에 따라 배치되어 있다. 물음표 자리에 들어갈 숫자는 무엇일까?

A
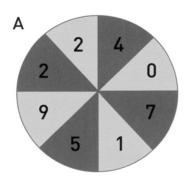

B
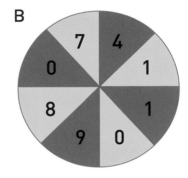

C
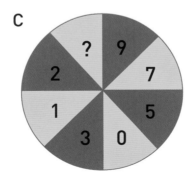

그림 안에 숫자들이 일정한 규칙에 따라 배치되어 있다. 물음표 자리에 들어갈 숫자는 무엇일까?

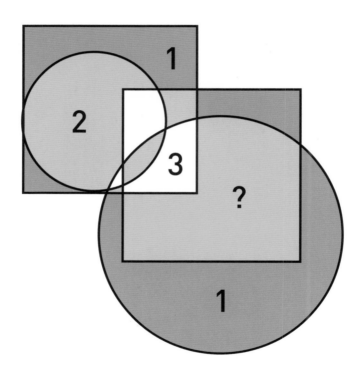

숫자들이 일정한 규칙에 따라 배치되어 있다. 그 규칙은 무엇이고, 삼각형 A~D 중 규칙에 맞지 않는 하나는 무엇일까?

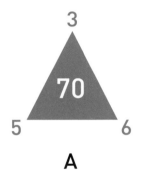

A

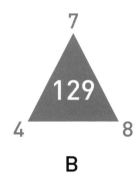

B

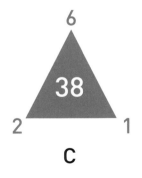

C

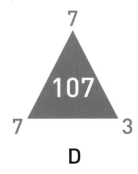

D

007

아래 전개도로 만들 수 없는 정육면체는 보기 A~E 중 어느 것일까?

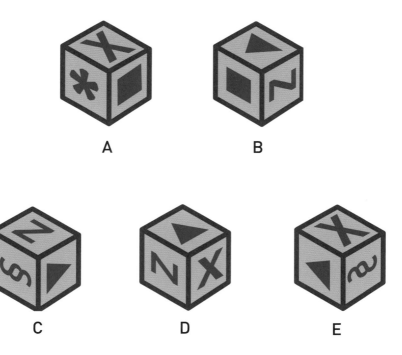

A

B

C

D

E

색과 숫자의 규칙을 찾아보자. 물음표 자리에 들어갈 색과 숫자는 무엇일까?

12345?

다섯 개의 도형 중 어느 하나만 나머지와 다르다. 그 도형은 보기 A~E 중 어느 것일까?

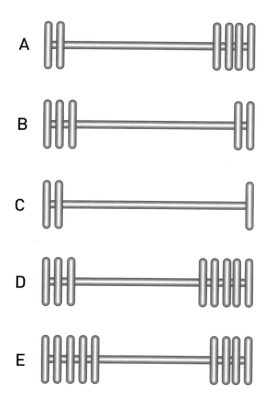

마지막 저울의 균형을 맞추려면 물음표 자리에 어떤 그림이 몇 개 들어
가야 할까?

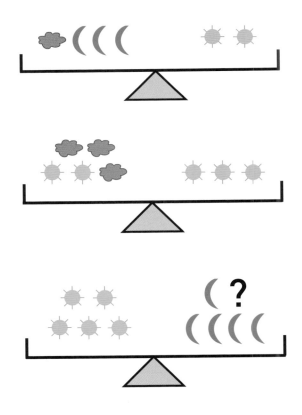

각 칸에 있는 색은 1~9 사이의 숫자 중 하나를 나타낸다. 같은 줄에 있는 칸의 숫자와 색을 모두 더하면 각 줄 바깥에 있는 숫자가 나온다. 물음표 자리에 들어갈 숫자는 무엇일까?

4	8	3	2	7	5	6	1	9	4	?
2	3	7	6	2	4	1	5	3	7	90
8	7	3	2	4	6	9	1	4	2	101
4	3	6	8	2	9	7	6	8	7	115
3	2	1	6	9	8	8	7	3	4	101
6	2	3	8	4	1	9	7	2	6	104
7	3	4	2	1	9	4	5	3	5	100
6	5	4	3	2	8	4	7	6	1	103
3	5	2	1	8	6	9	4	3	7	106
6	8	7	3	2	4	5	9	5	6	109

103 98 99 100 81 117 121 109 99 107

아래 전개도로 만들 수 없는 정육면체는 보기 A~E 중 어느 것일까?

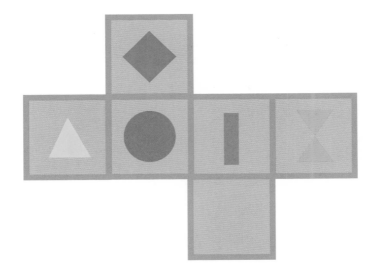

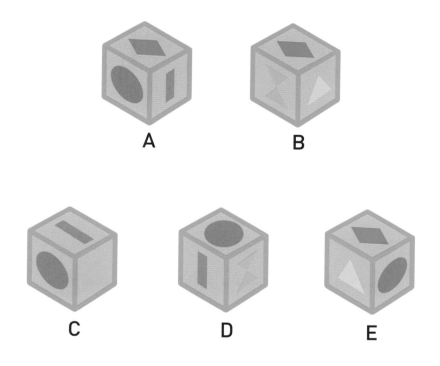

A

B

C

D

E

아래 도형은 일정한 규칙에 따라 나열되어 있다. 물음표 자리에 들어갈 도형은 보기 A~E 중 어느 것일까?

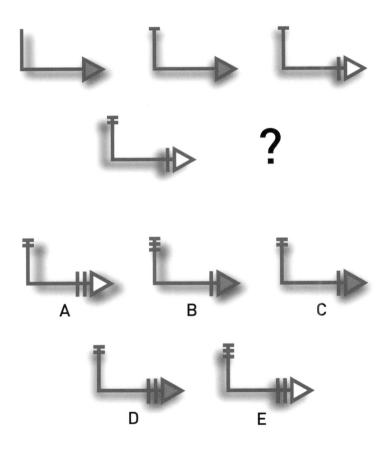

도형 속 수식이 성립하도록 물음표 자리에 알맞은 숫자를 넣어야 한다. 수식은 맨 왼쪽 위의 4부터 시계 방향으로 진행되며 기존의 사칙연산 계산 순서는 고려하지 않는다. 어떤 숫자를 넣어야 할까?

4	x	3	+	8
=				÷
5				2
-				+
?	x	7	÷	11

시계는 차례대로 일정한 규칙에 따라 움직인다. 4번 시계는 몇 시 몇 분을 가리켜야 할까?

1

2

3

4

아래 도형과 결합했을 때 완벽한 삼각형을 이루는 것은 보기 A~E 중 어느 것일까?

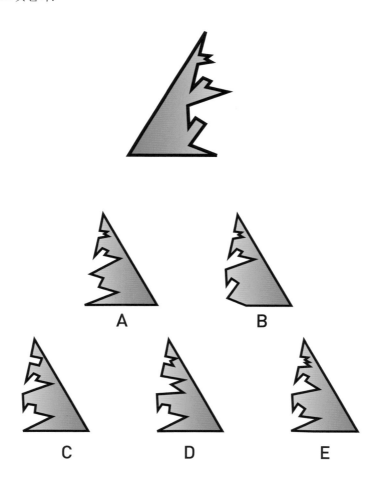

다섯 개의 도형 중 어느 하나만 나머지와 다르다. 그 도형은 보기 A~E
중 어느 것일까?

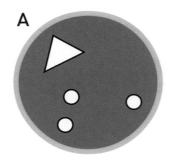

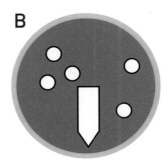

C

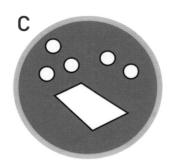

D

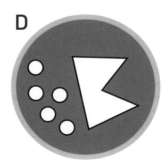

E

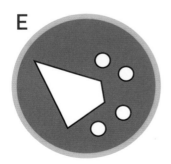

원 바깥쪽에 있는 색은 1~9 사이의 숫자 중 하나를 나타낸다. 원 안쪽에 있는 숫자와의 관계를 찾아보자. 물음표 자리에 들어갈 숫자는 무엇일까?

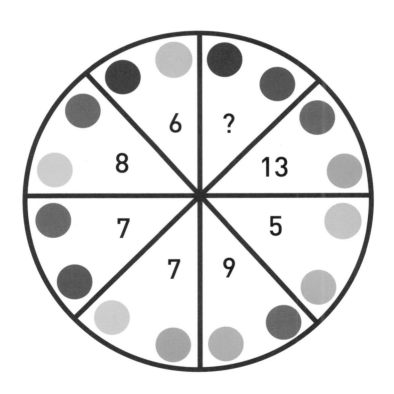

019

숫자들이 일정한 규칙에 따라 배치되어 있다. 물음표 자리에 들어갈 숫자는 무엇일까?

5	3	8	7
12	15	49	56
3	9	4	12
18	27	36	?

020

정육면체의 면 A~O 중에서 같은 숫자가 들어간 짝을 찾아야 한다. 무 엇과 무엇일까?

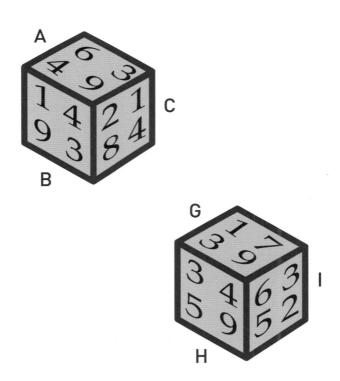

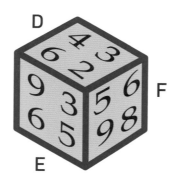

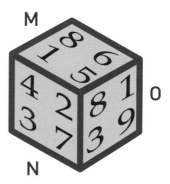

021

사이클 선수 다섯 명이 경주에 참가했다. 각 선수들의 번호와 완주 시간 사이에는 일정한 규칙이 있다. 마지막 사이클 선수의 번호는 무엇일까?

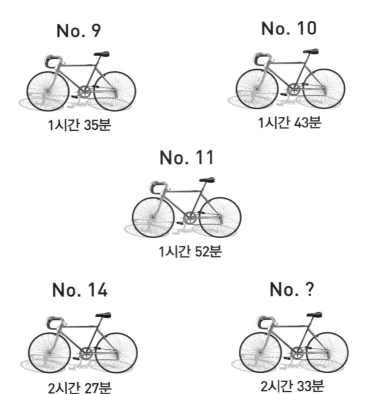

No. 9
1시간 35분

No. 10
1시간 43분

No. 11
1시간 52분

No. 14
2시간 27분

No. ?
2시간 33분

022

바깥쪽 원에는 수식이, 안쪽 원에는 답이 있다. 물음표 자리에 사칙연산 부호를 넣어 수식을 완성해야 한다. 계산 순서는 12시 방향에 있는 숫자 5부터 시계 방향으로 진행되며, 기존의 사칙연산 계산 순서는 고려하지 않는다. 수식을 어떻게 완성해야 할까?

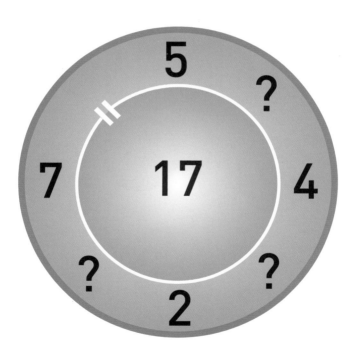

여덟 개의 공 중 어느 하나만 나머지와 다르다. 그 공은 무엇일까?

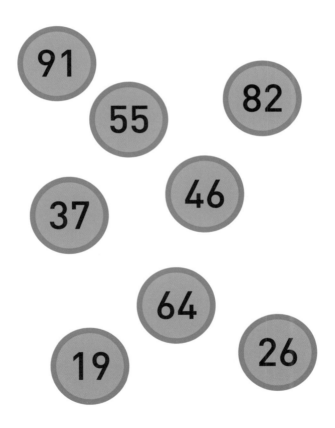

숫자들이 일정한 규칙에 따라 배치되어 있다. 물음표 자리에 들어갈 숫자는 무엇일까?

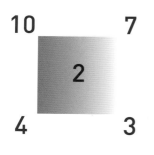

10   7
2
4   3

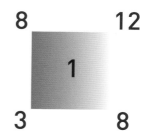

8   12
1
3   8

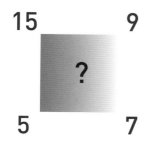

15   9
?
5   7

7   11
4
1   9

도형의 관계를 파악해보자. 빈칸에 들어갈 도형은 보기 A~D 중 어느 것일까?

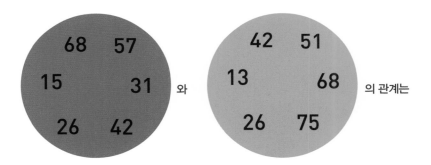

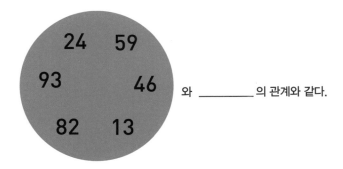

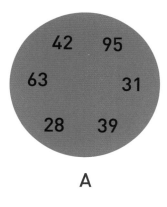

A

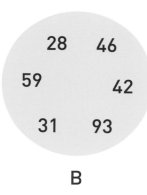

B

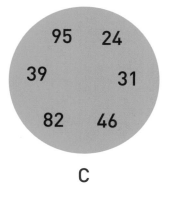

C

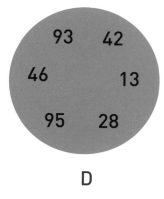

D

그림 안의 각 기호는 숫자를 나타내며, 그림 밖의 숫자들은 그 줄에 있는 기호를 더한 값이다. 물음표 자리에 들어갈 숫자는 무엇일까?

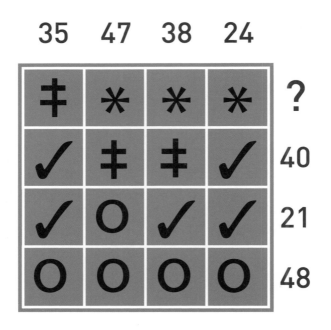

각 보기 안에 있는 도형과 숫자 사이에는 일정한 규칙이 있다. 그 규칙은
무엇이고, 보기 A~D 중 규칙에 맞지 않는 하나는 무엇일까?

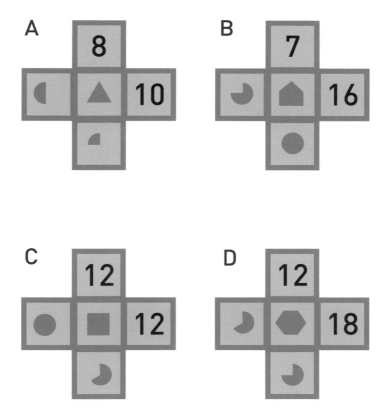

028

숫자들이 일정한 규칙에 따라 배치되어 있다. 물음표 자리에 들어갈 숫자는 무엇일까?

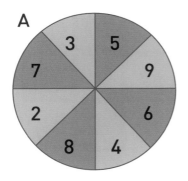

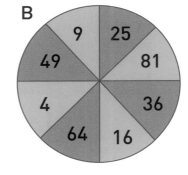

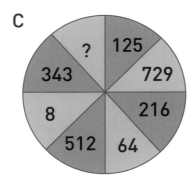

마지막 저울의 균형을 맞추려면 물음표 자리에 어떤 그림들이 몇 개씩 들어가야 할까?

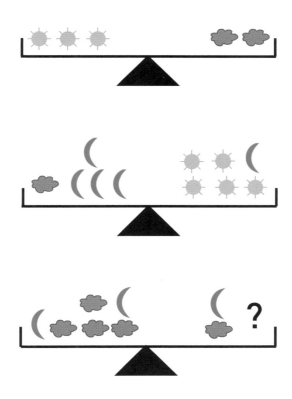

아래 시계는 차례대로 일정한 규칙에 따라 움직인다. 물음표 자리에 들어갈 시계는 보기 A~D 중 어느 것일까?

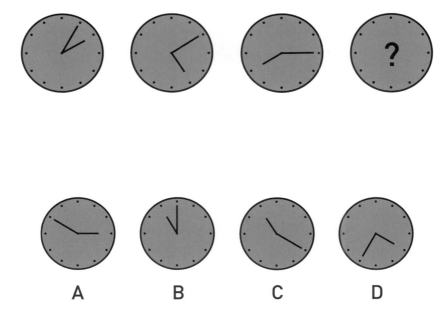

A   B   C   D

031

아래 도형과 결합했을 때 완벽한 오각형을 이루는 것은 보기 A~E 중 어느 것일까?

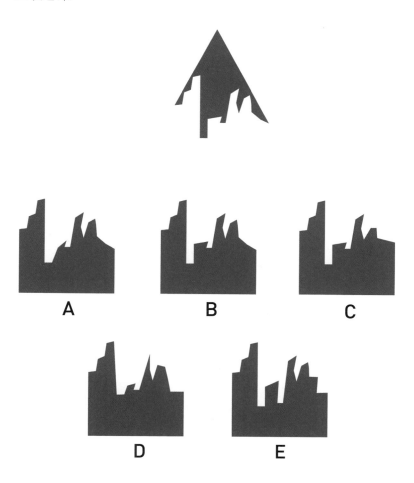

A

B

C

D

E

다섯 개의 도형 중 어느 하나만 나머지와 다르다. 그 도형은 보기 A~E 중 어느 것일까?

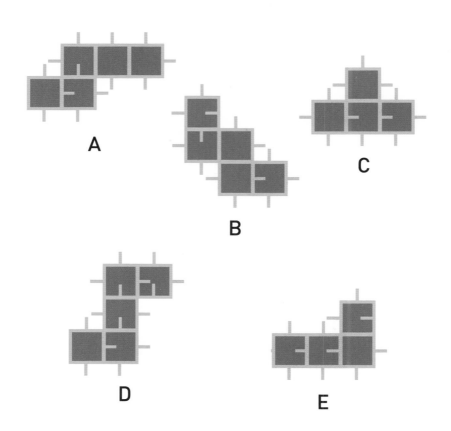

033

말 다섯 마리가 경마에 참가했다. 각 말의 번호와 무게에는 일정한 규칙이 있다. 마지막 말의 번호는 무엇일까?

No. 4 15kg

No. 7 18kg

No. 3 14kg

No. 8 19kg

No. ? 24kg

아래 도형은 일정한 규칙에 따라 나열되어 있다. 물음표 자리에 들어갈
도형은 보기 A~E 중 어느 것일까?

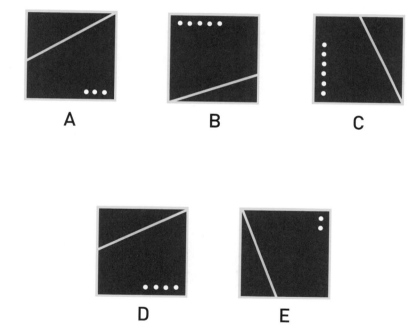

B

C

D

E

답:175쪽 49

두 원에 쓰인 숫자가 서로 같은 값이 되도록 물음표 자리에 × 또는 ÷를 넣어야 한다. ×와 ÷는 중복해서 사용해도 상관없다. 연산 부호를 어떻게 넣어야 할까?

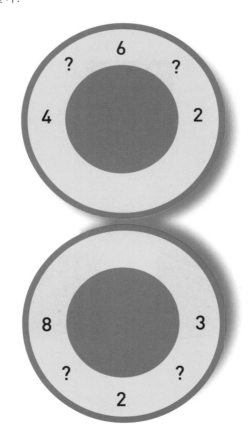

036

각 칸에 적힌 숫자들 사이에는 일정한 규칙이 있다. 물음표 자리에 들어
갈 숫자는 무엇일까?

1536	48	96	3
384	192	24	12
768	96	48	6
192	?	12	24

여섯 개의 기호 중 어느 하나만 나머지와 다르다. 그 기호는 보기 A~F
중 어느 것일까?

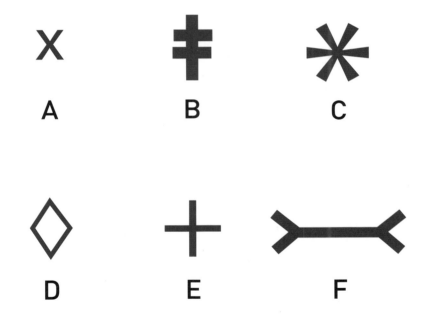

038

각 칸에 있는 색은 1 ~ 9 사이의 숫자 중 하나를 나타낸다. 노란색, 파란색, 초록색은 순서대로 연속된 수이며 모든 칸을 합한 값은 50이다. 각 색이 나타내는 수는 무엇일까?

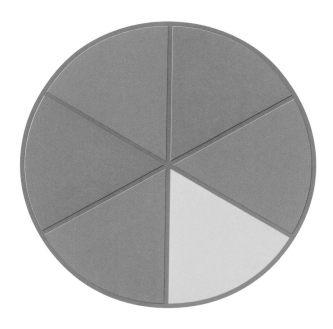

039

정육면체의 면 A~O 중에서 같은 기호가 그려진 면을 세 개 찾아야 한다. 그 세 면은 무엇일까?

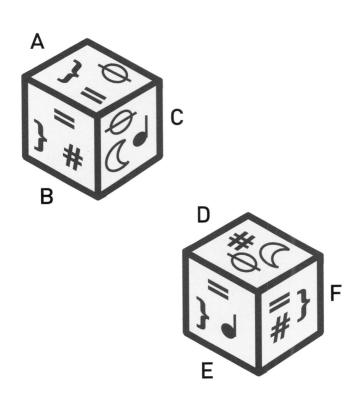

G

I

H

J

L

K

M

O

N

아래 도형에서 성냥개비 네 개를 없애 같은 크기의 사각형 여덟 개를 만들어야 한다. 성냥개비는 없애는 것만 가능하며, 추가하거나 자리를 바꿀 수는 없다. 어떻게 해야 할까?

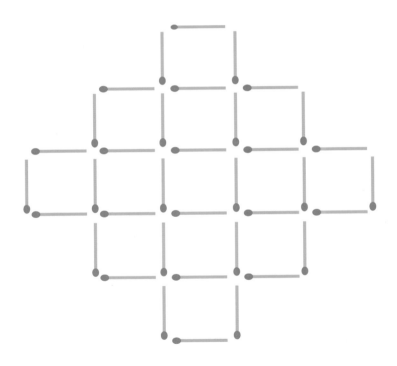

숫자들이 일정한 규칙에 따라 배치되어 있다. 물음표 자리에 들어갈 숫자는 무엇일까?

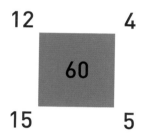

12   4

60

15   5

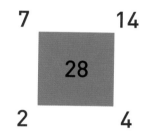

7   14

28

2   4

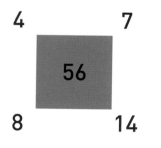

4   7

56

8   14

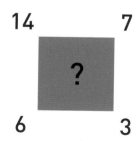

14   7

?

6   3

다섯 개의 도형 중 어느 하나만 나머지와 다르다. 그 도형은 보기 A~E
중 어느 것일까?

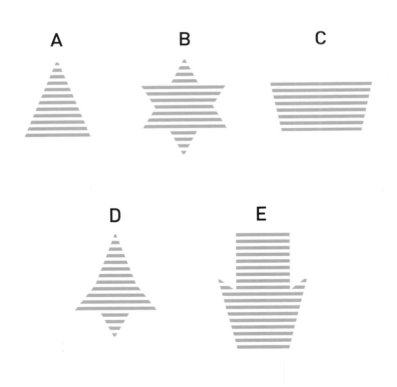

043

마지막 저울의 균형을 맞추려면 물음표 자리에 어떤 그림이 몇 개 들어
가야 할까?

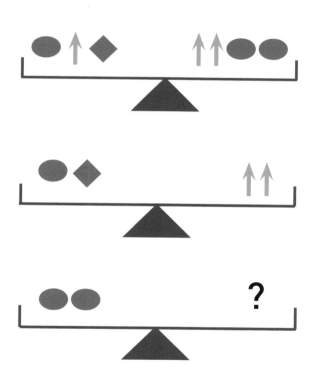

044

도형의 관계를 파악해보자. 빈칸에 들어갈 도형은 보기 A~D 중 어느
것일까?

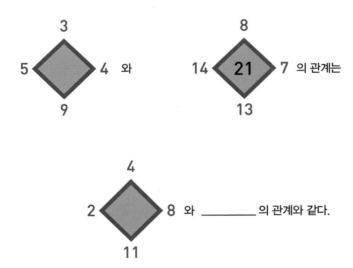

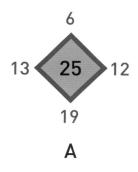

6
13 **25** 12
19

A

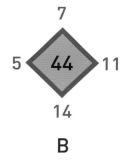

7
5 **44** 11
14

B

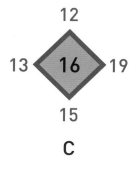

12
13 **16** 19
15

C

12
6 **25** 19
13

D

045

다섯 명의 선수가 자전거 경주에 참가했다. 각 자전거의 번호와 도착 시간 사이에는 일정한 규칙이 있다. 2시 30분에 도착한 자전거의 번호는 무엇일까?

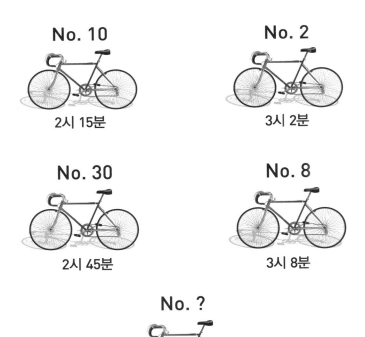

No. 10
2시 15분

No. 2
3시 2분

No. 30
2시 45분

No. 8
3시 8분

No. ?
2시 30분

046

아래 도형은 일정한 규칙에 따라 나열되어 있다. 물음표 자리에 들어갈
도형은 보기 A~E 중 어느 것일까?

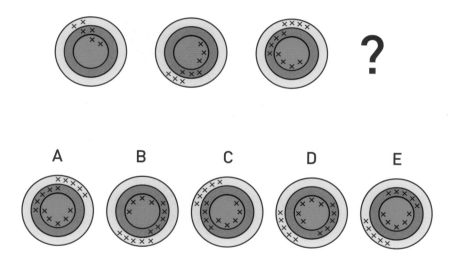

아래 전개도로 만들 수 있는 정육면체는 보기 A~E 중 어느 것일까?

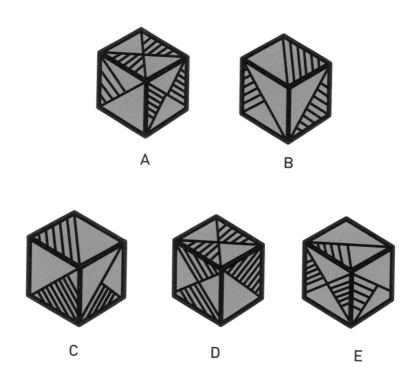

A

B

C

D

E

숫자들이 일정한 규칙에 따라 배치되어 있다. 물음표 자리에 들어갈 숫자는 무엇일까?

A

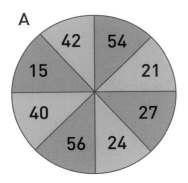

B

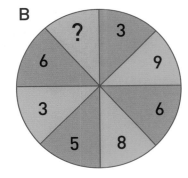

C

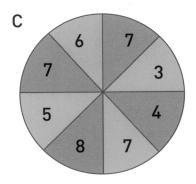

다섯 개의 도형 중 어느 하나만 나머지와 다르다. 그 도형은 보기 A~E 중 어느 것일까?

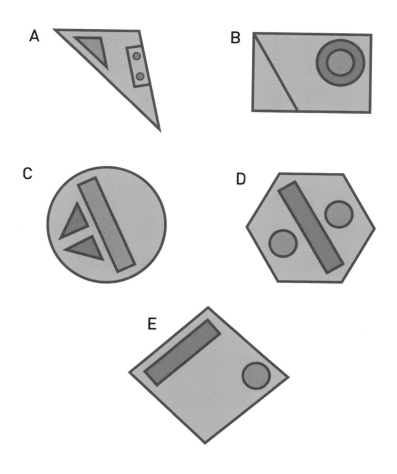

아래 시계는 차례대로 일정한 규칙에 따라 움직인다. 물음표 자리에 들어갈 시계는 보기 A~D 중 어느 것일까?

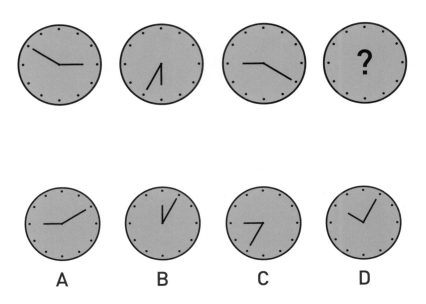

아래 조각들 중에서 하나를 빼고 모두 결합하면 정사각형이 만들어진다.
필요 없는 하나는 보기 A~G 중 어느 것일까?

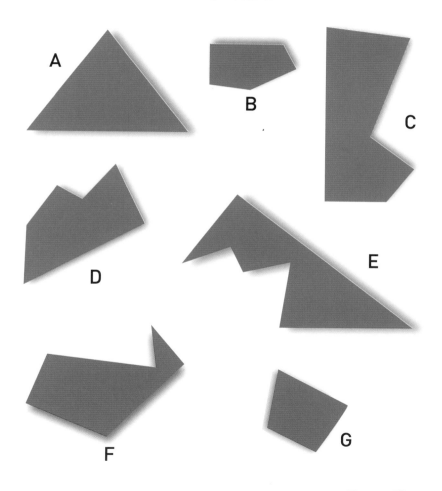

숫자들이 일정한 규칙에 따라 배치되어 있다. 물음표 자리에 들어갈 숫자는 무엇일까?

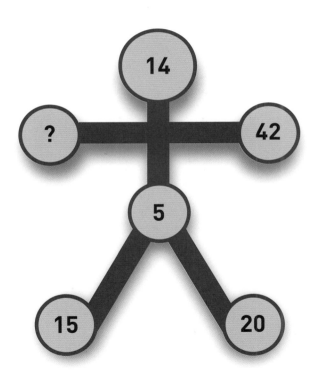

도형 속 수식이 성립하도록 물음표 자리에 알맞은 숫자를 넣어야 한다.
수식은 맨 왼쪽 위의 물음표부터 시계 방향으로 진행되며 기존의 사칙연
산 계산 순서는 고려하지 않는다. 어떤 숫자를 넣어야 할까?

?	−	9	x	5
=				÷
7				2
+				−
3	÷	12	+	4

각 칸에 색이 일정한 규칙에 따라 배치되어 있다. 빈칸에 들어갈 색 조합
은 보기 A~C 중 어느 것일까?

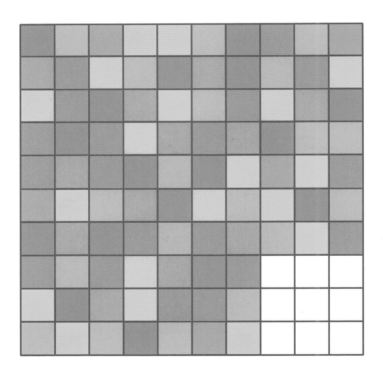

A

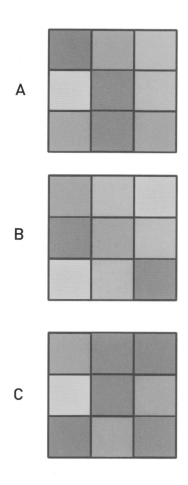

B

C

다섯 명의 선수가 자전거 경주에 참가했다. 각 자전거의 출발과 도착 시간 사이에는 일정한 규칙이 있다. D 선수의 자전거는 몇 시 몇 분에 도착했을까?

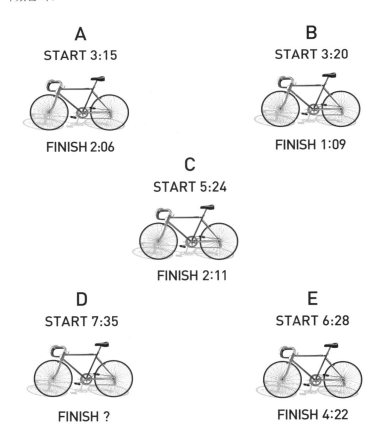

A
START 3:15
FINISH 2:06

B
START 3:20
FINISH 1:09

C
START 5:24
FINISH 2:11

D
START 7:35
FINISH ?

E
START 6:28
FINISH 4:22

056

아래 도형은 차례대로 일정한 규칙에 따라 움직인다. 물음표 자리에 들어갈 도형은 보기 A~E 중 어느 것일까?

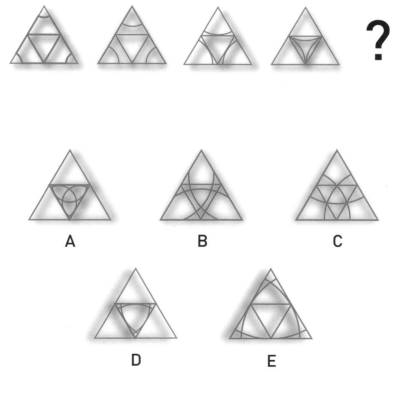

057

다섯 개의 도형 중 어느 하나만 나머지와 다르다. 그 도형은 보기 A~E 중 어느 것일까?

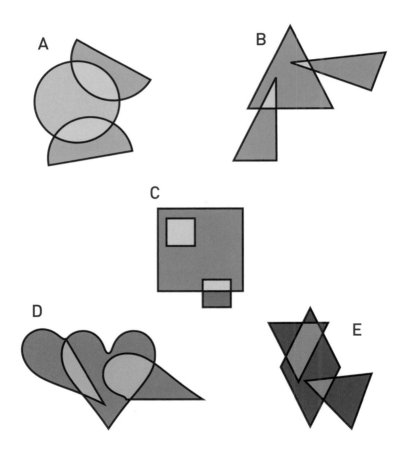

058

바깥쪽 사각형에는 수식이, 안쪽 사각형에는 답이 있다. 각 숫자 사이에 사칙연산 부호를 넣어 수식을 완성해야 한다. 계산 순서는 12시 방향에 있는 숫자 6부터 시계 방향으로 진행되며, 기존의 사칙연산 계산 순서는 고려하지 않는다. 수식을 어떻게 완성해야 할까?

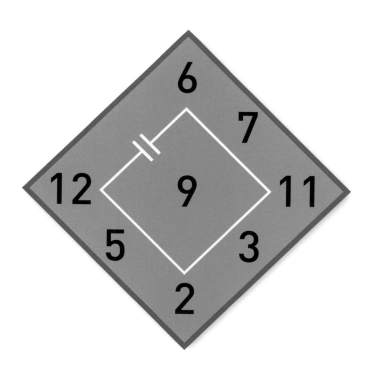

도형의 관계를 파악해보자. 빈칸에 들어갈 도형은 보기 A~E 중 어느 것
일까?

 와  의 관계는

 와 _____의 관계와 같다.

A

B

C

D

E

숫자들이 일정한 규칙에 따라 배치되어 있다. 물음표 자리에 들어갈 숫자는 무엇일까?

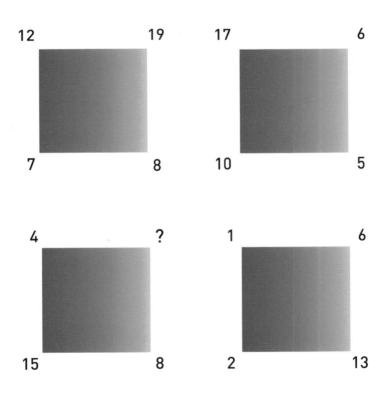

도형 안의 O와 X는 일정한 규칙에 따라 움직인다. 물음표 자리에 들어
갈 도형에서 O와 X는 어디에 위치해 있을까?

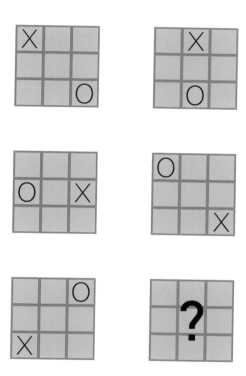

062

도형 안에 알파벳이 일정한 규칙에 따라 배치되어 있다. 물음표 자리에 들어갈 알파벳은 무엇일까?

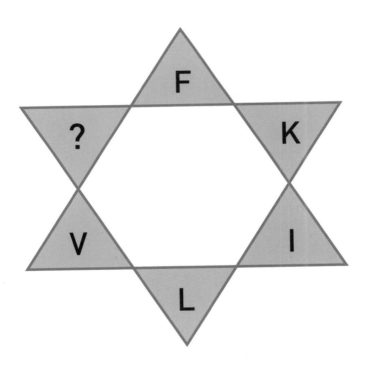

위 시계에 적힌 시간에서 아래 시계에 적힌 시간까지 변하는 과정이 나타나 있다. 각 과정에서 시간을 앞으로 보낼지, 뒤로 당길지 선택해야 한다. 시계를 어떻게 돌려야 이 계산이 성립할 수 있을까?

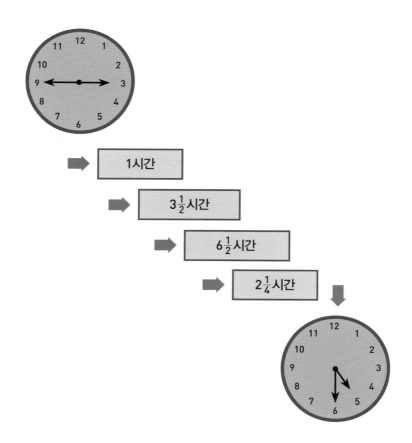

아래 전개도로 만들 수 없는 정육면체는 보기 A~E 중 어느 것일까?

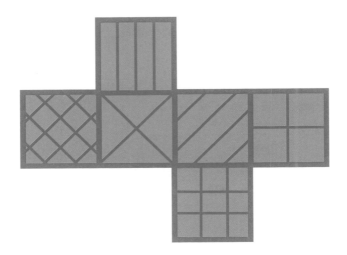

A   B

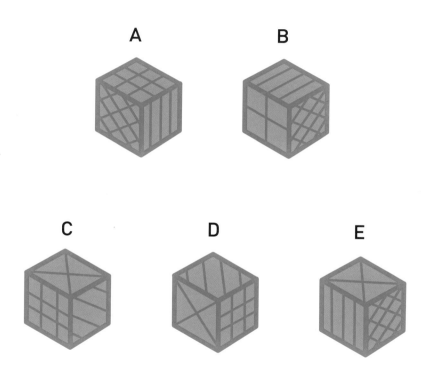

C   D   E

원 안에 있는 숫자들 중 어느 하나만 나머지와 다르다. 그 숫자는 무엇일까?

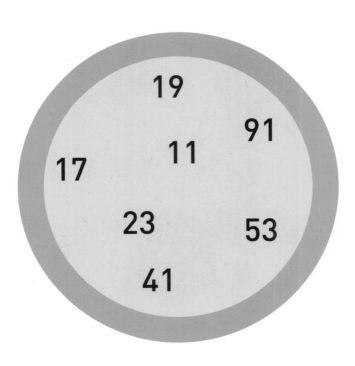

숫자들이 일정한 규칙에 따라 배치되어 있다. 물음표 자리에 들어갈 숫자는 무엇일까?

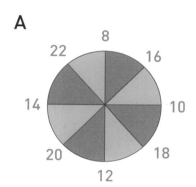

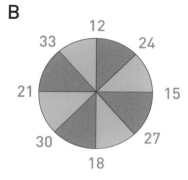

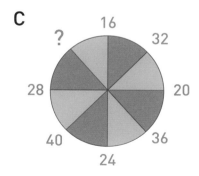

도형의 색은 각각 1~10 사이의 숫자 중 하나를 나타내며, 도형 아래
의 숫자는 그 도형에 있는 색들의 합이다. 물음표에 들어갈 색은 무엇
일까?

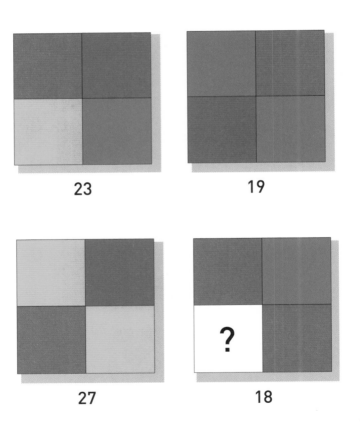

숫자들이 일정한 규칙에 따라 배치되어 있다. 물음표 자리에 들어갈 숫자는 무엇일까?

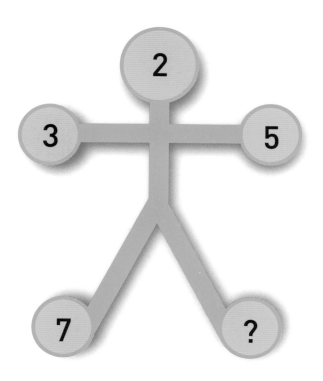

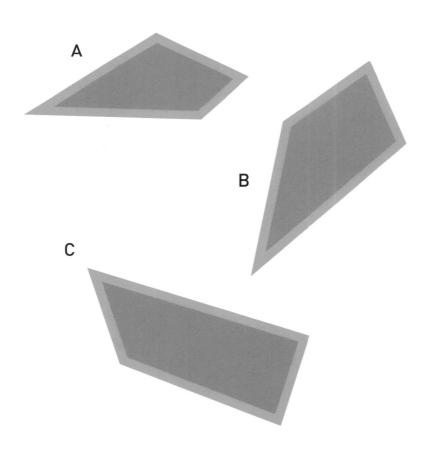

아래 조각들 중에서 하나를 빼고 모두 결합하면 정사각형이 만들어진다.
필요 없는 조각은 보기 A~H 중 어느 것일까?

A

B

C

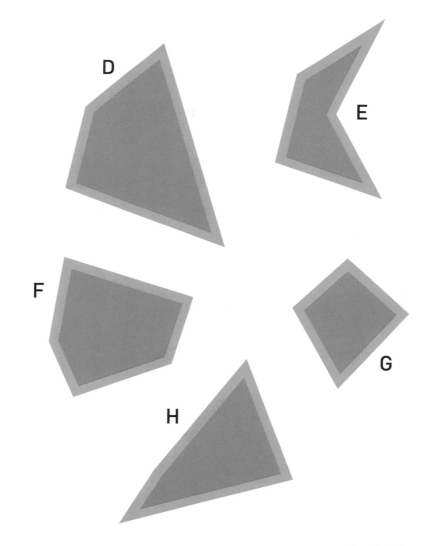

D

E

F

G

H

열기구의 번호와 활공 시간 사이에는 일정한 규칙이 있다. 열기구 E의 활공 시간은 보기 a~d 중 어느 것일까?

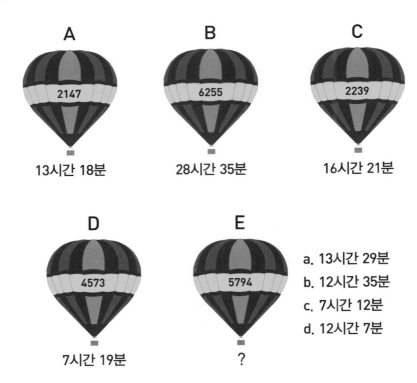

A
2147
13시간 18분

B
6255
28시간 35분

C
2239
16시간 21분

D
4573
7시간 19분

E
5794
?

a. 13시간 29분
b. 12시간 35분
c. 7시간 12분
d. 12시간 7분

다섯 개의 도형 중 어느 하나만 나머지와 다르다. 그 도형은 보기 A~E 중 어느 것일까?

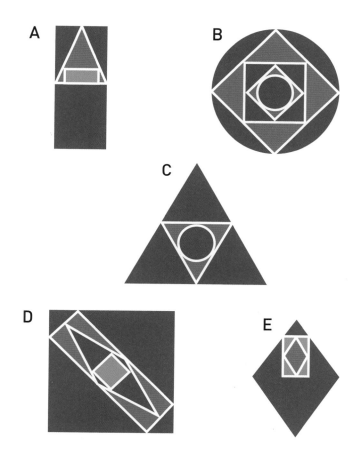

072

도형의 관계를 파악해보자. 빈칸에 들어갈 도형은 보기 A~E 중 어느 것일까?

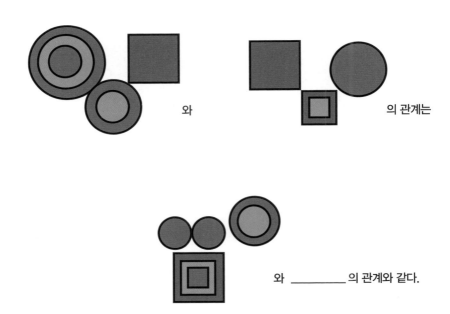

와   의 관계는

와 _____ 의 관계와 같다.

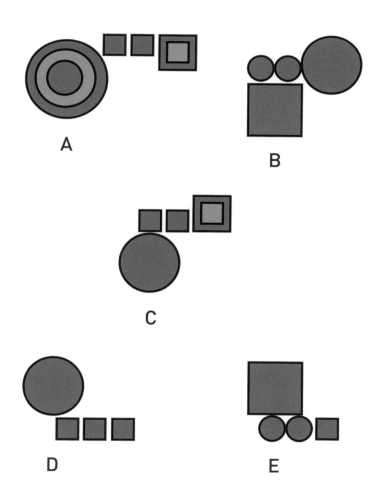

A

B

C

D

E

바깥쪽 사각형에는 수식이, 안쪽 사각형에는 답이 있다. 각 숫자 사이에 사칙연산 부호를 넣어 수식을 완성해야 한다. 계산 순서는 12시 방향에 있는 숫자 4부터 시계 방향으로 진행되며, 기존의 사칙연산 계산 순서는 고려하지 않는다. 수식을 어떻게 완성해야 할까?

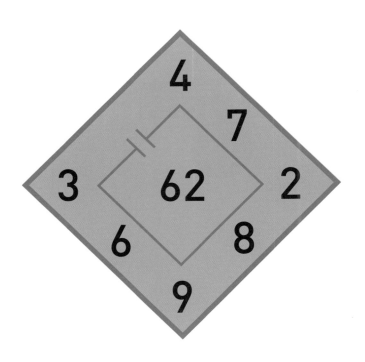

숫자들이 일정한 규칙에 따라 배치되어 있다. 물음표 자리에 들어갈 숫
자는 무엇일까?

각 칸에 도형들이 일정한 규칙에 따라 배치되어 있다. 물음표 안에 들어갈 도형은 무엇일까?

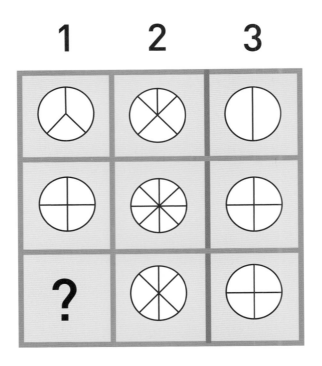

보기 A~E는 모두 한 정육면체를 다른 각도에서 바라본 것이다. 물음표 자리에는 어떤 그림이 들어가야 할까?

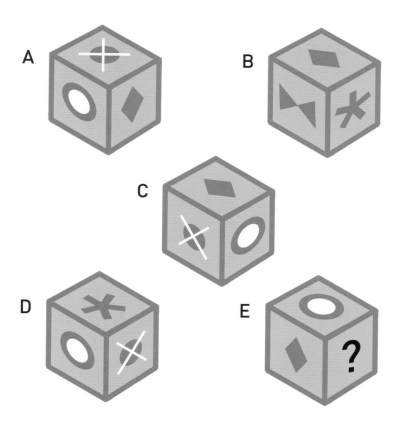

077

아래 도형은 차례대로 일정한 규칙에 따라 움직인다. 다음에 이어질 도형은 보기 A~D 중 어느 것일까?

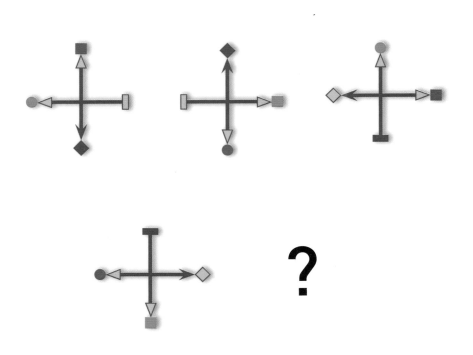

?

A

B

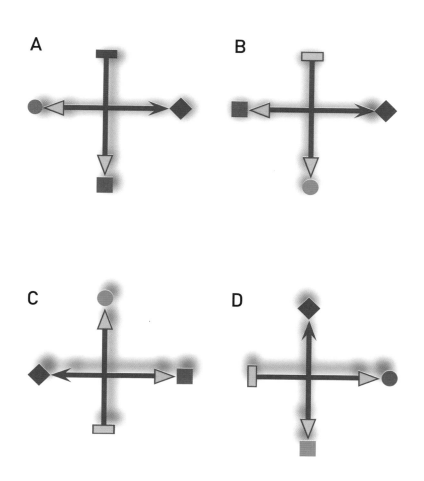

C

D

숫자들이 일정한 규칙에 따라 배치되어 있다. 물음표 자리에 들어갈 숫자는 무엇일까?

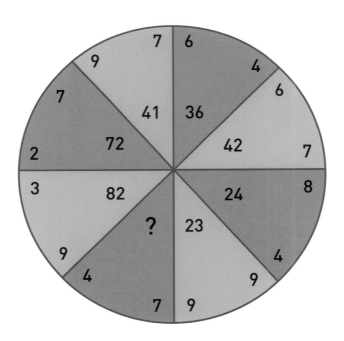

다섯 개의 도형 중 어느 하나만 나머지와 다르다. 그 도형은 보기 A~E
중 어느 것일까?

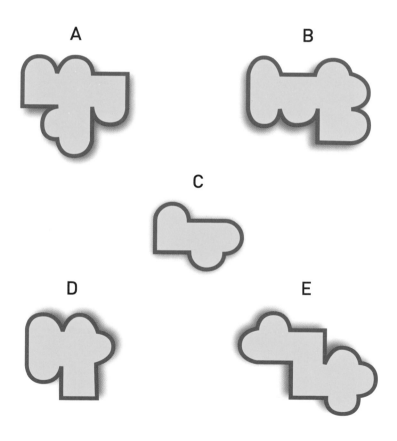

다섯 개의 주사위 중 어느 하나만 나머지와 다르다. 그 주사위는 보기 A~E 중 어느 것일까?

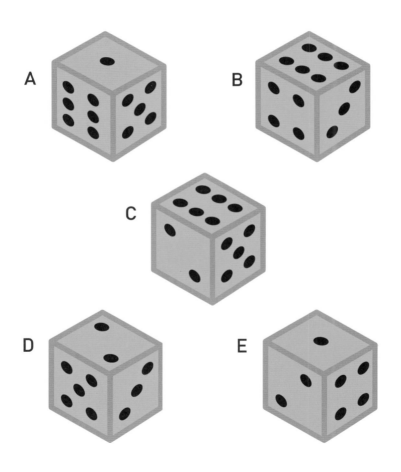

081

시계는 차례대로 일정한 규칙에 따라 움직인다. 3번 시계는 몇 시 몇 분을 가리켜야 할까?

1

2

3

4

082

도형의 관계를 파악해보자. 빈칸에 들어갈 도형은 보기 A~D 중 어느
것일까?

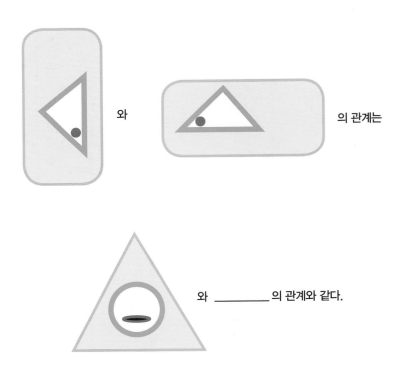

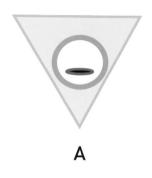

A

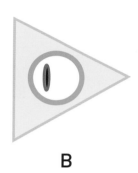

B

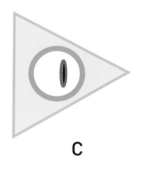

C

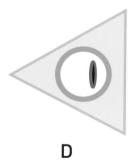

D

아래 도형과 결합했을 때 완벽한 원을 이루는 것은 보기 A~E 중 어느 것일까?

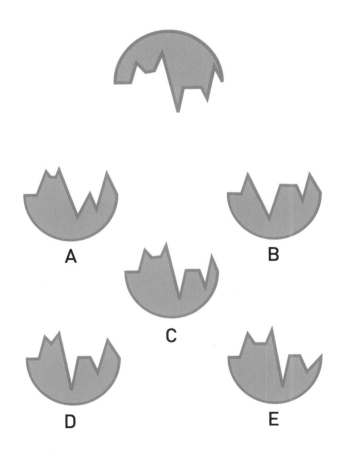

A

B

C

D

E

084

트랙터 번호와 밭의 넓이(m²), 수확한 감자 무게 사이에는 일정한 규칙이 있다. 10번 트랙터가 작업하는 밭의 넓이는 얼마일까?

No. 6 (873m²)

4372톤

No. 10 (?)

6356톤

No. 4 (1093m²)

5238톤

No. 14 (454m²)

3786톤

No. 3 (1262m²)

9870톤

숫자들이 일정한 규칙에 따라 배치되어 있다. 물음표 자리에 들어갈 숫자는 무엇일까?

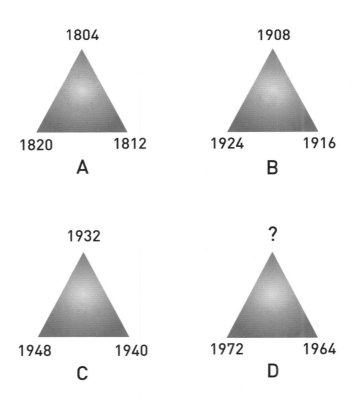

다섯 개의 도형 중 어느 하나만 나머지와 다르다. 그 도형은 보기 A~E
중 어느 것일까?

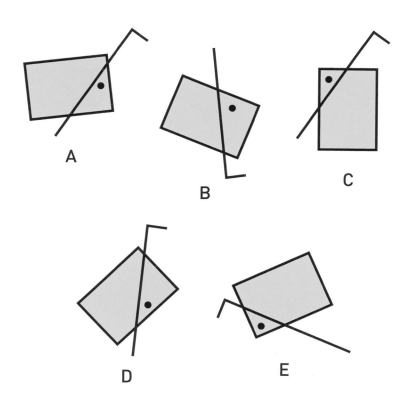

A

B

C

D

E

도형의 관계를 파악해보자. 빈칸에 들어갈 도형은 보기 A~E 중 어느 것일까?

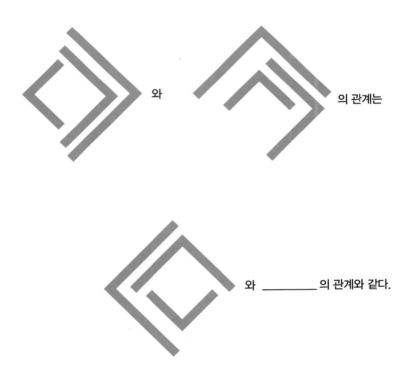

와 ⎰⎱ 의 관계는

ꓷꓷ 와 _____의 관계와 같다.

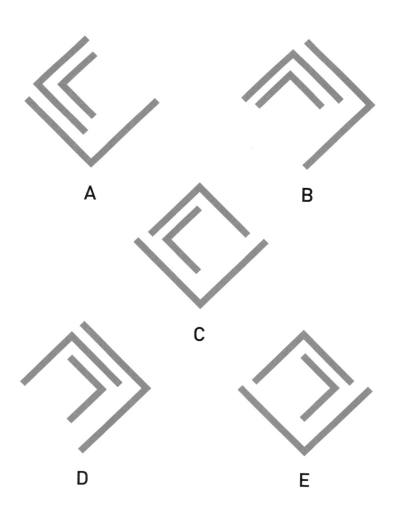

A

B

C

D

E

큰 숫자와 그 아래에 있는 작은 숫자 사이에는 일정한 규칙이 있다. 물음 표 자리에 들어갈 숫자는 무엇일까?

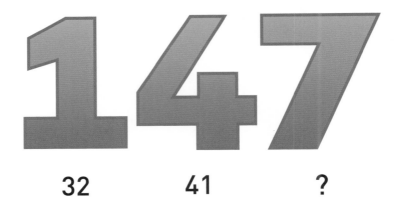

32   41   ?

숫자들이 일정한 규칙에 따라 배치되어 있다. 물음표 자리에 들어갈 숫자는 무엇일까?

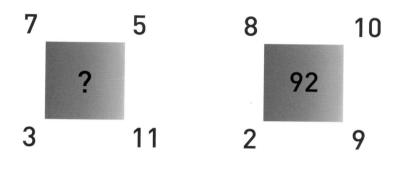

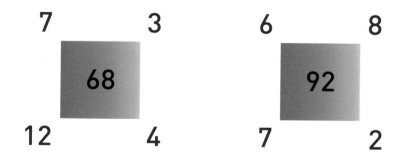

아래 도형은 일정한 규칙에 따라 나열되어 있다. 물음표 자리에 들어갈
도형은 보기 A~E 중 어느 것일까?

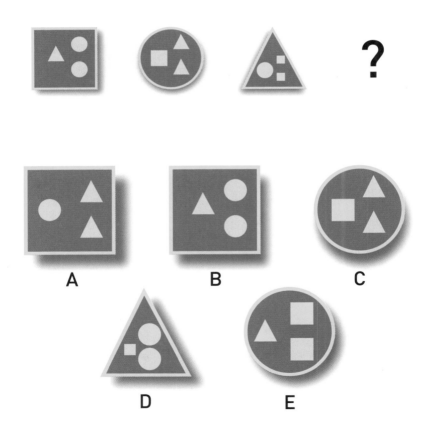

시계 A~E에 표시된 시간 사이에는 일정한 규칙이 있다. 물음표 자리에 들어갈 시간은 몇 시 몇 분 몇 초일까?

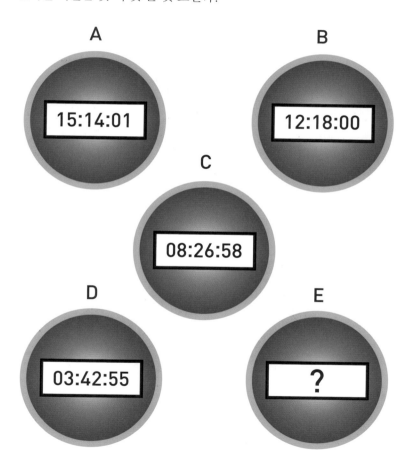

A
15:14:01

B
12:18:00

C
08:26:58

D
03:42:55

E
?

다섯 개의 도형 중 어느 하나만 나머지와 다르다. 그 도형은 A~E 중 어느 것일까?

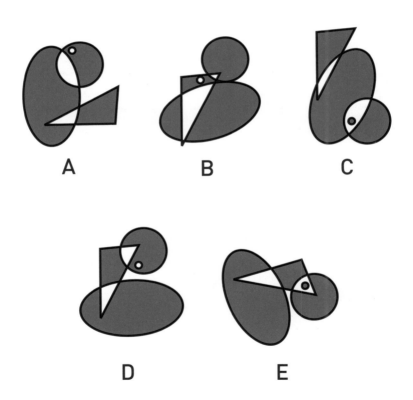

A   B   C

D   E

093

각 칸의 색은 1~9 사이의 숫자 중 하나를 나타낸다. 같은 줄에 있는 색을 모두 더하면 각 줄 바깥에 있는 숫자가 나온다. 물음표 자리에 들어갈 숫자는 무엇일까?

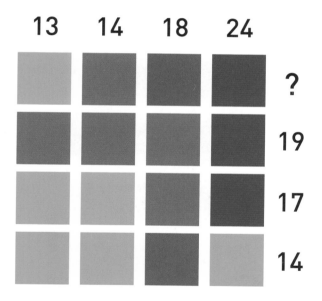

아래 전개도로 만들 수 있는 정사면체는 보기 A~E 중 어느 것일까?

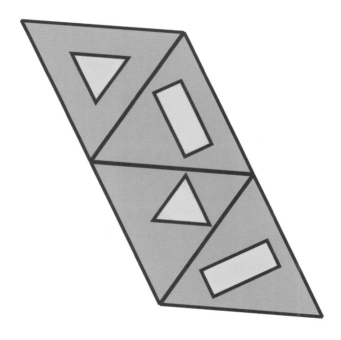

A

B

C

D

E

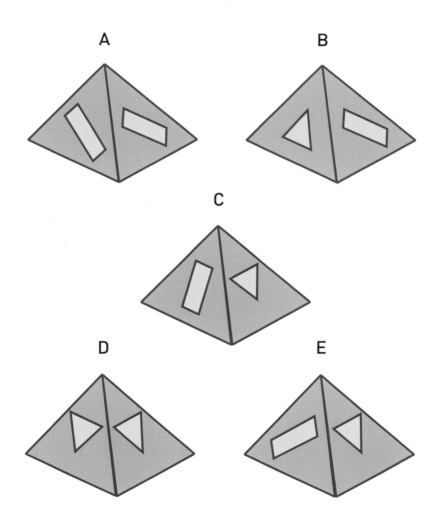

095

꽃잎과 나뭇잎 개수가 일정한 규칙에 따라 변하고 있다. 물음표 순서에
들어갈 꽃은 어떤 모양일까?

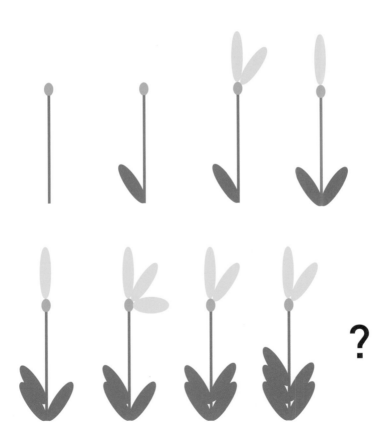

096

여덟 개의 도형 중 어느 하나만 나머지와 다르다. 그 도형은 보기 A~H 중 어느 것일까?

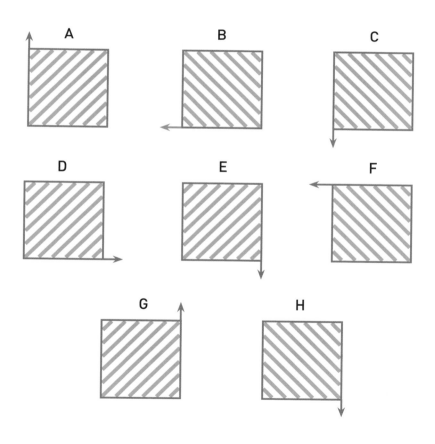

숫자들이 일정한 규칙에 따라 배치되어 있다. 물음표 자리에 들어갈 숫자는 무엇일까?

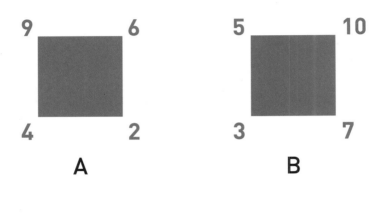

9　　　　6

4　　　　2

A

5　　　　10

3　　　　7

B

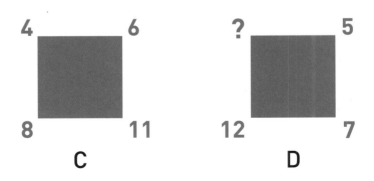

4　　　　6

8　　　　11

C

?　　　　5

12　　　　7

D

도형들이 일정한 규칙에 따라 배치되어 있다. 빈칸에 들어갈 도형은 어떤 모습일까?

보기 A~F 중에는 아래 전개도로 만들 수 없는 정십이면체가 두 개 있다. 무엇과 무엇일까?

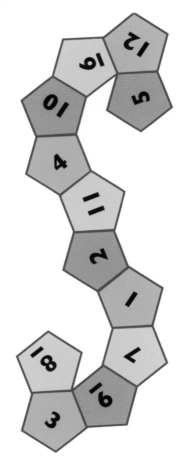

A B C D E F

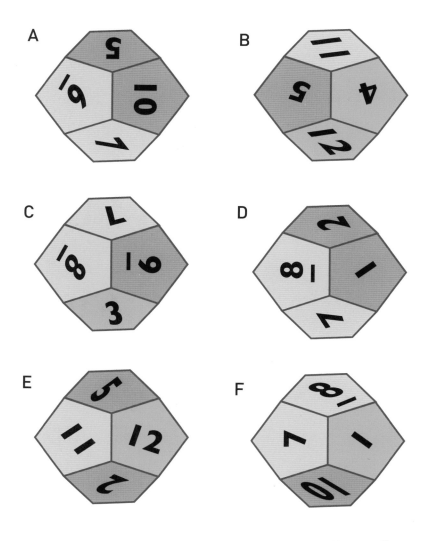

각 칸에 적힌 숫자들 사이에는 일정한 규칙이 있다. 물음표 자리에 들어
갈 숫자는 무엇일까?

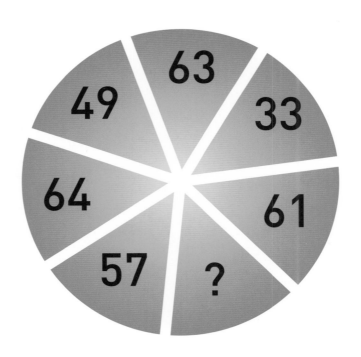

원의 여섯 조각 중 어느 하나만 나머지와 다르다. 그 조각은 보기 A~F
중 어느 것일까?

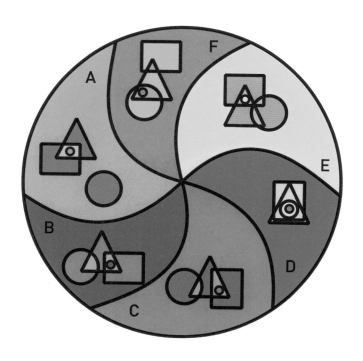

각 칸의 색은 1~9 사이의 숫자 중 하나를 나타낸다. 같은 줄에 있는 색을 모두 더하면 각 줄 바깥에 있는 숫자가 나온다. 물음표 자리에 들어갈 숫자는 무엇일까?

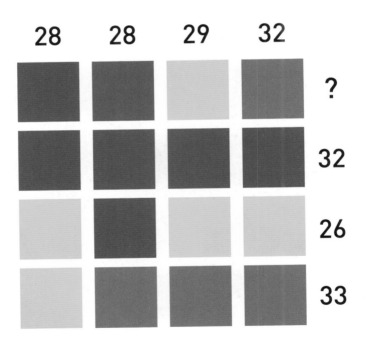

103

아래 그림처럼 배치된 성냥개비 중 3개를 움직여 5개의 삼각형을 만들어야 한다. 성냥개비를 어떻게 움직여야 할까?

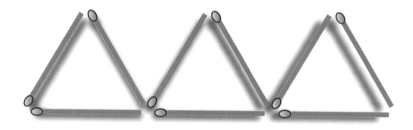

아래 시계는 차례대로 일정한 규칙에 따라 움직인다. 물음표 자리에 들어갈 시계는 보기 A~D 중 어느 것일까?

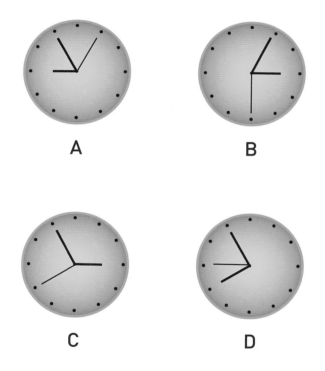

A

B

C

D

숫자들이 일정한 규칙에 따라 배치되어 있다. 물음표 자리에 들어갈 숫자는 무엇일까?

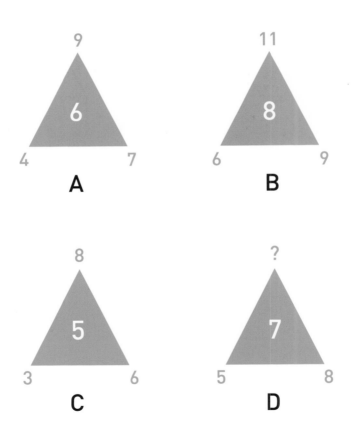

원 안의 노란 점은 일정한 규칙에 따라 움직인다. 원 F에서 노란 점은 어디에 있을까?

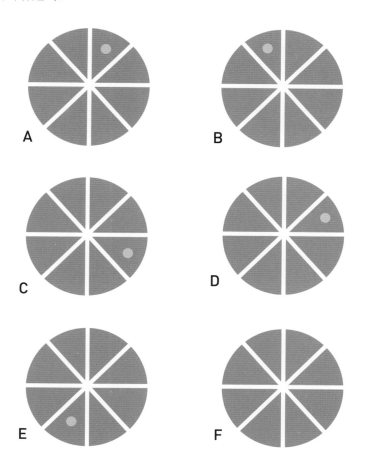

A

B

C

D

E

F

도형의 관계를 파악해보자. 빈칸에 들어갈 도형은 보기 A~D 중 어느
것일까?

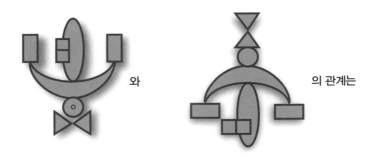

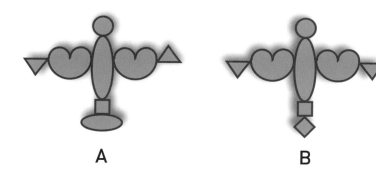

A

B

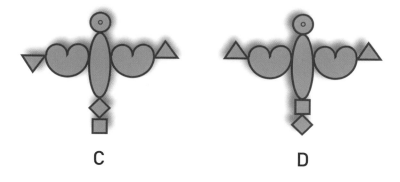

C

D

다섯 개의 도형 중 어느 하나만 나머지와 다르다. 그 도형은 보기 A~E
중 어느 것일까?

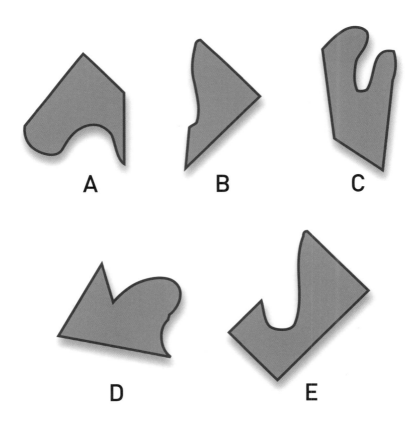

톱니바퀴 맨 아래에 통나무가 담긴 상자가 연결되어 있다. 가장 오른쪽 위에 있는 도르래를 검은 화살표 방향으로 당기면, 상자는 A, B 중 어느 방향으로 움직일까?

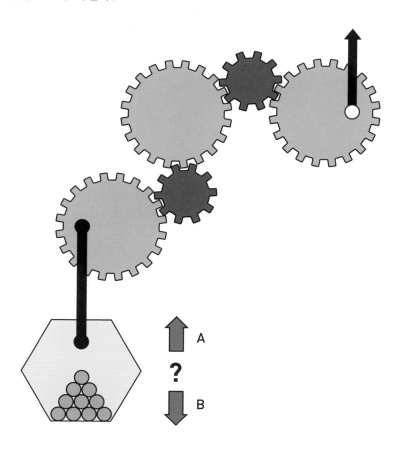

110

아래 전개도로 만들 수 있는 정육면체는 보기 A~E 중 어느 것일까?

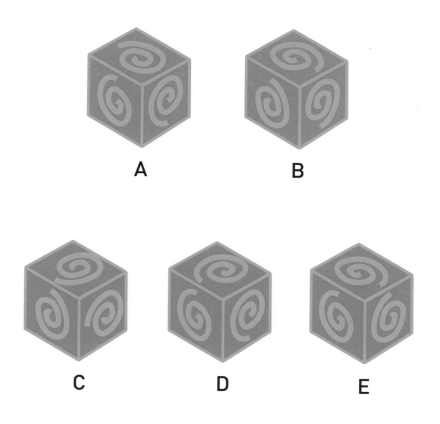

A

B

C

D

E

각 칸에 적힌 숫자들 사이에는 일정한 규칙이 있다. 물음표 자리에 들어갈 숫자는 무엇일까?

3	3	9	3
5	8	2	1
4	3	8	1
8	2	1	?

보기 A~E에 작은 원을 하나씩 추가하려고 한다. 아래 그림과 같은 규칙
으로 원을 추가할 수 있는 것은 보기 A~E 중 어느 것일까?

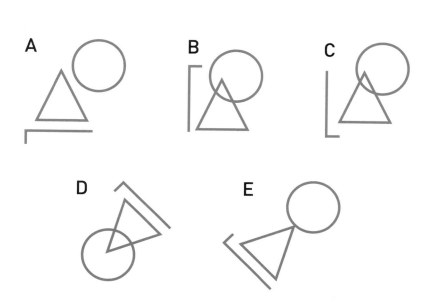

113

모든 타일을 잘 배치하면 각 가로줄과 세로줄에 나열되는 숫자가 서로 똑같은 정사각형이 만들어진다. 예를 들면 첫 번째 가로줄과 첫 번째 세로줄에 나열된 숫자가 서로 같다. 타일은 뒤집거나 회전할 수 없으며 지금 놓인 모양 그대로 사용해야 한다. 타일을 어떻게 배치해야 할까?

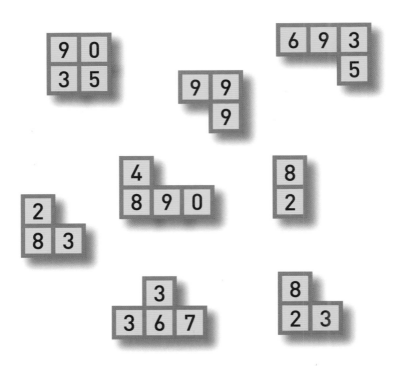

144

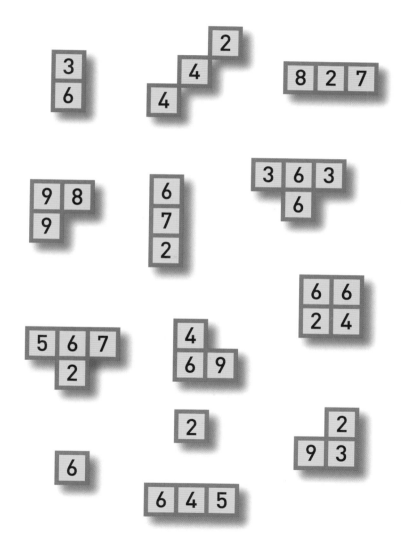

각 칸의 색은 1~9 사이의 숫자 중 하나를 나타낸다. 같은 줄에 있는 색을 모두 더하면 각 줄 바깥에 있는 숫자가 나온다. 물음표 자리에 들어갈 숫자는 무엇일까?

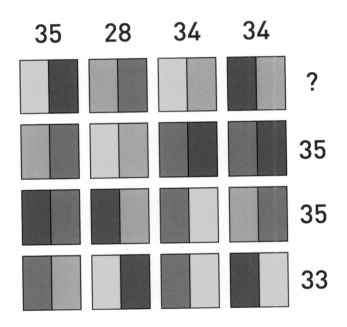

삼각형 안에 있는 도형과 바깥에 있는 숫자 사이에는 일정한 규칙이 있다. 물음표 자리에 들어갈 도형은 무엇일까?

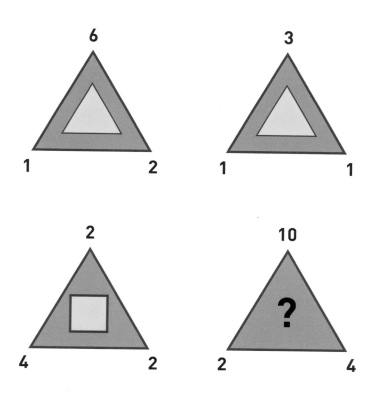

다섯 개의 도형 중 어느 하나만 나머지와 다르다. 그 도형은 보기 A~E 중 어느 것일까?

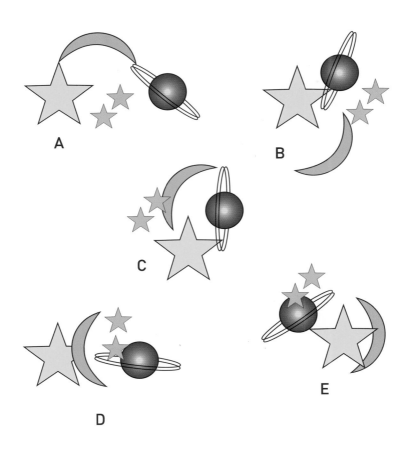

아래 도형은 차례대로 일정한 규칙에 따라 움직인다. 물음표 자리에 들어갈 도형은 보기 A~E 중 어느 것일까?

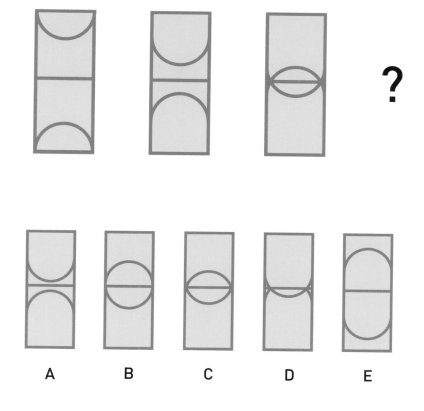

도형의 관계를 파악해보자. 빈칸에 들어갈 도형은 보기 A~E 중 어느 것일까?

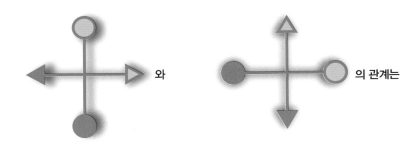

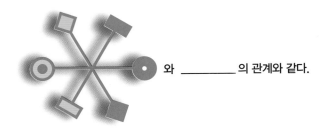

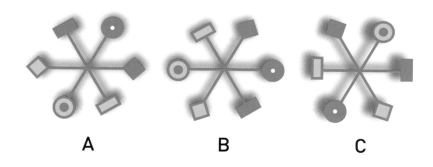

A　　　　　　B　　　　　　C

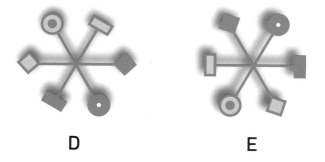

D　　　　　　　E

삼각형에 있는 숫자와 색의 규칙을 찾아보자. 삼각형의 면과 변에 칠해 진 색은 1~9 사이의 숫자 중 하나를 나타낸다. 물음표 자리에 들어갈 숫자는 무엇일까?

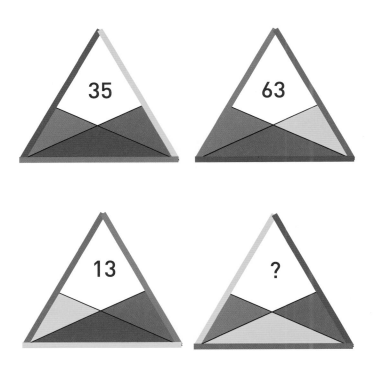

아래 도형은 일정한 규칙에 따라 나열되어 있다. 물음표 자리에 들어갈
도형은 보기 A~E 중 어느 것일까?

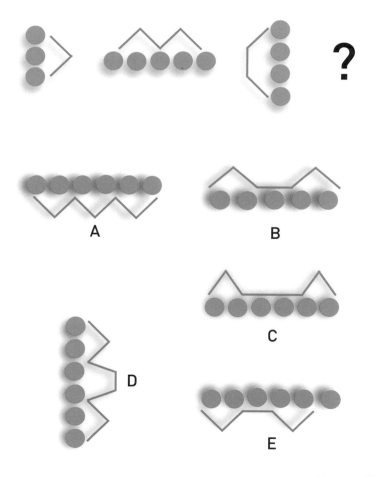

열다섯 개의 도형 중 나머지와 다른 것이 하나 있다. 그 도형은 보기
A~O 중 어느 것일까?

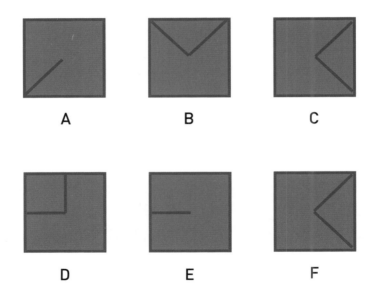

A   B   C

D   E   F

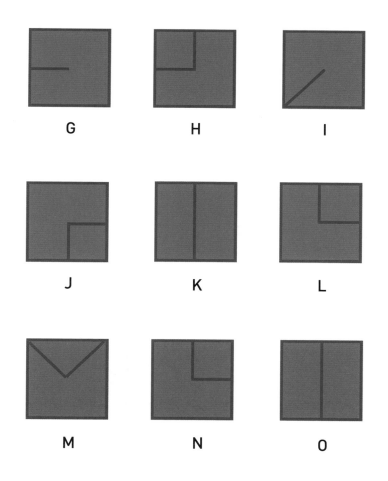

G

H

I

J

K

L

M

N

O

숫자들이 일정한 규칙에 따라 배치되어 있다. 물음표 자리에 들어갈 숫자는 무엇일까?

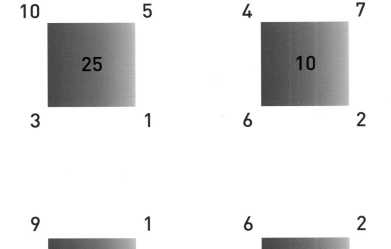

숫자들이 일정한 규칙에 따라 배치되어 있다. 물음표 자리에 들어갈 숫자는 무엇일까?

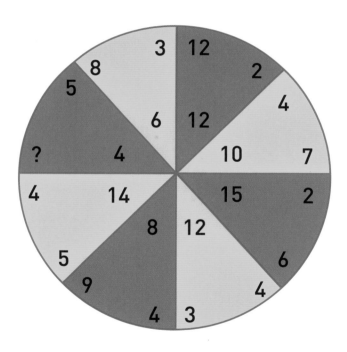

124

아래 정육면체는 모두 한 정육면체를 다른 각도에서 바라본 것이다. 화살표 방향에서 바라본 X면은 보기 A~E 중 어느 것일까?

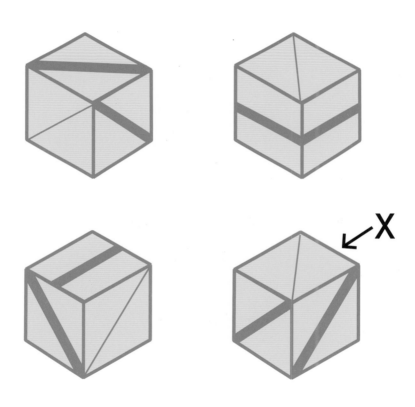

A

B

C

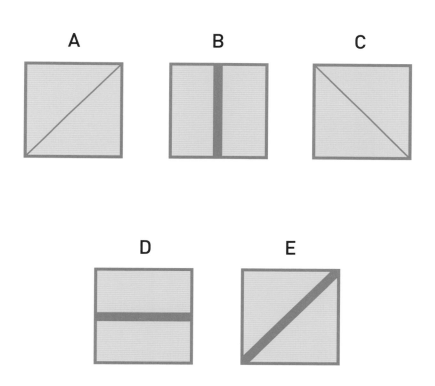

D

E

각 칸의 색은 1~9 사이의 숫자 중 하나를 나타낸다. 같은 줄에 있는 색을 모두 더하면 각 줄 바깥에 있는 숫자가 나온다. 물음표 자리에 들어갈 숫자는 무엇일까?

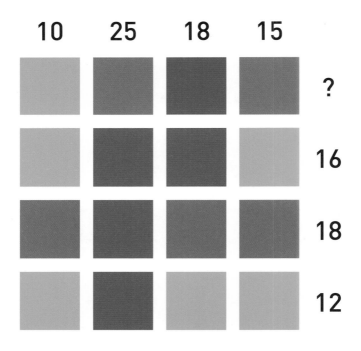

삼각형에 있는 숫자와 색의 규칙을 찾아보자. 삼각형의 면과 선에 칠한 색깔은 1~9 사이의 숫자 중 하나를 나타낸다. 물음표 자리에 들어갈 숫자는 무엇일까?

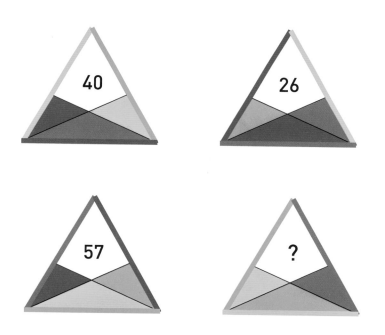

삼각형 안에 있는 점은 일정한 규칙에 따라 찍혀 있다. 다섯 번째 점은 어디에 찍어야 할까?

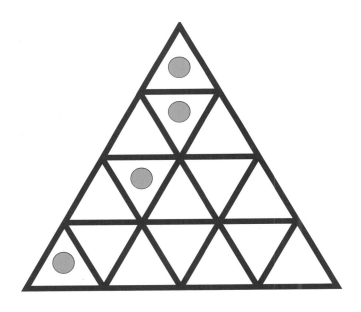

도형 속 수식이 성립하도록 물음표 자리에 알맞은 숫자를 넣어야 한다.
수식은 맨 왼쪽 아래의 8부터 시계 방향으로 진행되며 기존의 사칙연산
계산 순서는 고려하지 않는다. 어떤 숫자를 넣어야 할까?

?	-	5	x	4
÷				÷
14				6
+				-
8	=	5	+	1

도형의 관계를 파악해보자. 빈칸에 들어갈 도형은 보기 A~E 중 어느 것일까?

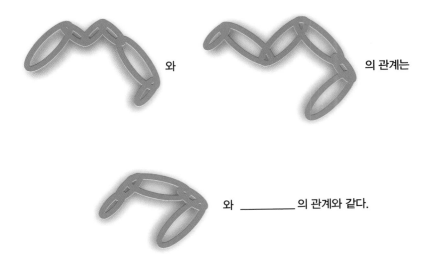

와   의 관계는

와 _____의 관계와 같다.

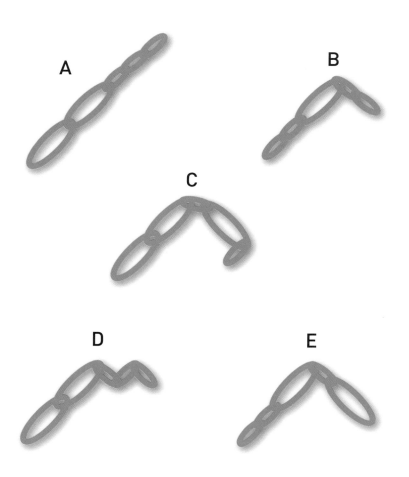

A

B

C

D

E

130

정육면체의 면 A~O 중에서 같은 알파벳이 적힌 짝을 찾아야 한다. 무엇과 무엇일까?

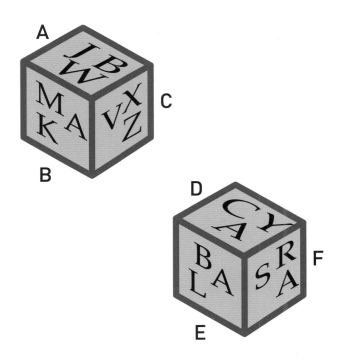

G

H

I

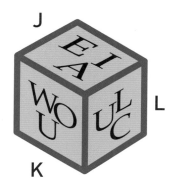

J

K

L

M

N

O

131

아래 전개도로 만들 수 있는 정육면체는 보기 A~E 중 어느 것일까?

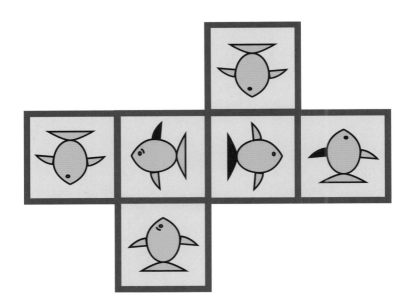

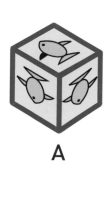

A

B

C

D

E

132

각 칸의 색은 1~9 사이의 숫자 중 하나를 나타낸다. 같은 줄에 있는 색을 모두 더하면 각 줄 바깥에 있는 숫자가 나온다. 물음표 자리에 들어갈 숫자는 무엇일까?

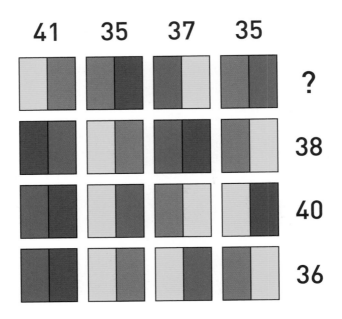

MENSA PUZZLE

멘사퍼즐 수학게임

해 답

001 B와 H

002 16
다른 숫자들은 모두 3으로 나눌 수 있다.

003 위쪽 원 : +, +
아래쪽 원 : +, −

004 3
각 원에 있는 모든 숫자의 합은 30이다.

005 2
숫자는 그 칸에서 겹치는 도형의 수를 나타낸다.

006 C
삼각형 가운데의 숫자는 삼각형의 모서리에 있는 각 숫자를 제곱한 값의 합이다. C는 $6^2+2^2+1^2=41$이므로 규칙에 맞지 않는다.

007 D

008 남색 6
남색 6과 보라색 7이 차례대로 온다. 색깔은 무지개의 색 순서와 같다.

009 D
다른 모든 도형은 왼쪽의 세로선 수와 오른쪽의 세로선 수를 곱하면 짝수가 나온다.

010 4개
☁ = 3, 🌙 = 5, ☀ = 9

011 105
🟨 = 4, 🟩 = 5, 🟥 = 6, 🟫 = 7
이다. 색의 값을 같은 줄에 적힌 숫자와 더한 뒤 함께 계산한다.

012 **D**

013 **D**
화살표 위와 오른쪽에 직선이 번갈아
가며 하나씩 추가된다. 화살은 파란색
과 흰색이 두 번씩 번갈아 나온다.

014 **3**

015 **6시 50분**
분침은 5, 10, 15분씩 뒤로 가고, 시침
은 1, 2, 3시간씩 앞으로 간다.

016 **B**

017 **C**
다른 모든 도형은 큰 원 안에 있는 도형
의 변 수와 작은 원의 수가 같다. C는 도
형의 변 수보다 작은 원이 하나 더 많다.

018 **11**
● = 2, ● = 3, ● = 4, ● = 5,
● = 6, ● = 7
각 부분에 있는 두 색의 숫자를 더한 값
을 시계 방향으로 다음 부분에 넣는다.

019 **48**
문제를 보면 미세하게 더 굵은 선이 있
다. 이 선을 기준으로 숫자 네 개가 모
인 2×2 정사각형 단위로 계산한다. 우
선 위쪽에 있는 두 숫자를 곱해 오른쪽
아래 칸에 넣고, 그 결과에서 바로 위
쪽 숫자를 뺀 결과를 왼쪽 아래 칸에 넣
는다.

020 **A와 L**

021 **15**
시간을 분으로 바꿔 분과 합친 다음 10
으로 나눈 몫이 선수의 번호다.

022   5 × 4 ÷ 2 + 7 = 17

023   **26**
다른 공에 있는 숫자들은 각 자릿수를
더하면 10이 된다.

024   **8**
① 각 사각형의 왼쪽 위 꼭짓점에 있는
  숫자에서 왼쪽 아래 꼭짓점 숫자를
  뺀다.
② 오른쪽 위 꼭짓점에서 오른쪽 아래
  꼭짓점의 숫자를 뺀다.
  마지막으로 ①의 값에서 ②의 값을
뺀 결과를 가운데에 넣는다.

025   **C**
원 안의 숫자 중 홀수는 앞뒤 자리가 바
뀐다. 예를 들어 59는 95로 바뀌며 82
는 바뀌지 않는다. 또한 숫자는 무작위
로 재배치된다.

026   **35**
✔ = 3, ✱ = 6, ⭕ = 12,
✠ = 17

027   **D**
공식은 다음과 같다. (오른쪽 수 × 왼쪽
미완성 원이 완성된 원에서 차지하는
넓이의 비율)−(위쪽 수 × 아래쪽 미완
성 원이 완성된 원에서 차지하는 넓이
의 비율)=가운데 도형의 꼭짓점 수가
된다. D의 경우 $(18 \times \frac{2}{3}) - (12 \times \frac{3}{4}) =$
3이므로 가운데 도형은 삼각형이어야
한다.

028   **27**
원 A의 숫자를 제곱한 결과를 원 B의
같은 부분에 넣는다. 그다음 원 A의 숫
자를 세제곱한 결과를 원 C의 같은 부
분에 넣는다.

029   ☁ **3개와** 🌙 **1개 또는**

🌙 **4개와** ☀️ **1개**
☀️ = 6, 🌙 = 7, ☁️ = 9

점이 −1되면 시계 반대 방향으로 90
도 회전하며, 점이 +2가 되면 위아래와
좌우가 모두 뒤집힌다.

030 C
분침은 5분씩, 시침은 3시간씩 앞으로
간다.

**035 위쪽 원: ×, ÷
아래쪽 원: ÷, ×**

031 B

036 384
가장 오른쪽 위 숫자인 3에서 시작한
다. 3을 기준으로 아래로 내려가면서
4를 곱하고 2로 나누는 것을 반복한다.
맨 아래까지 진행하고 나면, 왼쪽 옆 숫
자로 이동해 위로 올라가면서 같은 규
칙을 반복한다.

032 B
다른 모든 도형은 세 개의 상자가 가로
또는 세로로 한 줄에 줄지어 있다.

033 2
무게의 일의 자리 숫자에서 십의 자리
숫자를 뺀다.

037 D
다이아몬드 모양의 닫힌 도형을 이룬
다. 나머지 보기는 모두 열린 도형이다.

034 B
점은 −1, +2를 반복하며 진행되고, 도
형은 점의 개수를 기준으로 움직인다.

**038 노란색 = 7, 파란색 = 8,
초록색 = 9**

039 B, F, N

043 ↑ 1개

040

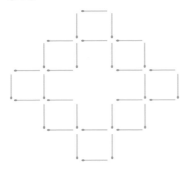

이외에도 다양한 답이 있다. 다른 해답
들도 찾아보자.

041 42
오른쪽 위 숫자를 왼쪽 아래 숫자로 곱
하거나 왼쪽 위 숫자를 오른쪽 아래 숫
자로 곱해 사각형 안에 넣는다.

042 B
다른 도형은 도형을 이루는 선의 개수
가 모두 짝수다.

044 A
첫 번째 사각형에서 각 변 끝에 있는 두
숫자를 합해 그 결과를 두 번째 사각형
의 꼭짓점에 넣는다. 첫 번째 사각형의
모든 꼭짓점의 합을 두 번째 사각형 안
에 넣는다.

045 20
시와 분의 숫자를 곱한 후 3으로 나누
면 번호를 구할 수 있다.

046 A
각 원의 X는 순서가 진행되면서 하나씩
늘어나며, 인접한 원의 첫 번째와 마지
막 X가 같은 직선상의 위치에 있다.

047 C

048 9

원 B와 원 C에서 같은 위치에 있는 숫자를 곱한 다음, 원 A의 시계 방향으로 다음 조각에 그 결과를 넣는다.

049 D

D만 초록색 도형이 두 개 있다.

050 B

분침은 15분씩 뒤로 가고, 시침은 3시간씩 앞으로 간다.

051 G

052 56

사람 형상으로 가정하고 머리×왼발÷허리=오른손, 머리×오른발÷허리=왼손의 규칙이 적용된다.

따라서 물음표 자리에 들어갈 숫자는 14×20÷5=56이다.

053 13

054 C

각 행과 열은 주황색 사각형 두 개, 초록색 사각형 두 개씩을 포함해야 한다.

055 3:13

A부터 출발 시간에서 도착 시간을 뺀 값이 다음 자전거의 도착 시간이다.

따라서 C 자전거의 5시 24분에서 2시 11분을 빼면 D 자전거의 도착 시간인 3시 13분이 된다.

056 C

삼각형의 각 꼭짓점에서 시작한 곡선이 중앙으로 이동하면서 크기도 일정하게 커진다.

057 C

다른 보기는 세 도형 중 작은 두 도형을 합치면 남은 큰 도형이 된다.

058 $(6+7+11) \div 3 \times 2 + 5 - 12 = 9$

059 **E**
노란 도형이 빨간 도형의 중앙 세로선을 기준으로 뒤집혀 있다.

060 **3**
숫자들은 다음 정사각형으로 이동할 때 시계 반대 방향으로 한 칸씩 이동한다. 그때마다 각 숫자가 2씩 줄어든다.

061

기호들은 서로 반대쪽 끝에서 시작해 시계 방향으로 1칸과 2칸을 번갈아 이동한다.

062 **R**
서로 마주 보는 알파벳의 순서를 파악한다. F, K, I의 순서값에 2를 곱하면 마주 보는 알파벳의 순서값이 나온다. 예를 들어 서로 마주 보는 F와 L은 각각 6번째, 12번째 알파벳이므로 $6 \times 2 = 12$가 된다. 물음표와 마주 보는 I는 9번째 알파벳이므로 $9 \times 2 = 18$이다.
즉 물음표 자리에는 18번째 알파벳인 R이 들어가야 한다.

063 **앞으로, 뒤로, 앞으로, 뒤로.**
3시 45분에서 차례대로 1시간 앞으로, 3시간 30분 뒤로, 6시간 30분 앞으로, 2시간 15분 뒤로 가면 5시 30분이 된다.

064 **A**

065 **91**
나머지는 모두 소수다.

066 44

숫자는 12시 방향부터 시계 방향으로 한 칸 건너뛰면서 2씩 늘어난다. 단, 네 번째 단계에서만 두 칸을 건너뛴다. 단계가 진행되면서 원 A는 2씩, 원 B는 3씩, 원 C는 4씩 늘어난다.

067 노란색 또는 초록색

도형 아래의 숫자는 각 도형 안에 있는 모든 색의 합이다.

■ = 6, ■ = 3, ■ = 4, ▨ = 10 으로 계산하면 답은 초록색이 되고,

■ = 2, ■ = 5, ■ = 10, ▨ = 6 으로 계산하면 답은 노란색이 된다.

068 11

위부터 아래까지 소수가 차례대로 들어간다. 높이가 같으면 왼쪽부터 들어간다.

069 D

070 a

열기구 번호에서 첫 번째 숫자와 마지막 숫자를 곱한다. 곱한 수에서 두 번째 자리에 있는 수를 뺀 것이 시간이 되고, 곱한 수에서 세 번째 자리를 더한 것이 분이 된다.

따라서 5×4=20에서 7을 뺀 13은 시가 되고, 9를 더한 29는 분이 된다.

071 C

다른 도형은 가장 큰 모양과 가장 작은 모양이 서로 같다.

072 C

모든 원과 정사각형은 서로 도형을 바꾸며, 그림에서 가장 큰 도형 안에 있는 모든 도형이 사라진다.

073 (4×7÷2+8+9)×6÷3=62

074 27

각 정사각형 바깥에 있는 숫자를 모두 더한다. 노란색 정사각형이면 그 값에서 5를 더하고, 파란색 정사각형이면 5를 뺀다. 그런 다음 위아래에 있는 색이 다른 정사각형 안에 그 결과를 바꿔 넣는다.

075 조각 수가 두 개인 원

각 행마다 1열의 조각 수와 3열의 조각 수를 더한다. 더한 조각의 수를 만족하는 원을 2열에 그린다.

076

077 D

도형은 시계 반대 방향으로 180도, 90도를 번갈아 가며 돌린다. 원과 정사각형은 위치를 바꾸고, 다이아몬드와 직사각형은 도형이 90도 회전할 때마다 색을 바꾼다.

078 18

원의 각 조각에서 바깥쪽에 있는 숫자를 곱한 후 나오는 값의 자릿수를 바꿔 시계 방향으로 다음 조각의 안쪽에 넣는다.

079 B

다른 보기는 모두 도형을 이루는 곡선과 직선의 수가 같다.

080 C

081 9시 5분

분침은 25분씩 앞으로, 시침은 5시간씩 뒤로 간다.

082 B

도형을 시계 방향으로 90도 돌린다.

083 C

084 987m²

트랙터 번호와 넓이를 곱한 값이 무게로 나타난다. 단, 각 트랙터가 수확한 감자의 무게는 무작위로 섞여 있다. 따라서 다른 트랙터들의 번호와 넓이를 곱한 값과 제시된 무게들을 대조해본다. 짝을 이루지 않는 숫자는 3번 트랙터의 무게인 9870이므로 9870을 트랙터 번호인 10으로 나누면 물음표 자리에 들어갈 넓이를 구할 수 있다.

085 1956

삼각형 맨 위 꼭짓점 숫자부터 시계 방향으로 다음 윤년이 들어간다. 이때 다음 삼각형으로 이동할 때마다 윤년인 연도를 하나씩 건너뛴다.

086 B

선과 면이 교차하면서 삼각형을 이루지 않는다.

087 C

가장 안쪽의 작은 부분은 시계 방향으로 90도 회전한다. 중간 부분은 회전하지 않고 위치를 그대로 유지한다. 가장 바깥쪽의 큰 부분은 시계 반대 방향으로 90도 회전한다.

088 11

큰 숫자에 있는 꼭짓점의 개수에 3을 곱한 다음 큰 숫자를 빼면 아래에 적힌 수가 나온다.

따라서 답은 6×3-7=11이다.

089 64

각 정사각형에서 대각선으로 마주 보는 꼭짓점의 수를 각각 곱한 후, 나온 두 수를 더한다. 그 결과를 시계 방향으로 다음에 오는 사각형 안에 넣는다.

090 B

정사각형은 원형으로, 삼각형은 사각형으로, 원형은 삼각형으로 바뀐다.

091 22 : 14 : 51

시간은 3, 4, 5, 6시간씩 뒤로 간다. 분은 4분, 8분, 16분, 32분씩 앞으로 간다. 초는 1초, 2초, 3초, 4초씩 뒤로 간다. 따라서 다섯 번째 시계의 시간은 21시, 분은 74분, 초는 51초다. 이를 다시 정리하면 22:14:51이 된다.

092 B

다른 도형은 가장 작은 원이 더 큰 원 안에 있다.

093 19

■ = 3, ■ = 4, ■ = 5, ■ = 7

094 A

095

이동할 때마다 차례대로 잎 한 개를 넣고, 꽃잎 두 개를 넣고, 꽃잎 한 개를 빼면서 잎 한 개를 추가하는 규칙을 반복한다.

096 E

왼쪽 아래에서 오른쪽 위로 빗금이 그어진 사각형에는 위쪽 또는 오른쪽을 가리키는 화살표가 있다. 오른쪽 아래에서 왼쪽 위로 빗금이 그어진 사각형에는 아래쪽이나 왼쪽으로 화살표가 있다. 그러나 보기 E는 이 규칙에 어긋난다.

097 9

숫자는 다음 사각형으로 갈 때 시계 방향으로 한 칸씩 이동하며, 이동할 때마다 1씩 늘어난다.

098

각 원의 조각 안에 있는 색칠된 조각이 시계 방향으로 한 칸씩 이동하며, 끝에 이르면 다시 처음으로 되돌아간다.

이 규칙은 원에서 2시~3시 방향의 조각부터 시계 반대 방향으로 진행된다.

099   B와 F

B는 맨 아랫면의 12가 10이 되어야 하고, F는 맨 아랫면의 10이 6이 되어야 한다.

100   1

가장 큰 숫자인 64에서 시작해 1, 2, 4, 8, 16, 32를 뺀 숫자를 시계 방향으로 한 칸씩 떨어진 조각에 넣는다.

101   D

다른 도형은 가장 작은 원이 두 가지 다른 도형과 겹쳐 있지만, D는 세 가지 도형과 겹쳐 있다.

102   26

= 3,   = 6,   = 8,   = 9

103

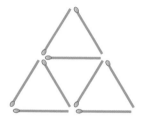

문제의 삼각형 3개 중 하나를 없애 남은 두 삼각형 위로 옮긴다.

104   D

초침은 30초와 15초를 번갈아 뒤로 가고, 분침은 10분 뒤로 가고 5분 앞으로 가는 규칙이 반복된다. 시침은 2시간 앞으로 가고 1시간 뒤로 가는 규칙이 반복된다.

105 10

모든 숫자는 다음 삼각형으로 갈 때
+2, −3이 번갈아 가며 진행된다. 삼각
형 D는 삼각형 C의 같은 꼭짓점의 수
에서 2를 더할 차례이므로 물음표 자리
에는 10이 와야 한다.

106

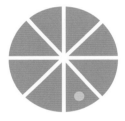

A에서 B로 이동할 때 원의 12시 방향
으로 그어진 세로선을 기준으로, 점이
원래 있던 곳과 대칭하는 곳으로 이동
한다. 다음 순서부터 기준선이 시계 방
향으로 하나씩 이동한다.

107 A

전체 도형이 중앙을 가로로 지나는 수
평선 기준으로 대칭된다. 그다음 직선
이 있는 모든 도형은 시계 방향으로 90
도 회전하고 가장 작은 원은 사라진다.

108 E

E를 제외한 모든 보기는 세 개의 직선
이 있는 도형이다. E에는 네 개의 직선
이 있다.

109 B

톱니바퀴는 맨 위부터 시계 반대 방향
과 시계 방향을 번갈아 가며 움직인다.
마지막 톱니바퀴는 시계 반대 방향으로
움직이므로 상자는 아래로 내려간다.

110 A

111 5

각 가로줄에서 작은 순서대로 세 숫자
를 더하면 그 줄의 가장 큰 수가 된다.

112 D

예시 도형처럼 삼각형이 원과 겹치고 직각선이 삼각형의 한쪽 전체와 평행하게 흐르는 곳에 원을 추가할 수 있는 보기는 D뿐이다.

113

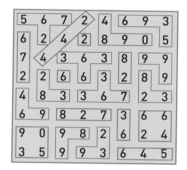

114 28

■ = 2, ■ = 3, ■ = 5, ■ = 6

115 오각형

위쪽과 왼쪽 꼭짓점을 곱해 오른쪽 꼭짓점으로 나누면 안에 들어갈 도형의 변 수를 구할 수 있다. 네 번째 삼각형

은 (10×2)÷4=5이므로 오각형이 들어가야 한다.

116 D

노란색 큰 별의 한쪽 끝이 사라진다.

117 E

도형 위아래에 있는 곡선은 매번 같은 길이만큼 반대쪽 끝으로 이동한다.

118 E

전체를 시계 방향으로 90도 돌린 다음 그림을 위아래로 뒤집는다.

119 27

/▲=2, /▲=3, /▲=4, /▲=6이다.
① 삼각형의 세 변을 곱한다.
② 안에 있는 색은 모두 더한다.

마지막으로 ①의 값에서 ②의 값을 뺀다. 규칙에 따라 물음표를 계산하면

2×6×3=36, 4+3+2=9이므로 답은
36−9=27이 된다.

120 E
다음 도형에 원 두 개와 선 두 개를 더
하고, 그 다음 도형에서는 각각 하나씩
떼어내는 것을 반복한다. 전체 도형은
시계 반대 방향으로 90도씩 회전한다.
이 규칙에 맞는 보기는 E뿐이다.

121 J
다른 모든 보기는 서로 똑같은 짝을 이
루는 보기가 있다.

122 6
각 정사각형에 왼쪽 위와 왼쪽 아래 숫
자를 곱한 값에서 오른쪽 위와 오른쪽
아래를 곱한 값을 뺀다. 그 결과를 사각
형 안에 넣는다.

123 9
각 조각의 바깥쪽 2개 숫자를 곱한다.
조각이 노란색이라면 2, 초록색이라면
3으로 나눈 다음 마주 보는 조각 안쪽
에 그 결과를 넣는다.

124 D

125 22
■ = 2, ■ = 4, ■ = 6, ■ = 7

126 77
▲=3, ▲=4, ▲=6, ▲=9이다.
① 삼각형의 왼쪽 변과 오른쪽 변을 더
   한 값에 밑변을 곱한다.
② 삼각형 안의 위쪽 두 개의 색을 더한
   값에 아래 색을 뺀다.

마지막으로 ①의 값에서 ②의 값을
뺀다. 규칙에 따라 물음표를 계산하면
(9+4)×6=78, (6+4)−9=1이므로 답
은 78−1=77이 된다.

127

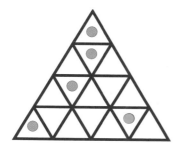

맨 위부터 왼쪽에서 오른쪽으로 내려가면서 진행한다. 처음 삼각형에 점을 찍고, 다음부터는 삼각형 1, 2, 3···개를 건너뛰며 점이 찍힌다. 그림의 맨 아래 점은 삼각형 세 개를 건너뛰고 찍힌 점이므로 다음 점은 삼각형 네 개를 건너뛰어야 한다.

128 2

129 C

작은 고리는 커지고, 큰 고리는 작아진다.

130 E와 M

131 B

132 34

■ = 3, ■ = 4, □ = 5, ■ = 7

멘사코리아

주소: 서울시 서초구 언남9길 7-11, 5층
전화: 02-6341-3177
E-mail: admin@mensakorea.org

—

옮긴이 이은경

광운대학교 영문학과를 졸업했으며, 저작권 에이전시에서 에이전트로 근무했다. 현재 번역에이전시 엔터스코리아에서 출판 기획 및 전문 번역가로 활동하고 있다. 옮긴 책으로는《멘사퍼즐 아이큐게임》《멘사퍼즐 추론게임》《수학올림피아드의 천재들》《세상의 모든 사기꾼들 : 다른 사람을 속이며 살았던 이들의 파란만장한 이야기》등 다수가 있다.

멘사퍼즐 수학게임
IQ 148을 위한

1판 1쇄 펴낸 날 2020년 7월 10일
1판 3쇄 펴낸 날 2024년 1월 15일

지은이 로버트 앨런
옮긴이 이은경

펴낸이 박윤태
펴낸곳 보누스
등　록 2001년 8월 17일 제313-2002-179호
주　소 서울시 마포구 동교로12안길 31 보누스 4층
전　화 02-333-3114
팩　스 02-3143-3254
이메일 bonus@bonusbook.co.kr

ISBN　978-89-6494-446-2 04410

• 책값은 뒤표지에 있습니다.

IQ 148을 위한
MENSA PUZZLE SERIES

영국 아마존
베스트셀러

30만부
돌파!

과학 분야
베스트셀러

멘사코리아
감수

내 안에 잠든
천재성을 깨워라!

대한민국 2%를 위한
두뇌유희 퍼즐

멘사 논리 퍼즐
필립 카터 외 지음 | 7,900원

멘사 문제해결력 퍼즐
존 브렘너 지음 | 7,900원

멘사 사고력 퍼즐
켄 러셀 외 지음 | 7,900원

멘사 사고력 퍼즐 프리미어
존 브렘너 외 지음 | 7,900원

멘사 수리력 퍼즐
존 브렘너 지음 | 7,900원

멘사 수학 퍼즐
해럴드 게일 지음 | 7,900원

멘사 수학 퍼즐 디스커버리
데이브 채턴 외 지음 | 7,900원

멘사 수학 퍼즐 프리미어
피터 그라바추크 지음 | 7,900원

멘사 시각 퍼즐
존 브렘너 외 지음 | 7,900원

멘사 아이큐 테스트
해럴드 게일 외 지음 | 7,900원

멘사 아이큐 테스트 실전편
조세핀 풀턴 지음 | 8,900원

멘사 추리 퍼즐 1
데이브 채턴 외 지음 | 7,900원

멘사 추리 퍼즐 2
폴 슬론 외 지음 | 7,900원

멘사 추리 퍼즐 3
폴 슬론 외 지음 | 7,900원

멘사 추리 퍼즐 4
폴 슬론 외 지음 | 7,900원

멘사 탐구력 퍼즐
로버트 앨런 지음 | 7,900원